MARIAGE & SORTILÈGES

De la même autrice,
chez le même éditeur :

Mon Ex & Autres Malédictions, 2023
Un baiser maudit, 2024

Titre original : *The Wedding Witch.*
Publié pour la première fois par Avon, HarperCollins Publishers.

Traduit de l'anglais par Anaïs Gardien.

ISBN : 978-2-38578-144-6

Design de couverture : © Vi-An Nguyen.
Illustrations de l'intérieur : © createvil ; Rogatnev/Stock.Adobe.com

www.editionstredaniel.com
info@guytredaniel.fr
www.facebook.com/tredanieleso
@contredires_romans

ERIN STERLING

MARIAGE & SORTILÈGES

GOOD MOOD DEALER
By EXERGUE
27, rue des Grands-Augustins,
75006, Paris

Avertissement

Certains passages de ce roman contiennent des scènes à caractère sexuel assez explicites, réservées à un public averti.

Pour Tessa et Holly

Prologue

Un an plus tôt, la veille de Noël
Queen's Head Pub, Londres

Quelle bande d'enfoirés, ces elfes.

Pas celui qui souriait présentement à Bowen depuis le tableau noir disposé à l'entrée du pub, un petit personnage dessiné en rouge et blanc, posant d'un air malicieux à côté du menu du jour (des lasagnes de chevreuil accompagnées d'un mystérieux « Lait de Yule»).

Non, celui-là, avec son bonnet farfelu et ses yeux bien trop grands, semblait certes un peu trop accro à la caféine… mais ce soir, c'était contre les *vrais* elfes que Bowen était en rogne. Ces salopards aux longues robes blanches, aux demeures mystérieuses perdues dans les montagnes sauvages de Scandinavie et à la langue quasiment incompréhensible qu'il venait de passer près d'*une putain de semaine* à tenter de déchiffrer. Tout ça pour s'apercevoir que le document sur lequel il avait planché des heures et des heures, dans un recoin poussiéreux de la British Library, n'était en fait qu'une foutue recette d'hydromel. C'est-à-dire un texte qui n'avait aucune raison de faire plus de cent pages, *et pourtant…*

Heureusement pour eux qu'ils se sont tous fait la malle il y a cinq cents ans, ces enfoirés..., songea-t-il, furieux, tout en sirotant sa pinte de bière et en observant les passants qui se hâtaient dans la rue glissante, entre les décorations de Noël qui clignotaient au-dessus de leurs têtes et les voitures qui les éclaboussaient d'eau glacée.

Alors qu'une chanteuse, dans les baffles du pub, s'extasiait en minaudant à propos de marrons chauds et de feu dans la cheminée, la porte s'ouvrit sur un groupe de gens qui riaient et parlaient tous en même temps, venant apparemment de terminer leurs achats de Noël. Bowen se recroquevilla instinctivement sur sa table.

Une semaine en ville, c'était environ six jours et demi de trop à son goût, mais il lui restait une affaire à régler ce soir à Londres avant de regagner sa maison (ou plutôt sa *cabane*) au cœur des montagnes galloises. Là-bas, dans le froid, l'obscurité et la solitude, il se sentirait infiniment plus à l'aise.

Bien sûr, comme cette histoire d'elfes n'avait été qu'une gigantesque perte de temps, il lui faudrait repartir à zéro et se repencher sur le sortilège de Declan, mais ça ne faisait rien. Il n'était jamais aussi heureux que lorsqu'il était absorbé dans son travail, de toute façon.

Et à propos de travail... Bowen jeta un coup d'œil à son téléphone : 16 h 58.

Son interlocuteur était censé arriver à 17 heures, mais on ne savait jamais avec ces gens-là... Au fil des ans, Bowen avait fait appel à de multiples « acquéreurs » – ces humains qui faisaient commerce d'artéfacts magiques. C'était une activité obscure, nécessairement clandestine, et bon nombre d'entre eux ne prenaient même pas le temps de se renseigner sur ce qu'ils vendaient. Un jour, Bowen avait acheté à un acquéreur une coupe de cristal qui datait du XIIIe siècle et avait le pouvoir d'empoisonner n'importe quelle boisson dans un rayon de quinze mètres… et que cet inconscient stockait avec ses tasses à café.

Non, décidément, Bowen ne tenait pas en très haute estime les humains qui se mêlaient de choses qu'ils ne comprenaient pas, mais il fallait reconnaître qu'ils étaient bien utiles. Contrairement aux sorciers, ils n'étaient pas tentés de garder ce qu'ils se procuraient et au moins, avec eux, il n'y avait pas d'histoires : pas d'inextricables querelles familiales remontant à des temps immémoriaux qui risquaient de causer des problèmes.

Et l'acquéreur avec lequel il avait rendez-vous, un certain « TLB Acquisitions, Ltd. », s'était avéré *particulièrement doué.* Grâce à lui, depuis un an environ, Bowen avait mis la main sur un grimoire disparu aux yeux du monde depuis 1832, sur un jeu de tarot qui avait appartenu à l'occultiste John Dee et sur un album capable de déclencher une épidémie de danse de Saint-Guy.

Tous ces objets avaient été acquis rapidement et en toute discrétion – à un prix *exorbitant*, certes, mais Bowen s'était persuadé que ça en valait la peine.

C'était pour cette raison qu'il avait demandé un entretien avec « T de TLB ». Par chance, ils devaient tous les deux se trouver à Londres ce soir-là et, alors que l'horloge indiquait 5 heures, Bowen jeta un coup d'œil en direction de l'entrée.

Comme s'il l'avait convoqué par la pensée, un homme ouvrit la porte à cet instant précis, faisant tinter la cloche suspendue au-dessus. Il était en costard-cravate et son crâne chauve luisait sous la lumière du pub tandis qu'il secouait son parapluie dans l'entrée. Avec ses souliers vernis et ses lunettes à monture invisible, il avait l'air d'un banquier : c'était donc sans doute un acquéreur.

Ils avaient tous cet air-là.

Bowen fit un signe du menton, mais l'homme ne lui adressa qu'un bref regard avant de saluer de la main, avec un grand sourire, une personne qui se trouvait à droite du jeune homme et de rejoindre une tablée d'autres hommes en costard. La mine déconfite, Bowen le regarda passer. Il entendit alors la cloche sonner à nouveau et se retourna vers la porte au moment où une menue silhouette, qui semblait entièrement faite de fourrure blanche, s'engouffrait à l'intérieur. Le temps que la porte se referme, une volée de grésil vint s'abattre sur le sol d'ardoise. L'étrange créature mi-humaine, mi-chien de berger s'ébroua légèrement, tout en ôtant l'écharpe à carreaux qui lui couvrait la tête.

Une cascade de cheveux bruns tomba sur la fourrure blanche et la nouvelle venue entreprit d'inspecter la salle du regard.

Ses yeux s'arrêtèrent sur Bowen.

Et là…

Oh merde.

Ce fut comme s'il se prenait un coup de bélier en pleine poitrine.

Comme s'il se faisait assommer d'un coup de chope sur la tempe.

Comme si… bordel, il était à court de comparaisons. Car cette apparition en fausse fourrure *lui souriait* et *se dirigeait vers sa table. Par les boules de saint Bugi – et tous ses autres attributs !*

En la regardant s'approcher, il s'aperçut que ses yeux étaient du même brun profond que ses cheveux, que des fossettes bien marquées se dessinaient sur ses joues… Bowen se félicita d'avoir décidé de se laisser pousser la barbe tant d'années auparavant, car il se sentit rougir.

Rougir. Achevez-moi.

Dans sa hâte de se lever, il faillit renverser la table tandis qu'elle le rejoignait, mais elle ne sembla guère y prêter attention et lui tendit une main gantée, qu'il saisit sans réfléchir.

« Bowen », dit-elle. Mais comment connaissait-elle son nom ?

Était-il mort ? Ce pub était-il, en fait, le paradis ? Non, il avait étudié l'au-delà dans diverses cultures et, d'après ses souvenirs, le paradis n'avait jamais été décrit comme un bar. D'autant que la jeune femme avait un accent américain, ce qui aurait semblé plutôt incongru pour un ange au paradis d'un Gallois. Mais tout était possible, et…

« Tamsyn Bligh, reprit-elle. Enchantée de découvrir enfin le visage qui se cache derrière ces e-mails ! »

En le dévisageant, elle fronça légèrement les sourcils.

« Enfin, la *barbe* qui se cache derrière ces e-mails », rectifia-t-elle. Bowen savait qu'il était censé rire, ou au moins montrer qu'il comprenait la plaisanterie, mais son esprit restait bloqué sur les *e-mails*, et *Tamsyn*, et…

C'était donc elle, « T » !

C'était donc *elle*, l'acquéreur avec lequel il travaillait depuis maintenant plus d'un an !

Et… il ne lui avait toujours pas lâché la main.

La serrant brièvement, Bowen hocha la tête et recula d'un pas pour inviter d'un geste la jeune femme à la table. « Voilà. Euh… Prenez place.

— Merci », répondit-elle, et il tira sa chaise pour la laisser s'asseoir, notant au passage son parfum agréablement citronné.

Il faisait soudain trop chaud dans ce pub. Il y avait trop de monde. Bowen s'entendit lancer : « Je vais vous chercher à boire » et se dirigea vers le comptoir, manquant de foncer dans un homme affublé d'un pull de Noël kitsch à souhait, à l'effigie de Rodolphe le renne, et qui chantait *Rockin' around the Christmas Tree* en chœur avec la playlist du pub.

Ce pull expliquerait peut-être ce qui se passa ensuite.

Ce pull, ainsi que la panique qui l'envahit lorsque le barman lui lança un regard interrogateur et que Bowen s'aperçut qu'il aurait *probablement* dû demander à la jeune femme ce qu'elle voulait boire au lieu de s'enfuir vers le bar comme le dernier des demeurés.

Il aurait pu lui prendre une bière.

Ou un verre de vin.

Ou même un bon vieux gin-tonic.

Mais il montra du doigt la petite ardoise posée sur le comptoir, sur laquelle il était écrit « Rosé à la Rodolphe, 7 £ », et déclara : « Je vais vous prendre ça. »

Quelques minutes plus tard, il était de retour à la table ; Tamsyn se tourna légèrement vers lui, un sourire aux lèvres.

Ce sourire s'effaça lorsqu'elle vit ce qu'il tenait à la main.

« Les, euh… les paillettes n'étaient pas indiquées, lui dit-il alors qu'elle prenait le verre avec de grands yeux stupéfaits.

— Et la paille lumineuse ?

— Non plus.

— Et la consistance qui fait étrangement penser à du sang ?

— Non plus. Et le, euh…, le sapin non plus. »

Ôtant de son verre l'énorme branche de romarin, Tamsyn renifla la mixture avec prudence avant d'en boire une gorgée.

Malgré son apparence, elle ne devait pas être si mauvaise, car la jeune femme but à nouveau avant de hausser les épaules. « S'il y a bien un moment où on peut boire un cocktail kitsch, c'est au réveillon de Noël, non ? »

Bowen, qui venait de se rasseoir, fronça les sourcils en regardant dehors. Il tombait encore un mélange de neige et de pluie, mais il put voir que le rideau de la boutique au coin de la rue était déjà baissé et qu'une famille passait devant la vitrine du pub, parents et enfants vêtus d'habits à carreaux et à motifs de Noël ; la mère racontait quelque chose qui faisait rire le père, lequel avait une bouteille de vin sous le bras.

Tamsyn reposa son verre et se pencha vers Bowen, croisant les bras sur la table. « Vous ne saviez pas qu'on était le soir du réveillon ? »

Bowen, effectivement, n'en avait pas la moindre idée, mais après la débâcle de Rodolphe le Rosé cauchemardesque, il tenait à garder le peu de dignité qui lui restait.

« Je suis un sorcier, lui rappela-t-il. Nous, on fête Yule, et c'était il y a quelques jours. »

Lui n'avait rien fêté du tout, d'ailleurs. Il avait été bien trop occupé par les elfes (*ces enflures !*) et leur hydromel. À bien y réfléchir, Bowen n'aurait su dire avec certitude quand il avait célébré Yule pour la dernière fois. Ça devait bien faire dix ans. Avant toute cette histoire avec Declan. Avant sa décision de passer sa vie entière à chercher comment rectifier ce fiasco total.

C'était bien pour ça qu'il avait arrangé cet entretien avec « T ».

Avec *Tamsyn*.

Qui l'observait présentement avec des yeux lumineux et un petit sourire inquisiteur, comme si elle essayait de se faire un avis sur lui. Elle avait retiré son manteau et ses gants pendant qu'il commandait l'abomination pailletée qui scintillait devant elle, et le pull à col roulé vert sombre qu'elle portait faisait ressortir l'éclat doré de ses cheveux bruns.

Son prénom lui allait bien, songea Bowen : c'était un nom doux et charmant, mais qui lui rappelait vaguement quelque chose… L'avait-elle mentionné dans l'un de ses e-mails ? Non, impossible, sinon il n'aurait pas été aussi surpris de voir débarquer une femme, et pas un homme. Peut-être l'avait-il lu ailleurs. Ou alors, il avait entendu un autre sorcier parler d'elle.

« Pour tout vous dire, dit-elle en posant le menton dans sa main, je suis étonnée que vous vouliez travailler avec moi – alors boire un verre, vous imaginez…

— Pourquoi donc ? »

Elle cligna des yeux, interloquée. « Parce que… vous êtes Bowen Penhallow ! »

Bowen acquiesça d'un grognement, et elle sembla encore plus perplexe.

« Et… votre famille me déteste ! »

Bowen fronça les sourcils. « Ah bon ? » Comme toutes les familles de sorciers, les Penhallow avaient collectionné les querelles et les rivalités au fil des siècles, mais Bowen ne se rappelait aucun Bligh dans la liste de leurs ennemis. À moins que…

« Vous parlez de mon père ? Simon Penhallow ? Parce qu'il déteste tout le monde, lui… »

Y compris ses trois fils, à l'heure actuelle, songea-t-il. Bowen ne parlait plus à son père depuis plus d'un an, et ce qui le rendait le plus triste, c'était de constater à quel point cette situation *ne l'attristait pas.* Il n'aurait pas été surpris d'apprendre que son père avait déterré la hache de guerre magique après s'être embrouillé contre un acquéreur, et surtout contre une acquéreuse aussi brillante que Tamsyn.

Mais la jeune femme secoua la tête : « Je parle de Rhys, figurez-vous.

— Mais Rhys ne déteste *personne*, lui… », répondit Bowen sans réfléchir. Et là, une pensée lui vint. Il sentit son estomac tomber dans ses chaussettes et ses mains devenir moites autour de sa chope de bière. « Vous êtes… tous les deux, vous avez… ? »

Des trois frères Penhallow, Rhys était le plus jeune et, même si Wells, leur frère aîné, rechignaient à l'admettre, c'était aussi le seul vrai séducteur de la famille. Bowen pouvait parfaitement comprendre que Rhys soit intéressé par une femme aussi sublime que Tamsyn, mais après la sombre affaire Katie Evans, en 2007 (puis en 2009, puis en 2013, avant la fin des hostilités qui, contre toute attente, avaient repris en 2016), la fratrie avait convenu qu'aucun ne sortirait plus jamais avec les ex des autres.

En l'occurrence, il ne s'agissait pas de sortir avec elle, bien sûr. Ce rendez-vous était strictement professionnel, et Bowen se sentit complètement ridicule d'être aussi déçu à l'idée que Tamsyn ait fréquenté Rhys.

Il se sentit encore plus ridicule d'être aussi soulagé (aussi fou de joie, même) en voyant le visage de la jeune femme prendre une expression horrifiée à la simple évocation d'une relation avec Rhys.

« Houla, *non* ! s'exclama-t-elle en secouant la tête. Non, non, non, il était bien casé quand je l'ai rencontré. »

Tamsyn soupira et but une nouvelle gorgée de son cocktail – pour se donner du courage, sembla-t-il à Bowen.

« Il est *possible*, commença-t-elle en inclinant la tête sur le côté, que j'aie tenté d'acquérir un certain… *objet*, par des moyens… peu orthodoxes, disons. »

Soudain, il se rappela pourquoi son nom lui était si familier. *Par Rhiannon et ses nichons !*

« Tamsyn Bligh, dit-il avec un hochement de tête. Celle qui a fait semblant de travailler pour la faculté de sorcellerie de Graves Glen et qui a refilé à Rhys et Vivienne une bougie d'Eurydice pour qu'ils aillent…

— … capturer un fantôme et que je puisse vendre une bougie possédée à un client très fortuné, ouaip ! acheva-t-elle gaiement, comme si un ton enjoué pouvait rendre son aveu moins mortifiant. Sauf que le fantôme avait une énergie bien plus ténébreuse que ce que je pensais, que votre frère et sa copine ont dû venir me sauver les miches et que j'ai quitté la Géorgie pleine de bonnes résolutions, c'est-à-dire devenir l'acquéreuse hyper professionnelle et hyper réglo qui se tient à présent devant vous ! » conclut Tamsyn avec un geste qui voulait dire : « Ta-daaa ! »

« Ah... », fut tout ce que Bowen trouva à répondre. Avant d'ajouter : « C'est sa femme, maintenant. Vivienne. Pas sa copine.

— Félicitations à eux deux. Je leur enverrai un service à thé. Bon, maintenant... » Tamsyn posa les deux mains sur la table et imita un roulement de tambour. « Pourquoi est-ce que vous m'avez fait affronter la pluie glaciale de Londres un soir de réveillon, exactement ? Pour une mission, j'imagine ? »

Bowen but une gorgée de sa bière en s'efforçant de remettre de l'ordre dans ses pensées. Depuis l'arrivée de la jeune femme, il était complètement décontenancé, et il allait devoir se concentrer pour ne pas dire n'importe quoi.

« Je vous veux. »

Merde merde merde et remerde, mais quel con !

« Je veux que vous *travailliez* pour moi », clarifia-t-il alors que les sourcils de Tamsyn disparaissaient sous sa frange et que ses lèvres s'entrouvraient sous l'effet de l'incompréhension. « En tant qu'acquéreuse, évidemment, c'est... c'est pour ce travail que je voudrais vous embaucher. Le travail que vous faites déjà. Mais vous le feriez pour *moi* – il y a des choses dont j'ai besoin... des choses magiques, hein, rien de louche. Enfin, louche, oui, c'est de la magie, mais rien de *dangereux*, et vous pourriez... les acquérir. Comme vous le faites, mais... différemment ? Pas différemment dans votre façon de faire, je veux dire, mais...

— Vous me proposez un contrat d'exclusivité afin que je me procure des artéfacts magiques pour vous et rien que pour vous, l'interrompit-elle, et Bowen ferma les yeux un bref instant en poussant un profond soupir.

— Oui. Voilà. »

Elle l'étudia en silence pendant un long moment, si long que Bowen se demanda combien de « rosés à la Rodolphe » il devrait avaler pour faire disparaître définitivement le souvenir de ces dernières minutes. Cinq ? Six ? Peut-être dix, pour être sûr.

« Pourquoi ? demanda-t-elle, et, voyant qu'il hésitait à répondre, elle haussa de nouveau les épaules avec désinvolture. Je dis juste que ça fait plus d'un an que je vous procure des artéfacts quand vous en avez besoin. Qu'est-ce qui a changé ? »

Ce qui avait changé, c'était que Bowen sentait que le temps lui était compté. Après dix ans passés à tout faire pour trouver un sort qui sauverait Declan, il n'était pas plus avancé qu'au premier jour. Il ne pouvait pas se permettre de perdre du temps en allant chercher tous les ingrédients de tous les sortilèges qui *pourraient peut-être* fonctionner, et aucun des acquéreurs avec lesquels il avait travaillé n'était aussi compétent que Tamsyn.

Mais personne ne savait ce qui occupait Bowen depuis dix ans, et il n'était guère disposé à lever le voile.

« En quoi est-ce que ça vous importe, tant que vous recevez vos chèques ? demanda-t-il, et Tamsyn se laissa aller contre le dossier de sa chaise avec un grand sourire.

— Là, on parle la même langue, Bo' ! Je peux vous appeler Bo' ?

— J'aimerais mieux pas », grommela-t-il. La jeune femme pouffa de rire en croisant les bras sur sa poitrine.

« D'accord, *Bowen*. Combien ? » demanda-t-elle, et Bowen se redressa sur son siège, envahi par le soulagement.

Cette partie-là, il s'y était préparé.

Il lui donna un prix.

Elle lui répondit par un autre, plus élevé.

Il contra par un nombre plus bas que le sien, mais plus élevé que sa première offre et, après encore quelques instants de marchandage, ils s'accordèrent sur un prix qui les satisfaisait tous les deux, même si le compte en banque de Bowen allait sérieusement faire grise mine.

Ça en vaudrait la peine.

La tempête de grésil s'était un peu calmée et leurs verres étaient vides. Tamsyn reprit son manteau et Bowen se leva à son tour, attrapant sa vieille veste de cuir tout usée sur le dossier de sa chaise. Il n'y avait plus tant de monde que ça dans le pub, et il n'avait pas franchement besoin d'effleurer d'une main le dos de la jeune femme tandis qu'ils se frayaient un chemin vers la porte, mais il le fit quand même, malgré lui. Elle était si près qu'en penchant à peine la tête, il aurait pu humer le parfum de ses cheveux.

Heureusement, même s'il venait de passer dix ans reclus au fin fond des montagnes du pays de Galles, il était trop civilisé pour faire ça…

Mais pas beaucoup.

Alors qu'ils atteignaient l'entrée, Tamsyn se retourna soudain pour le regarder. Une fois encore, Bowen eut l'impression qu'elle essayait de le cerner : il voyait presque ses pensées tournoyer derrière ses grands yeux bruns.

« C'est tout, alors ? » fit-elle en dégageant ses cheveux du col de son manteau, permettant à Bowen d'inhaler au passage de nouveaux effluves de ce parfum qui, sans trop qu'il sache pourquoi, lui rappelait Noël. Un parfum à la fois chaleureux et épicé. Comme une odeur de clou de girofle et d'orange. « Pas de paperasse ? De contrat à signer ? On se serre la main en bons gentlemen et hop, je travaille pour vous ?

— Voilà, en gros, c'est tout », acquiesça Bowen en sortant la main de sa poche pour la lui tendre.

Mais Tamsyn ne la prit pas. Elle se tint immobile, là, dans son manteau de fausse fourrure, tandis que la pluie battait aux carreaux de la porte et que les synthétiseurs criards de *Last Christmas* résonnaient dans la pièce.

« Quoi ? » demanda-t-il d'un air bourru tout en observant sa main. Il les avait lavées en arrivant, mais il fallait parfois plus que de l'eau et du savon pour venir à bout du genre de substances magiques qu'il manipulait. Pourtant, il n'y avait aucune tache d'ichor sur sa paume, aucun reste de poudre d'écailles de dragon (pire que des paillettes cette saloperie !)... Tamsyn n'avait donc aucune raison apparente de ne pas vouloir lui serrer la main.

Elle demanda alors : « Une poignée de main et c'est officiel, donc ? On est collègues ? »

Toujours aussi perplexe, Bowen se rembrunit encore plus. « Ouais », confirma-t-il avec un hochement de tête, qu'elle imita d'un air songeur.

« Très bien. On va commencer par ça, alors. »

Et là, elle tendit la main vers Bowen, empoigna le col de son pull, l'attira vers elle et l'embrassa à pleine bouche.

Bowen eut un moment – la plus infime des fractions de seconde – pour penser : *Mais qu'est-ce que... ?*

Puis il perdit toute faculté cognitive.

Il n'y eut plus que le goût de ses lèvres, de sa bouche que le cocktail avait laissée fraîche et sucrée.

Il n'y eut plus que son odeur, ce parfum sous lequel on devinait une fragrance plus profonde, plus douce, et il savait que c'était sa peau, l'odeur qu'avaient ses draps.

Il n'y eut plus que la sensation de son corps contre le sien. Bon sang, *ce corps* ! Ses lèvres douces, sa bouche humide. Sa langue qui se pressait contre la sienne, sans pudeur ni hésitation. Comme s'ils n'étaient pas dans le vestibule mal éclairé d'un pub, mais dans une chambre, seuls, à l'abri de tout regard.

Inconsciemment, Bowen suivait d'une main la courbe des hanches de la jeune femme. Ses doigts s'enfonçaient dans le tissu de son jean alors qu'il la serrait contre lui et lui rendait son baiser avec fougue. Il entendit vaguement un sifflement d'approbation quelque part à proximité… mais non, c'était impossible : il n'y avait personne autour d'eux, personne au monde à part lui et cette femme.

Et tout à coup, ce fut terminé.

Il sentit l'air froid se glisser entre eux tandis qu'elle se dégageait de son étreinte, les joues rougies, les lèvres brillant d'un éclat presque obscène, les yeux assombris et voilés par le désir.

Bowen était hors d'haleine. Sa main restait tendue, ses doigts se refermaient sur le vide qui les séparait. Avec un petit rire mal assuré, Tamsyn se recoiffa d'un geste.

« C'est ma règle numéro un, lui expliqua-t-elle. Ne jamais sortir avec un collègue. *Mais* j'ai aussi une règle numéro un *bis* : ne jamais laisser passer l'occasion de profiter d'une boule de gui… »

Elle désigna le plafond au-dessus de leurs têtes, et Bowen découvrit la grappe de feuilles vertes et de baies blanches qui y était accrochée par un ruban doré.

Il l'observait distraitement lorsque Tamsyn lui saisit la main et la serra fermement.

« Allez, à plus, patron ! » lança-t-elle, et, en un tintement de sonnette et une bouffée d'air glacial, elle disparut.

Janvier

De : BGPCymry@gmail.com
À : BlighAcquisitionsLLC@aol.com
Objet : (aucun)

T-,

Veuillez trouver ci-joint la description et le dernier emplacement connu de la coupe datant du XIIIe siècle mentionnée dans mon dernier e-mail. D'après la rumeur, ce serait un instrument de nécromancie – sûrement des conneries, mais faites attention.

B.

De : BlighAcquisitionsLLC@aol.com
À : BGPCymry@gmail.com
Objet : RE : (aucun)

B-,

« Sûrement » des conneries ? SÛREMENT ? On parle de nécromancie, là, donc le « sûrement » pèse un peu lourd dans la balance ! Ça fera 50 % de plus sur ma paye. Pour la prime de risque.

T.

De : BGPCymry@gmail.com
À : BlighAcquisitionsLLC@aol.com
Objet : RE : RE : (aucun)

On n'a pas parlé de prime de risque.

De : BlighAcquisitionsLLC@aol.com
À : BGPCymry@gmail.com
Objet : RE : RE : RE : (aucun)

OK, alors j'en parle maintenant. Parce que les zombies, c'est un risque, je pense qu'on est d'accord là-dessus ! Pour tous les objets liés à la nécromancie, c'est deux fois mon tarif habituel. (Vous voyez, là, je négocie : j'ai commencé par dire « 50 % de plus », mais comme vous avez voulu contester, maintenant, je fais monter le prix. Et dites-vous bien que ça ne va pas être facile de le faire redescendre 😉.)

De : BGPCymry@gmail.com
À : BlighAcquisitionsLLC@aol.com
Objet : RE : RE : RE : RE : (aucun)

OK.

De : BlighAcquisitionsLLC@aol.com
À : BGPCymry@gmail.com
Objet : RE : RE : RE : RE : RE : (aucun)

Bowen, s'il vous plaît, arrêtez de m'envoyer des pavés de dix pages comme ça ! Vous croyez vraiment que j'ai le temps de les lire ?

De : BGPCymry@gmail.com
À : BlighAcquisitionsLLC@aol.com
Objet : RE : RE : RE : RE : RE : RE : (aucun)

Je sais bien que c'est hilarant de se payer ma tête comme ça, mais ce n'est pas ce qui va doubler votre paye – contrairement à la coupe magique, donc si j'étais vous, je m'y mettrais…

De : BlighAcquisitionsLLC@aol.com
À : BGPCymry@gmail.com
Objet : RE : RE : RE : RE : RE : RE : RE : (aucun)

Oh, Bowen.

Bowen, Bowen, Bowen.

Bo', mon bon ami.

Je ne vous ai pas dit que je suis la meilleure ? Vous ne pensez pas que la meilleure peut très bien *et* se payer votre tête *et* trouver votre coupe ? Figurez-vous qu'en parallèle à cette négociation salariale hyper tendue, j'ai écrit à mon pote Hollis – parce qu'il m'avait bien semblé voir la coupe en question dans sa collection. Et j'avais raison ! Au moment où je vous écris, Hollis est en train de vous emballer tout ça dans du papier bulle, et vous devriez le recevoir la semaine prochaine.

Alors maintenant, admettez que je suis trop forte et n'oubliez pas mes 30 % de commission !

Bisous bisous,
Tamsyn

De : BGPCymry@gmail.com
À : BlighAcquisitionsLLC@aol.com
Objet : RE : RE : RE : RE : RE : RE : RE : RE : (aucun)

Bon sang, Tamsyn, vous êtes merveilleuse. Terrifiante aussi, mais merveilleuse quand même.
Merci.
(Et pour la commission, double tarif, ça fait 20 %, mais c'était bien tenté.)

Mai

Tu te souviens qu'on avait parlé de prime de risque pour la nécromancie ? J'ai un truc à y ajouter : maintenant, pour tout ce qui est gluant, c'est quadruple tarif.

Ai-je vraiment envie d'avoir les détails ?

Absolument pas, mais je vais te les donner quand même. (Au fait, tu savais que ça existait, les monstres marins ? Bon, OK, pas des monstres *monstrueux*, juste des petits spécimens chelous dans des bocaux. Enfin, ils ÉTAIENT dans des bocaux jusqu'à ce que je tende la main pour attraper ton foutu chaudron…)

Tu as pu ramener le chaudron ?

Oh, Bo' ! Ça me touche que tu te préoccupes de mon bien-être comme ça ! J'aurais vraiment dû t'acheter cette tasse « Meilleur boss du monde » à l'aéroport…

Je payerai tes frais de lessive.

Et je suis désolé pour les trucs gluants.

Cela dit, je connais bien la collection du Dr Lewis et il n'a pas de monstres marins. Il essaye de recréer des dragons à petite échelle, à partir de lézards.

Visiblement, son expérience n'est pas une réussite.

Bref.

(Ce que je veux dire, c'est que ça ne devait pas être si gluant – juste un mélange de solution saline et de fluide amniotique, je pense.)

(Pas de gluanterie magique, juste de la matière organique humaine.)

(Si ça peut te consoler...)

Tu es encore là ?

Désolée, toute cette série de messages m'a fait sombrer dans une espèce de transe...

Je ne suis plus la même, à présent. J'étais si jeune il y a deux minutes ! Si innocente ! Si ignorante !

Ha-ha.

J'adore quand on s'écrit, Bowen. J'ai l'impression soit de parler à un GPS, soit d'être en pleine conversation autour d'un feu de camp, pas d'entre-deux.

« L'artéfact recherché se trouve dans le quart nord-est du manoir. »

« Savais-tu que ces vis à ailettes avaient pris part à la grande révolte des instruments de torture en Belgique au XVe siècle ? »

Des vis à ailettes ? Vraiment ?

Ça va, hein, monsieur Tamsyn-sera-sûrement-contente-d'apprendre-qu'elle-est-présentement-couverte-de-fluide-amniotique-et-des-lézards-morts-de-Frankenstein !

Maintenant que tu le dis, je comprends ma maladresse.

Merci.

(C'est quand même trop tard pour la tasse.)

Novembre

TamOShanter : Qu'est-ce que tu fais réveillé et en ligne à 3 heures du matin ?

BGPCymru : Je bosse.

TamOShanter : J'imagine, oui. Sur quoi ?

BGPCymru : Des sortilèges. Rien de passionnant, crois-moi.

BGPCymru : Il est quelle heure là où tu es ?

TamOShanter : Je suis chez moi, là, donc 10 heures du soir.

BGPCymru : Comment ça, chez toi ?

BGPCymru : Désolé, je m'exprime mal. C'est juste que je t'imagine toujours en mouvement.

BGPCymru : Enfin, en déplacement, je veux dire, pas en mouvement.

BGPCymru : Pas ton corps, quoi – ça, j'imagine pas.

TamOShanter : Exactement ce que toutes les filles rêvent d'entendre !

TamOShanter : Et je sais que tu es en train d'écrire un pavé et que tout ce que tu vas faire, c'est t'enfoncer toujours plus, donc laisse-moi t'épargner ça : oui, j'ai compris ce que tu voulais dire et par PITIÉ, arrête d'essayer de t'expliquer !

TamOShanter : J'habite en Caroline du Sud, pour répondre à ta question. Sur la côte, pas loin de Charleston. J'ai acheté un bout de terrain et une caravane il y a quelque temps.

TamOShanter : Je suis sûre que ça te plairait. Je peux passer des jours sans voir personne dans ce coin.

BGPCymru : J'ai déjà passé des mois entiers sans croiser personne ici.

TamOShanter : Oooh, on fait un concours du plus gros loser solitaire ? Parce que je te cède volontiers le titre, mon ami. Je sais qu'il n'y a pas de meilleur ermite que toi.

BGPCymru : Merci.

BGPCymru : Enfin, je crois.

TamOShanter : J'ai pensé à toi la semaine dernière, au fait. J'étais à Londres et je suis passée au Queen's Head.

TamOShanter : Pas de rosé à la Rodolphe avant le mois prochain, hélas, mais ils m'ont dit que la paille en spirale serait encore plus immense cette année !

TamOShanter : Au cas où tu n'aurais rien de prévu pour le réveillon de Noël – pardon, YULE – cette année.

TamOShanter : Bon, il m'a fallu trois jours et mille brossages de dents pour me débarrasser de tout ce *rose* l'an dernier, mais si tu veux faire de cette intoxication hépatique une tradition annuelle, je suis disponible !

BGPCymru : Je serai à Graves Glen, cette année.

BGPCymru : Premier Yule pour Taran.

TamOShanter : Ah, oui, le petit nouveau de la famille ! Il va bien, ton neveu ?

BGPCymru : D'après les photos que m'envoie Vivienne, il est chauve, content et particulièrement déterminé à manger ses propres mains.

TamOShanter : J'espère que tu as prévu un cadeau adapté à son stade de développement et pas, genre une dague en corne d'élan qui prédit l'avenir…

BGPCymru : On n'utilise pas de dague pour prédire l'avenir et dans tous les cas, un sorcier ne reçoit sa première corne d'élan qu'à son treizième anniversaire.

BGPCymru : (Je plaisante, hein.)

BGPCymru : (Il n'y a pas de limite d'âge pour les cornes d'élan.)

BGPCymru : Bref, je ne sais pas trop combien de temps je passerai là-bas. Je crois qu'ils veulent me faire rester tout le mois de décembre, mais ça risque de faire… beaucoup.

TamOShanter : Bowen, deux heures en compagnie de qui que ce soit, ça fait déjà « beaucoup » pour toi. Alors un mois entier en famille ? Et avec un BÉBÉ ? Il va te falloir tout un FÛT de rosé à la Rodolphe d'ici le réveillon.

BGPCymru : C'est bien vrai, ça. Allez, vendu. J'ai une pierre de transportation, donc ce sera facile de venir à Londres depuis Graves Glen. Rendez-vous le 24 décembre au Queen's Head. Toi, moi et des pailles en spirale.

TamOShanter : Du colorant rouge et des paillettes.

BGPCymru : Des dents roses et une crise de foie.

TamOShanter : Du gui et des choix regrettables.

BGPCymru…

BGPCymru…

BGPCymru est en train d'écrire…

BGPCymru…

BGPCymru est en train d'écrire…

BGPCymru : C'était un choix regrettable ?

BGPCymru : Le gui ?

TamOShanter : Oooh, il est bien trop tard pour cette conversation, Bowen. C'est un terrain dangereux.

BGPCymru : Tu as raison. Désolé.

BGPCymru : Je ferais mieux d'aller dormir. Je commence à voir trouble et j'en suis clairement au point où je dis n'importe quoi.

TamOShanter : Et moi, j'ai un rencard avec dix épisodes de *Real Housewives*.

BGPCymru : Il faut vraiment que j'aille me coucher, parce que toute cette phrase me fait l'effet d'une hallucination…

TamOShanter : Ha-ha. Allez, va dormir ! Amuse-toi bien à Graves Glen, et on se voit au réveillon.

BGPCymru : À bientôt.

BGPCymru : Oh, et regarde tes e-mails demain, j'ai peut-être une piste concernant un poignard qu'il faudrait que tu me trouves.

TamOShanter : Une journée de travail comme une autre, quoi ! Pas de problème. Bonne nuit, patron.

BGPCymru : Bonne nuit, Tam' (je ne suis toujours pas ton patron).

BGPCymru : (Et pour moi, ce n'était pas un choix regrettable, d'ailleurs. Le gui.)

TamOShanter : (Pour moi non plus.)

Chapitre 1

Décembre

« Un bonnet de Père Noël.

— Pas question.

— Un-bonnet-de-père-Noël.

— Ce n'est pas en répétant la même chose que tu vas me convaincre, tu sais.

— Un bonnet de *style* Père Noël.

— Rhys, fais encore un pas vers moi avec cette abomination et je te fais passer par la fenêtre. »

Bowen était à Graves Glen depuis (il jeta un coup d'œil à sa montre) environ vingt minutes, et c'était déjà la troisième engueulade entre ses frères. La première concernait les *latte* à la menthe poivrée (Rhys était pour, Wells était contre). La deuxième… Bowen n'y avait pas prêté attention avant que Wells et Rhys ne passent de l'anglais au gallois et, à ce stade, c'était essentiellement pour échanger des insultes.

À présent, Rhys se tenait de l'autre côté du comptoir de Chez Penhallow, la boutique de sorcellerie que tenait Wells à Graves Glen, et il agitait un bonnet rouge et blanc sous le nez de son frère aîné avec un air machiavélique. Bowen se demanda s'il ne ferait pas mieux d'intervenir.

Sachant que la dernière fois qu'il était intervenu (pendant la légendaire bagarre de Yule 2002), il s'était retrouvé avec un coude disloqué, des cheveux vert fluo et le fâcheux « don » de ne parler qu'en pentamètres iambiques, à la Shakespeare. Il avait fallu près d'une semaine à leur père pour réussir à annuler le sortilège et, aujourd'hui encore, Bowen était incapable d'écouter de la poésie sans frémir d'horreur. Mieux valait donc laisser ses frères se débrouiller tout seuls.

Heureusement, il y avait dans la pièce un autre Penhallow qui, lui, se fit une joie de mettre fin aux chamailleries.

Alors que Rhys se penchait vers Wells, le bonnet accroché au bout de son doigt fut attrapé par le bébé qu'il portait sur la poitrine, emmailloté dans une espèce d'écharpe, et, sous le regard des trois frères, Taran, le fils de Rhys, entreprit de fourrer l'entièreté de l'objet de la discorde dans sa bouche.

« Oh, non, *fy machgen* ! On va éviter ça... », protesta Rhys en tirant sur le bonnet pour le reprendre à son fils, sous les ricanements de Wells.

« Tu vois ? Il est clairement dans mon camp, ce gamin.

— Pas du tout ! riposta Rhys en reposant le couvre-chef déformé et plein de bave sur le comptoir. Il fait ça pour ne pas qu'on s'engueule alors que Bowen vient d'arriver. C'est un gardien de la paix, mon fils ! Un vrai pacifiste. Pas vrai, Taran ? »

En entendant son nom, le bébé renversa la tête en arrière pour adresser à son père un sourire édenté avant d'émettre ce qui, aux oreilles de Bowen, ressemblait à s'y méprendre à un hurlement de *banshee*, tout en projetant une adorable menotte vers le vase en céramique rempli de baguettes magiques disposé sur le comptoir.

Wells et Rhys poussèrent à l'unisson un cri affolé en tentant d'attraper le vase, mais quelques baguettes s'en échappèrent tout de même et s'éparpillèrent sur le sol, roulant jusqu'au fauteuil en velours sur le bras duquel Bowen était assis.

Ce dernier se baissa pour les ramasser, mais pas assez vite : l'une d'elles se mit à léviter et tremblota un instant avant de retomber par terre.

Taran poussa un nouveau hurlement enjoué tout en battant l'air de ses petits pieds et en agitant les bras ; Bowen se leva et s'approcha de Rhys pour se pencher à la hauteur de son neveu.

L'enfant avait les yeux du même brun noisette que ceux de Vivienne, mais c'était indubitablement de Rhys Penhallow qu'il tenait l'éclat qui y brillait. Bowen se redressa en fronçant les sourcils.

« Franchement, un seul Rhys, ça suffisait ! lança-t-il en désignant le bébé entortillé dans son écharpe. Je ne pense pas pouvoir survivre à un deuxième.

— Premièrement, répondit Rhys en soutenant son fils d'un bras, j'ai été un enfant *adorable*. Tous mes professeurs l'ont toujours dit.

— Tu sais qu'"un vrai pénible", "le chaos incarné" et "peut-être même un démon, votre famille n'aurait pas de liens avec la sorcellerie, par hasard ?", ça ne veut pas tout à fait dire "adorable", hein ? » rétorqua Wells.

Ce dernier s'était retourné pour attraper sous le comptoir un énorme registre à la couverture noire, ce qui l'empêcha de remarquer le regard profondément outré que lui lançait Rhys.

« Et toi, tu sais qu'un "élève modèle", c'est ce qu'on dit d'un gros bûcheur coincé dont aucune femme ne s'approchera jamais, hein ? répliqua Rhys.

— Coincé, peut-être », intervint Gwyn, la compagne de Wells, en remontant de la réserve avec un carton sous le bras.

« Et “bûcheur”, je ne suis même pas sûre de ce que ça veut dire, mais ça m'a bien l'air de correspondre à Monseigneur ici présent, donc OK ! »

Elle déposa sans ménagement le carton sur le comptoir à côté de Wells avant de passer un bras autour de son cou et de l'attirer contre elle tandis qu'il commençait à écrire dans son registre.

« Croyez-moi, cette femme-là, elle l'a approchée de très, *très* près… »

Wells eut un sourire triomphant et leva enfin les yeux de son travail. « Merci, ma chérie », dit-il en se tournant pour embrasser Gwyn sur la tempe.

Les mains de Rhys hésitaient autour de la tête de Taran : elles se posèrent d'abord sur ses oreilles, puis lui couvrirent les yeux. Bowen se fendit d'un grognement amusé.

« Tu vois ce que tu gagnes à faire le malin ? On se retrouve à devoir imaginer Wells en train de forniquer, et c'est ta faute ! »

Rhys se hâta de recouvrir les oreilles du bébé, qui gloussa en recommençant à battre des pieds. « Oui, oui, je sais, ma stratégie s'est retournée contre moi… mais on ferait mieux d'arrêter d'en parler, sinon le premier mot de Taran sera “forniquer” et Vivienne me collera une nouvelle malédiction aux miches. Et ce sera mérité, cette fois.

— La première fois aussi, c'était mérité », releva Gwyn alors que Wells marmonnait : « C'était bien fait pour toi » et que Bowen ajoutait : « Fallait pas être aussi con, aussi ! »

Rhys se redressa en bombant le torse, l'air aussi digne que pouvait l'être un homme portant un enfant vêtu d'une grenouillère sur laquelle il était écrit « Le petit dindon à son papa ». « Vous avez tous une terrible influence sur mon fils et je ne risquerai pas plus longtemps sa stabilité mentale en votre compagnie. Allez, viens,

Taran. Allons voir si les gentilles dames du Chaudron Percolateur ont des cupcakes à offrir en sacrifice à tes gencives. »

Sur ces bonnes paroles, il sortit de la boutique, faisant sonner la clochette au-dessus de la porte.

« Je ne m'habituerai jamais au fait que Rhys est papa », déclara Bowen en regardant son frère passer devant la vitrine, soutenant son fils d'une main ferme tout en se penchant pour embrasser la tête de l'enfant, une mèche de cheveux bruns retombant sur son front. En voyant ce geste si ordinaire et si affectueux, Bowen sentit quelque chose se resserrer étrangement dans sa poitrine.

« Et le pire, soupira Wells, c'est que c'est vraiment un bon père ! Aucune idée d'où il tient ça. »

Bowen lança un coup d'œil à son frère aîné. Couper les ponts avec Simon Penhallow avait été salvateur pour les trois frères, mais Bowen savait que c'était Wells qui avait le plus de mal à l'accepter. Mais c'était aussi lui qui avait le plus souffert des manigances de leur père.

Wells devait penser à la même chose, car il soupira de nouveau avant de se secouer pour reprendre : « En tout cas, malgré son amour pour le chaos et la destruction, Taran est vraiment adorable. Sans doute grâce aux gènes des Jones, Rhiannon soit louée !

— Ooh, mon chou, tu me trouves adorable ? releva Gwyn avant de pointer Bowen du doigt. Tu es témoin, Bowen ! Il l'a dit ! »

Bowen acquiesça avec un sourire en coin. « J'ai aussi été témoin de sa dévastation totale à l'époque où il pensait avoir tout foiré avec toi, si tu veux que je te raconte… pour la millième fois.

— Je ne me lasserai jamais de cette histoire, tu sais bien ! répondit Gwyn avec un clin d'œil, et les oreilles de Wells rougirent subtilement. Mais bref, reprit-elle, Monseigneur a raison : Taran est absolument adorable. J'ai demandé à Vivi de l'amener au Brin de

Magie le plus souvent possible, parce qu'il n'a peut-être que dix mois, mais c'est un vendeur-né ! Il montre une babiole, il commence à gazouiller et là, tout le monde veut sa babiole. Comme par…

— Magie ? » avança Bowen, haussant les sourcils.

Le sourire de Gwyn s'effaça. « Merde… ce môme ensorcelle mes clients pour de vrai, hein ? Bah, tant pis, fit-elle en haussant les épaules. Il ne zieute que les trucs les moins chers de la boutique, de toute façon !

— Donc quand vous aurez des enfants, vous les enverrez travailler à mi-temps dans chacune de vos boutiques, c'est ça ? demanda Bowen, mais Gwyn secoua la tête.

— Oh, pas de bébé pour nous ! affirma-t-elle. On en a déjà parlé. Petit un, on a les Mini-Mages, et en termes de responsabilités parentales, ça nous suffit largement… »

Bowen était à peu près sûr que les « Mini-Mages » dont Gwyn et Wells parlaient si souvent avaient vingt ans passés, mais il se tut sagement en laissant Gwyn poursuivre : « Et petit deux, le Chavalier Noir a un avis très tranché sur les enfants, figure-toi. La première fois que Taran a voulu le caresser, il a utilisé des mots dont j'ignorais *totalement* qu'il connaissait l'existence.

— Oui, mais bon, ton chat ne va quand même pas vivre… », commença Bowen, mais il s'interrompit brutalement en voyant Gwyn – et Wells, à sa grande surprise – le fusiller d'un regard auquel il fut presque étonné de survivre. « Le chat ne… ne va quand même pas vivre… a-avec un bébé ! parvint-il à articuler. C'est ce que j'allais dire. Je suis d'accord avec vous, hein ! Complètement d'accord. »

Gwyn hocha fermement la tête. « Oui, c'est bien ce que je *pensais* que tu allais dire. Mais imaginons un instant que ce ne soit *pas* ce que tu allais dire… Ta punition sera de porter ça au repas de famille ce soir. »

Plongeant la main dans le carton qu'elle avait remonté de la réserve, elle en sortit un sweat-shirt rouge vif et le lança à Bowen.

Ce dernier le déplia et se trouva nez à nez avec un visage démoniaque et ricanant, qui tirait une langue immense au-dessus d'une inscription en lettres vertes : « Noël, ça me fout des Krampus d'estomac ! »

Bowen eut un grognement désapprobateur.

« Tout compte fait, déclara Wells en fronçant les sourcils, on n'aurait peut-être pas dû laisser les Mini-Mages créer un pull de Noël pour nos boutiques…

— Les compétences en jeux de mots sont peut-être une faille dans leur éducation, oui », convint Gwyn. Les mains sur les hanches, elle posa sur Bowen un regard sévère avant d'ajouter : « Mais ça ne te dispensera pas de le porter ! »

Elle claqua des doigts et Bowen sentit comme un courant d'air froid ; il s'aperçut alors que le pull noir parfaitement normal qu'il portait était à présent sur le sol, et que le Krampus grimaçait sur sa poitrine.

« Il est confortable, au moins », grommela-t-il. Puis, presque instinctivement, il sortit son téléphone de sa poche arrière et se prit rapidement en photo, ainsi vêtu de son nouveau sweat-shirt. Il était en train d'écrire un message à Tamsyn lorsqu'il se rendit compte que la boutique était anormalement silencieuse.

En relevant les yeux, il constata que Wells et Gwyn l'observaient comme s'il venait de lui pousser une deuxième tête. Pire encore, car il s'était déjà retrouvé avec une deuxième tête quand il avait 13 ans, à la suite d'un énième canular de Rhys, et Wells avait semblé nettement moins déconcerté qu'il ne l'était à présent.

« Quoi ? fit-il.

— Tu… Bowen, tu viens de prendre un selfie, là, non ? demanda Wells, et Gwyn saisit le bras de son compagnon en ouvrant de grands yeux stupéfaits.

— Wells, il vient de prendre un selfie *en portant un pull à message complètement ridicule*… Tu l'envoies à qui ? Tu vas le publier en ligne ? Tu sais comment ça marche, Internet ? Vous avez un Facebook secret entre sorciers montagnards ? Ou… *Oh !* »

Proche de la lévitation, Gwyn pointa Bowen du doigt, et le jeune homme sentit le rouge lui monter aux joues.

« C'est pour une *fille* ! Tu envoies ça à une fille qui te *plaît* !

— Mais non, c'est pas ça…, protesta Bowen, mais rien ne pouvait plus arrêter Gwyn.

— Ou un mec ! C'est vrai que ça peut très bien être un mec – je ne t'ai jamais posé la question, Bowen, parce que très franchement, jusque-là, j'étais plus préoccupée par ta ressemblance avec un loup-garou que par tes fréquentations. D'ailleurs…, fit-elle en haussant un sourcil. Tu es un loup-garou, alors, ou pas ? Tu peux me le dire, maintenant qu'on est de la même famille !

— Mais non, je ne suis pas un loup-garou ! répondit Bowen. Tu sais que ça n'exi…

— OK ! l'interrompit Gwyn, pressée de revenir au sujet initial. C'est bon à savoir. Mais bref, tu envoies un selfie à *quelqu'un qui te plaît*…

— Je l'envoie à une copine, rectifia Bowen. Pour déconner.

— Faux ! riposta Gwyn en secouant la tête. T'as calculé l'angle de ta photo, Bowen. T'as presque fait un sourire. Je t'ai vu. Enfin, je crois – ça ne s'arrange pas, cette barbe, mec ! »

En grattant d'une main la barbe en question, Bowen étudia le selfie sur son écran, au-dessus du message qu'il n'avait toujours pas envoyé à Tamsyn.

Puisque tu aimes tant te payer ma tête, voilà de quoi t'occuper...

Eh merde, c'était vrai : il avait soigneusement ajusté l'inclinaison de son téléphone, et on apercevait bel et bien ses dents.

Il n'avait qu'à supprimer la photo. C'était déjà suffisamment ridicule d'avoir un *crush* sur quelqu'un qui l'avait clairement prévenu qu'il ne se passerait rien tant qu'ils travailleraient ensemble... pire encore, d'avoir reparlé de l'affaire du gui l'autre soir !

Mais il était tard, ce soir-là, et il se sentait seul, et voir le message de Tamsyn apparaître sur son écran lui avait mis du baume au cœur, sans qu'il puisse vraiment l'expliquer.

Comme à chaque fois qu'ils se parlaient, d'ailleurs. Même quand il disait n'importe quoi, même quand il aurait tout donné pour pouvoir revenir en arrière et fermer sa grande gueule, la moindre conversation avec elle était généralement le meilleur moment de sa journée.

Ce qui était... franchement pathétique.

Leur première année de collaboration s'était bien passée. Ils formaient une bonne équipe. Et c'était tout ce qu'il y avait (tout ce qu'il *devait* y avoir) entre eux. Lui était un cas désespéré, loin d'être en capacité d'offrir quoi que ce soit à qui que ce soit. Elle était intelligente et belle, avec une repartie tranchante comme une lame d'obsidienne. Mieux valait la laisser trouver quelqu'un qui saurait se comporter comme une personne normale.

Un humain, pas un sorcier.

Tout ça, Bowen le savait pertinemment.

Mais ça ne l'empêcha pas d'envoyer son message.

Chapitre 2

Ce n'était pas facile d'écrire un texto d'une main tout en tenant dans l'autre un poignard étrusque qu'une sorcière du XVe siècle avait utilisé pour castrer un démon, mais Tamsyn s'était toujours vantée de sa capacité à faire plusieurs choses à la fois.

Surtout qu'un rare selfie de Bowen Penhallow méritait une réponse immédiate, même quand on venait *juste* d'arriver chez soi après un très long vol et plusieurs heures d'embouteillages infernaux.

J'adore

Écrivit-elle en sortant de sa voiture et en se dirigeant vers la porte d'entrée, le gravier crissant sous ses pas.

Mais j'espère pour toi
que ce n'est pas ma prime de Noël !

Prime de *Yule*

Reçut-elle dans l'instant, accompagné d'un simple :

Et le poignard ?

Avec un sourire malicieux, Tamsyn brandit son acquisition ainsi que son téléphone pour un selfie express, agrémenté d'une *duck face* et d'un signe *peace* un peu gênant autour de la garde du poignard.

Elle allait remettre son téléphone dans sa poche lorsqu'il vibra de nouveau :

Belle gosse !

L'air du soir était frais, mais la vague de désir brûlant qui envahit Tamsyn à la lecture de ces deux petits mots lui donna l'impression de flamber comme un phare dans la nuit de décembre.

« Une étoile de Noël en chaleur », maugréa-t-elle pour elle-même en rangeant son téléphone avant d'ouvrir la porte de la caravane dans laquelle elle vivait depuis un an.

En termes d'habitation, elle avait connu mieux, mais elle avait aussi connu pire. Une fois dans le coin cuisine (qui se trouvait précisément à quatre pas de l'entrée), Tamsyn se pencha pour brancher la guirlande lumineuse qu'elle avait accrochée avant de partir pour l'Italie.

Les petites ampoules, d'un kitsch réconfortant, se mirent à scintiller d'éclats multicolores, et Tamsyn sourit avant de poser le poignard sur le comptoir et d'ouvrir le placard à sa gauche.

Elle écarta les verres et les assiettes en plastique pour atteindre la fausse paroi au fond du meuble et effleura du bout des doigts la rune que Bowen lui avait appris à dessiner dans ce but.

C'était bizarre d'utiliser la magie sans être sorcière, et Tamsyn ne s'était pas encore habituée à cette petite décharge de chaleur, au fourmillement qui engourdissait ses doigts pendant quelques secondes.

Le fond du placard s'ouvrit, révélant des liasses de billets dans différentes devises, un porte-documents en cuir contenant divers passeports et cartes d'identité, ainsi qu'une poignée de pièces magiques qu'elle avait récupérées quatre ans plus tôt lors d'une mission et dont elle ne savait toujours pas quoi faire.

Avec précaution, Tamsyn déposa le poignard dans ce coffre-fort, puis referma la porte secrète et repassa les doigts sur la rune, cette fois en sens inverse. Elle sentit à nouveau l'étrange picotement remonter le long de son bras, plus intense cette fois, et elle remua distraitement les doigts en regardant autour d'elle.

Les décorations de Noël égayaient l'intérieur, et les coussins de velours, les plaids aux couleurs vives et les divers bibelots non magiques que Tamsyn avait ramenés de ses voyages (un tableau d'art populaire islandais, un bougeoir en teck ramené de Bali, un miroir chiné pour trois euros à Paris) rendaient l'espace accueillant, mais elle lui trouvait toujours l'air vaguement négligé qu'avaient tous les appartements, maisons, duplex et camping-cars dans lesquels elle avait vécu. Elle décida de ne pas trop se pencher là-dessus pour le moment.

Là, ce qu'il lui fallait, c'était une douche chaude, un pantalon de pyjama et environ trois heures à s'abrutir en scrollant sur son téléphone avant de s'embarquer dans une nuit de douze heures.

« Faut que je mange, aussi ! » ajouta-t-elle à voix haute en reportant son attention sur les placards de la cuisine.

Malheureusement, elle n'avait déjà pas grand-chose en réserve avant de partir pour ce voyage de dernière minute en Italie et, même si Bowen avait fait des miracles à distance pour aménager son chez-elle, il ne lui avait visiblement pas fait cadeau d'un garde-manger rempli par magie.

« Ça, ça ce serait une super prime de Noël », bougonna Tamsyn en attrapant un paquet de nouilles instantanées.

Pendant que le micro-ondes réchauffait ce festin, elle prit une douche rapide dans la minuscule salle de bains de la caravane, puis enfila un pantalon de jogging ainsi qu'un t-shirt extralarge qu'elle avait acheté au *Brin de Magie*, la boutique de Gwyn Jones. Tamsyn se doutait bien que la compagne du frère de Bowen n'hésiterait pas à la changer en triton si elle remettait un jour les pieds dans sa boutique, mais, lorsqu'elle s'était trouvée à Graves Glen pour cette fameuse mission, quelques années auparavant, elle y était passée plus d'une fois.

Son achat favori était une grosse améthyste qu'elle emmenait toujours dans son sac, mais elle tenait presque tout autant à ce t-shirt, orné d'un chat noir souriant de toutes ses dents et de la mention « Si ça se trouve, c'est *toi* qui portes malheur ! ».

Cela dit, elle devrait peut-être investir dans le sweat-shirt Krampus dont Bowen était affublé dans son selfie – juste pour le fun.

Tamsyn sortit son téléphone, ouvrit sa messagerie et contempla de nouveau la photo qu'il lui avait envoyée.

Les cheveux bruns et bouclés du jeune homme étaient trop longs : ils lui tombaient presque sur les épaules. Sa barbe était plus touffue que jamais, mais Tamsyn devinait l'esquisse d'un sourire, et il y avait quelque chose dans l'expression de son visage… une sorte de tendresse qui lui réchauffait le cœur même à travers l'écran.

Avec un grognement d'exaspération, Tamsyn secoua la tête et referma le message pour connecter son téléphone à l'enceinte Bluetooth posée sur le comptoir et lancer sa playlist de Noël. Rien de tel pour l'extirper de ses états d'âme dignes d'une ado énamourée. Elle alla récupérer son dîner dans le micro-ondes tandis que les

Ronettes s'extasiaient sur les balades en traîneau et le *ring-tingle-tingling* des clochettes.

Tout en mêlant sa voix aux leurs, Tamsyn attrapa une fourchette propre sur l'égouttoir à côté de l'évier, puis emporta son repas et son ordinateur portable sur la table de la cuisine, s'installa sur la banquette en cuir et promena son regard dans la pièce.

Les ampoules colorées chatoyaient, le petit sapin de Noël qu'elle avait acheté la semaine dernière se dressait fièrement dans un coin, et la musique était si festive que la jeune femme s'attendait presque à voir débarquer le Père Noël en personne. Et comme Bowen était occupé par sa famille pour Yule, Tamsyn était techniquement en vacances.

Elle avait presque un mois rien que pour elle ; un mois pendant lequel elle serait libre de…

Manger des nouilles instantanées toute seule sur son canapé.

Ce n'étaient même pas des nouilles de marque : juste la version bon marché qu'elle avait jetée dans son caddie la dernière fois qu'elle avait pensé à aller faire des courses.

Tamsyn souleva le bol fumant pour examiner l'étiquette, qui indiquait « Noodz for you » en lettres jaunes, la typographie fantaisie rappelant le contenu du paquet. Elle secoua la tête avec un soupir.

« On touche le fond, là, meuf…, grommela-t-elle avant de souffler sur son bol et de hausser les épaules. Ça ne m'empêchera pas de les manger, ces nouilles, mais il faut bien dire ce qui est. »

Comme ça lui arrivait régulièrement, la jeune femme se dit qu'elle devrait peut-être se trouver un animal de compagnie. Ou une plante d'intérieur. Quelque chose qui donnerait l'impression qu'elle avait un interlocuteur, au lieu de parler toute seule comme ça.

Mais elle voyageait trop souvent ; ce serait cruel pour l'animal en question. Ou pour la plante en question.

« Eh non, je reste en tête à tête avec mes nouilles », dit-elle tout haut, et même les Ronettes eurent l'air de la prendre en pitié en attaquant *Winter Wonderland.*

C'était ridicule de s'apitoyer comme ça sur son propre sort. Rien ne l'obligeait à rester seule avec ses repas surgelés et ses décorations de Noël à deux balles. Ses parents vivaient en Floride, dans un appartement qu'ils avaient acheté l'an passé. Son frère, avec son mari, organisait toujours un véritable festin pour le réveillon. Tamsyn savait que tout le monde l'accueillerait à bras ouverts si elle voulait se joindre à eux. Ils ne l'avaient jamais vraiment comprise, elle qui avait toujours la bougeotte et qui était incapable de tenir en place, mais ils l'aimaient à leur façon, et il était grand temps qu'elle aille leur rendre visite.

Voilà.

C'était décidé : demain, à la première heure, elle appellerait sa mère, puis Michael, et elle irait passer Noël comme tout le monde, à siroter du lait de poule et à regarder des films médiocres tout en avalant son poids en boulettes de viande et en cake aux fruits confits.

C'était exactement ce qu'elle allait faire. Exactement.

Tamsyn était toujours convaincue par ses bonnes résolutions lorsqu'elle alluma son ordinateur et, en quelques clics, se retrouva plongée dans son ancien terrain de chasse.

La page web en question avait l'air étonnamment innocente pour un site hébergé sur un serveur tellement inaccessible qu'à côté, le *dark web* semblait carrément rayonner de popularité : on aurait dit une plateforme de vente aux enchères tout à fait normale, avec des images, des descriptions et des formulations parfaitement neutres.

La différence, c'était que sur cette plateforme anonyme, on vendait non pas des tableaux, des meubles ou des bijoux, mais… bon, des tableaux, des meubles ou des bijoux, sauf que la plupart étaient susceptibles de vous tuer.

Il n'y avait pas grand-chose d'intéressant dans les offres publiées ce soir – en tout cas, pas grand-chose qui pourrait intéresser Bowen. Pas mal de cristaux, un journal intime d'aspect peu engageant, une paire de menottes apparemment fabriquée en…

« Oh, *beurk* ! » s'exclama Tamsyn en repoussant son bol de nouilles.

Elle continua de faire défiler les annonces, mais rien n'attira son attention. Elle s'apprêtait à refermer son ordinateur lorsque son curseur fila, comme de son plein gré, vers un onglet situé en haut de la page.

L'onglet intitulé « Demandes d'acquisition ».

Elle n'avait pas cliqué dessus depuis presque un an – depuis que Bowen l'avait embauchée. C'était le marché qu'ils avaient conclu, après tout : elle ne devait travailler que pour lui, et elle s'y tenait, même s'il ne la payait pas autant que d'autres clients auparavant.

Cela dit, Bowen ne lui avait jamais demandé d'acquérir quoi que ce soit de vraiment dangereux, alors que certaines « demandes d'acquisition » relevaient plus d'une mission suicide que d'une simple transaction.

Tamsyn se mordilla la lèvre inférieure, battant nerveusement des pieds sous la table.

« Je ne fais que regarder, se rappela-t-elle. Ce n'est pas comme si j'allais accepter une mission… Je regarde juste s'il y a quelque chose d'intéressant. Ou quelque chose qui pourrait être utile à Bowen. Voilà, je suis juste… investie. Proactive. Je mets à profit mon esprit d'équipe. »

C'était ça le truc, quand on parlait toute seule : il n'y avait personne pour vous dire d'arrêter de raconter des conneries.

Alors elle cliqua sur l'onglet.

Les premières annonces n'avaient rien d'extraordinaire. Comme d'habitude, un pauvre type proposait des millions de dollars en échange de la pierre philosophale, et quelqu'un d'autre recherchait un objet venant de Salem – alors qu'il n'y avait jamais eu de vraies sorcières à Salem, d'après Bowen.

Pourtant, Tamsyn continua à parcourir les offres, un pied appuyé sur la banquette et un bras enroulé autour de son genou. Dolly Parton surgit dans sa playlist, se lamentant sur son *Hard Candy Christmas*. La jeune femme allait renoncer lorsque son regard tomba sur une broche.

Ce qui éveilla sa curiosité, c'était que contrairement à la plupart des illustrations qui accompagnaient les annonces, il s'agissait non pas d'une esquisse tirée d'un vieil ouvrage, mais d'une photographie en couleur. Le bijou étincelait, chargé d'or, d'émeraudes et de rubis. Il aurait presque eu sa place dans les branches du sapin de Noël.

La description était concise.

Y Seren : broche sertie d'émeraudes, de rubis et d'or du pays de Galles. Actuellement en la possession de Carys Meredith, Manoir Tywyll, pays de Galles. Objet à récupérer impérativement avant le 24/12 de cette année. En raison des risques associés à l'acquisition de ce joyau et du court délai de livraison, l'indemnité compensatoire initiale est fixée à un million de dollars.

« Nom d'une Noodz », marmonna Tamsyn.

Elle avait déjà eu des missions bien payées, mais une rémunération d'un million de dollars *minimum* ? C'était une première. Et elle n'avait jamais vu d'annonce comportant aussi peu de détails. Pas un seul mot sur le *pouvoir* de cette broche. Ce qui, d'après l'expérience de Tamsyn, signifiait que c'était soit une grosse arnaque – un bijou quelconque dont quelqu'un avait décidé qu'il *devait* avoir des pouvoirs magiques –, soit un objet vraiment très puissant.

L'espace d'une seconde, elle envisagea d'appeler Bowen. Ou du moins de lui écrire, étant donné que leurs conversations à distance relevaient généralement du pur cauchemar. Non seulement il n'avait presque pas de réseau dans ses montagnes, mais en plus, ce type était carrément nul en échanges téléphoniques. Tamsyn devait lui demander s'il était encore au bout du fil au moins quinze fois par appel ; parfois, il n'était effectivement plus là (foutu réseau), mais le plus souvent, il s'était juste enfermé dans un silence spécial « Bowen Penhallow ».

Bref, si elle se résolvait à le contacter pour lui demander son avis sur cette mission, ce serait par écrit.

Tamsyn attrapa son téléphone à l'autre bout de la table, mais une fois qu'elle l'eut dans la main, elle hésita.

Elle avait oublié que Bowen n'était pas au pays de Galles en ce moment. Il était à Graves Glen.

Et il y resterait jusqu'à la veille de Noël.

Le regard de la jeune fille retomba sur la broche.

« Mauvaise idée ! lança-t-elle à voix haute, car c'était clairement quelque chose qu'elle avait besoin d'entendre. Je sais à quoi tu penses, et c'est une très mauvaise idée ! »

Quoique…

Non, vraiment, mauvaise idée.

« Une dernière et on arrête… » Quel cliché ! Et Tamsyn était quasiment sûre que c'était exactement avec ce genre de plan qu'on finissait par se faire tuer.

« Ça s'appelle l'ironie du sort », dit-elle, la bouche pleine de nouilles. L'avantage quand on vivait seul et qu'on ne parlait qu'à soi-même, c'était qu'on n'avait pas à s'encombrer de bonnes manières.

Sa main libre continuait à pianoter sur le clavier et ses yeux restaient rivés sur la broche.

Malgré la mauvaise qualité de cette vieille photo, on voyait les émeraudes et les rubis étinceler. Tamsyn avait bien saisi la valeur monétaire de l'objet, mais elle avait du mal à deviner ce qu'il pouvait bien avoir de magique. En tout cas, l'acheteur ne disait rien à ce sujet.

Cette histoire était sacrément louche, elle le savait. Et elle savait qu'elle avait conclu un contrat avec Bowen, qui l'obligeait à l'informer de tout artéfact potentiellement dangereux, afin qu'il puisse l'acquérir lui-même si besoin.

Mais là…

C'était pour *un million de dollars.*

Bowen ne lui payerait jamais une telle somme. Bowen était certainement *loin* de disposer d'une telle somme, malgré le prestige de son père.

En plus, ce job serait l'occasion pour elle de montrer toute l'étendue de ses talents : c'était le genre de mission dans laquelle elle fonçait tête baissée autrefois, avant sa mésaventure avec le fantôme de Graves Glen. Ce serait fun de voir si elle était encore capable de réussir un coup de maître comme ça.

Un casse magique digne d'un numéro de haute voltige.

Un million de dollars.

Et après ça… la retraite, peut-être ?

Cette idée fusa dans son esprit comme si elle avait toujours été là, à la grande stupéfaction de Tamsyn.

Était-ce pour ça que cette annonce l'inspirait tant ? Non seulement ce pactole serait une base plutôt solide pour entamer une nouvelle vie, mais en plus, si elle parvenait à dérober un tel artéfact chez un particulier, elle pourrait dire qu'elle quittait le milieu au sommet de son art.

Elle pourrait dire que ces dix ans de mensonges, de cambriolages, de ruses et (parfois) d'incendies criminels avaient abouti à quelque chose. Quelque chose de plus qu'une caravane au milieu d'un champ et un bocal d'ail expiré au fond du frigo.

Et là, elle pourrait...

Tamsyn plissa le nez.

Que pourrait-elle bien faire, si elle mettait fin à sa carrière d'acquéreuse ?

En une fraction de seconde, son cerveau fit apparaître une image : le petit chalet de Bowen, ses cheveux sombres et bouclés qui lui retombaient sur les yeux alors qu'il se penchait sur les parchemins éparpillés sur une grande table marquée par les années, que Tamsyn avait déjà aperçue lors de leurs appels vidéo. Il portait l'un de ces gros pulls qu'elle aimait tant et, dans sa vision, elle en portait un aussi. L'un de ses pulls à lui, dont l'ourlet effleurait ses cuisses nues tandis qu'elle se tenait devant le poêle et préparait...

Bon, son cerveau venait de conjurer un paquet de « Noodz for you », mais si elle avait le temps de cuisiner – *quand* elle aurait le temps de cuisiner –, elle apprendrait à cuisiner pour de vrai. Elle ferait des plats hyper élaborés, comme au resto.

« Et ce n'est *pas* pour Bowen Penhallow que tu feras la cuisine ! » se réprimanda-t-elle fermement tout en faisant mettre un pantalon à son clone montagnard.

Elle se laissait aller un peu trop souvent dans ces rêveries éveillées où elle et Bowen étaient bien plus proches et bien moins habillés que dans la réalité. Et à chaque fois, Tamsyn se jurait d'arrêter, d'enfermer Bowen dans une boîte portant la mention « Rien qu'un ami (un peu bizarre et très canon), pensées sensuelles s'abstenir ».

Mais voilà qu'il s'était échappé de sa boîte et qu'elle se retrouvait assaillie de pensées indéniablement sensuelles.

Puis elle imagina ce que le jeune homme dirait si elle acceptait cette mission.

Son Bowen fantasmé ne la regardait plus avec cette tendresse qu'elle surprenait parfois dans ses yeux, et encore moins avec la passion qu'elle venait d'imaginer.

Il avait l'air sombre, inquiet, furieux. L'idée qu'elle s'embarque dans une telle aventure le mettrait hors de lui : il y avait bien trop d'inconnues, bien trop de risques.

Mais Bowen était à Graves Glen.

Tamsyn avait l'habitude de prendre de mauvaises décisions pendant les fêtes de fin d'année, comme avaient pu en témoigner, au fil des ans, trois coupes de cheveux atroces, deux ex et une photo datant de son adolescence sur laquelle elle prenait la pose, vêtue d'un sweat-shirt proclamant « *Fa la la la Fuck* », à côté *de sa grand-mère*… Autant de preuves que Tamsyn + Décembre + Trop de temps libre = Catastrophe.

« T'es débile, hein », marmonna-t-elle alors que son curseur survolait le petit bouton « Accepter la demande ». « C'est dangereux ! ajouta-t-elle en haussant le ton. Et compliqué ! Ça va demander de la *préparation.* Des *ressources.* Tu ne vas quand même pas débarquer comme ça chez quelqu'un pour voler une broche, surtout avant Noël… Tu es une adulte, tu es raisonnable, tu… »

En divaguant ainsi, Tamsyn donnait à son ange gardien une dernière chance de la sauver. Mais lui aussi devait être en vacances. Son doigt s'abaissa, cliqua sur le bouton, et l'écran afficha sobrement : « Mission en cours, TLB Acquisitions ».

Tamsyn resta immobile, la bouche sèche, le cœur battant, presque prise de vertiges.

Elle allait donc devoir se rendre au pays de Galles. Elle allait devoir trouver comment pénétrer dans cette maison et y subtiliser un bijou visiblement de très grande valeur. Et tout ça avant Noël.

Fa la la la fuck.

Chapitre 3

Bowen se demandait si, à force de rester seul dans ses montagnes, il avait oublié à quel point les réunions de famille pouvaient être bruyantes, ou si c'était *cette famille en particulier* qui battait tous les records.

Il soupçonnait plutôt cette famille en particulier.

Bien sûr, toutes les familles n'avaient pas un chat doué de parole qui se faisait un malin plaisir de venir se mêler à la cacophonie.

« Croquettes ? » demanda le petit démon alors que Gwyn arrivait de la cuisine avec une nouvelle bouteille de vin. Taran se mit aussitôt à cogner sur la table avec ses petits poings de bébé en répétant : « Croooooooque ! »

« Merveilleux, commenta Vivienne en replaçant l'enfant sur ses genoux avant de jeter à sa cousine un regard faussement contrarié. C'est le chat qui lui apprend à parler, maintenant…

— Tu devrais être contente, le Chavalier Noir a plus de vocabulaire que Rhys ! répliqua Gwyn en tendant la bouteille à Wells pour qu'il l'ouvre.

— Le jour où cet animal utilisera le mot "perambulation" pour dire qu'il part en vadrouille, on en reparlera ! asséna Vivi, et Rhys déposa un baiser sur la joue que lui offrait sa femme.

— Merci, mon amour », lui dit-il avant d'adresser un doigt d'honneur à Gwyn. Celle-ci éclata de rire en lui rendant son salut, mais Wells fusilla son frère du regard et s'indigna : « Tu es *chez moi*, là, Rhys, alors…

— On est chez *papa* plutôt, c'est juste que tu squattes chez lui… C'est d'ailleurs pathétique pour un homme de ton âge.

— Patiiiiiiique ! renchérit Taran, et Rhys hocha la tête.

— Exactement. »

Ils se trouvaient réunis dans la salle à manger du manoir que Simon avait bâti au sommet d'une colline (Bowen refusait d'appeler ça une *montagne*, malgré ce qu'en disaient les gens d'ici), sur les hauteurs de Graves Glen, manoir dans lequel Gwyn et Wells s'étaient installés et qu'ils avaient, comme le disait Gwyn, « magistralement décauchemardisé ».

Bowen n'avait guère de souvenirs de ce à quoi l'endroit ressemblait avant, mais il devait admettre qu'on s'y sentait bien, à présent : l'intérieur était chaleureux et accueillant. Plein de vie. On devinait la patte de Gwyn dans les moindres recoins, des coussins à motifs colorés des chaises du salon au miroir fantaisie en forme de croissant de lune, mais Wells avait lui aussi eu son mot à dire, constata Bowen en repérant le candélabre en fausse corne (prudemment placé hors de la portée de Taran) et les sets de table en cuir faits main.

Ce n'était plus qu'une simple demeure : c'était un vrai foyer, et Bowen était heureux pour son frère.

Pour eux deux.

Mais plus il passait de temps ici, à les écouter se taquiner et se chamailler, discuter et rire, plus il sentait comme un vide se creuser dans ses entrailles.

Il croyait avoir réussi à faire comme si de rien n'était, mais Vivi se tourna vers lui, le bébé toujours dans ses bras, joyeusement occupé à tirer les cheveux longs de sa mère, et elle lui demanda : « Tout va bien ? »

Il lança un regard furtif à ses frères, mais ils étaient en plein débat sur le lieu idéal pour trouver une bûche de Yule, et Gwyn discutait avec sa mère, Elaine, qui était assise en bout de table, une branche de houx coincée derrière l'oreille, et faisait tourner son vin dans son verre.

« Tout va bien, oui, lui dit-il, mais son frère avait épousé une femme bien trop intelligente pour se laisser convaincre aussi facilement.

— Je sais bien que tu as toujours un peu l'air… enfin… cet air-là, reprit-elle en désignant le visage de son beau-frère, mais on dirait que quelque chose te tracasse. »

Ce qui le tracassait, c'était un curieux mélange de culpabilité (Declan n'aurait plus jamais ça, plus jamais de repas de famille, et à cause de qui ?) et de quelque chose d'autre, quelque chose de moins familier pour lui.

Un sentiment de solitude pesante.

Il se sentait seul, alors même qu'ils l'intégraient à leur groupe, qu'ils l'invitaient dans leurs débats et leurs conversations, car il voyait bien à quel point tout ça était facile pour eux. Naturel. À quel point lui était différent.

Par choix, certes, mais c'était tout de même douloureux.

Bowen s'éclaircit la voix pour répondre à Vivienne, mais en s'adressant à toute la tablée : « Je, euh… je sais qu'on avait dit que je resterais peut-être jusqu'au Nouvel An… »

Rhys et Wells interrompirent soudainement leur discussion, et Bowen sentit le rouge lui monter aux joues.

Les bras croisés sur la poitrine, Gwyn le fixait d'un regard sévère : « On n'a pas dit *peut-être*, Bowen. C'est ce qu'on a *décidé*. La première grande célébration de Yule chez les Jones-Penhallow.

On reste tous ensemble pendant presque un mois. On va chercher la bûche de Yule, on boit du vin chaud… Monseigneur a même accepté de porter la couronne de houx ! »

Elle donna un coup de coude dans les côtes de Wells, qui faillit en renverser son vin.

« C'est vrai, confirma-t-il. Puisqu'on m'a promis qu'il n'y aurait aucune photo… »

Bowen hocha la tête. « Oui, c'est sûr, je… C'est sûr.

— Ils t'ont même fait une petite bicoque un peu miteuse au fond du jardin ! ajouta Rhys. Pour que tu te sentes comme chez toi ! »

Merde, voilà qu'ils se liguaient contre lui.

« C'est juste que… je bosse sur quelque chose, en ce moment, se justifia-t-il en choisissant de dire une partie de la vérité. Je ne peux pas prendre un mois entier de vacances…

— Mais tu peux travailler ici ! objecta Gwyn.

— Il y a plein de place à l'étage, acquiesça Wells, et comme Rhys l'a fait remarquer, on t'a construit une cabane dans la forêt pour ne pas contrarier tes habitudes.

— Et entre la fac, tante Elaine et la boutique, je suis sûre que tu trouveras tout ce qu'il te faut pour tes recherches en sciences de la magie ou je ne sais quoi », renchérit Vivi avec un grand sourire.

Même Taran sembla lui balbutier un argument incompréhensible, puis lui lança l'un de ses fameux sourires édentés avant de recommencer à manger les cheveux de sa mère.

« Si tu me parles un peu de ton travail, je t'aiderai volontiers, confirma Elaine.

— Ooh ! s'exclama Gwyn en se redressant sur sa chaise. Et tu peux aussi te servir au *Brin de Magie*, hein ! Même si je me doute que tes recherches ne requièrent pas forcément de sels de bain sauge-lavande…

— Voilà, conclut Wells en tapant dans ses mains. C'est décidé, tu restes avec nous. »

Par les boules de saint Bugi, Bowen n'était pas prêt à résister à tout ce bataillon.

Mais lui aussi pouvait être têtu comme une mule.

À sa façon.

« Je peux rester encore quelques jours, admit-il. Mais c'est tout ce que je peux vous promettre. »

C'est tout ce que je peux vous donner.

***

Rentré chez lui, Bowen venait de remettre une bûche dans l'âtre de sa cheminée lorsque le fantôme fit son apparition.

Il fallait bien reconnaître que c'était le décor idéal pour un esprit : cette froide nuit de décembre, les éléments qui se déchaînaient au-dehors, ce coin reculé des montagnes galloises, cet homme renfrogné au regard perdu dans les flammes… mais ça ne l'empêcha pas de hurler comme une fillette.

« Détends-toi, Bo', enfin ! C'est moi ! » lança Declan, levant une main translucide en un geste apaisant tandis que Bowen, devant la cheminée, tentait de calmer les battements de son cœur qui menaçait de bondir hors de sa poitrine.

« Il faut vraiment que tu te trouves des chaînes ! Scrooge était prévenu, au moins…, grommela Bowen. Ou alors une clochette. Comme un chat. »

Son ancien camarade de classe et meilleur ami lui adressa un doigt d'honneur, son doigt bleuâtre apparaissant nettement dans la lueur du feu. « Connard.

— Enfoiré ! répondit Bowen, avant de soupirer. T'as pas intérêt à aller raconter que j'ai crié comme ça quand tu t'es pointé, hein !

— Dommage, ça aurait été un sujet de conversation incontournable à la prochaine bouffe avec mes potes fantômes… », ironisa Declan avec un sourire en coin.

Un sourire qui fit à Bowen l'effet d'un coup de poignard en plein cœur.

C'était l'une des premières choses qu'il avait appréciées chez Declan, tant d'années auparavant : cette façon qu'il avait de sourire comme si le monde entier n'était qu'une vaste blague et qu'ils avaient bien de la chance d'être les seuls au courant.

Il lui rappelait un peu Rhys, et c'était peut-être pour ça qu'il s'était lié d'amitié aussi vite avec son compagnon de chambrée au Penhaven College.

Avec le temps, il avait fini par se plaire à Graves Glen, mais à cette époque, il avait l'impression d'être à des millions de kilomètres de chez lui et détestait ces hivers trop doux, ces étés chauds et humides, typiques de la Géorgie et si différents de ceux de son pays natal.

Puis il avait rencontré Declan, un Écossais tout droit venu d'Édimbourg, aussi passionné par la sorcellerie ancestrale que par son équipe de foot adorée (les Midlothian Hearts), et presque aussitôt, ils étaient devenus inséparables. Personne n'était aussi instinctivement doué pour la magie que Declan ; personne n'arrivait à maîtriser un enchantement aussi vite que lui, ou à savoir exactement dans quel grimoire se trouvait le rituel qu'ils recherchaient, et dans quel recoin obscur de l'immense bibliothèque se trouvait ce grimoire.

Et personne n'était aussi attiré que lui par le côté le plus sauvage et le plus indomptable de la magie.

Bowen s'était répété des milliers de fois que ce qui s'était passé n'était pas sa faute. Même Declan le lui avait assuré, bon sang…

Mais c'était Bowen qui avait découvert le sortilège.

La bûche éclata dans la cheminée, projetant une volée d'étincelles, et Bowen recula d'un pas en s'essuyant les mains sur son jean, les yeux rivés sur la forme éthérée qui avait jadis été son ami.

« Ça fait un bail que je ne t'ai pas vu », déclara-t-il. Ce n'était pas inhabituel : il se passait parfois toute une année sans que le fantôme apparaisse, et Bowen espérait alors que le lien mystérieux qui enchaînait l'esprit de Declan à la terre s'était enfin rompu – mais non, il revenait toujours. « T'es allé traîner où, cette fois ? »

Declan devint un peu « pâle », sembla-t-il à Bowen. Sa silhouette parut perdre de la substance ; on distinguait plus nettement l'étagère à travers lui, et son maillot de foot était presque illisible.

Il fit soudain un peu plus froid dans la pièce, et les traits de Declan redevinrent plus nets – toujours translucides, mais un peu plus tangibles. Bowen s'aperçut alors qu'il lui tendait quelque chose.

Une enveloppe.

Bowen la prit et fronça les sourcils en la soupesant dans sa main.

« C'est un faire-part de mariage », annonça Declan, mais Bowen était pour l'instant moins curieux du *quoi* que du *comment*. C'est-à-dire…

« Mais comment t'as fait pour ramener ça jusqu'ici ? »

Les fantômes étaient capables de déplacer des objets, mais ils avaient rarement assez de force pour transporter quoi que ce soit.

« C'est pour ça que j'ai disparu de la circulation ces derniers mois, expliqua Declan en désignant l'enveloppe. Elle est arrivée chez ma mère en juillet. Il m'a fallu tout ce temps pour te l'apporter, mais là, ça urge, mec… »

Bowen sortit la carte qui se trouvait dans l'enveloppe et plissa les yeux en essayant d'en déchiffrer la calligraphie alambiquée. « Par Morgane, c'est illisible, ce truc !

— T'inquiète, depuis le temps, je la connais par cœur, assura Declan avec un soupir imperceptible. C'est écrit : "Sir et Lady Meredith ont le plaisir de vous inviter au mariage de leur fille, Carys, et de M. David Thorsby le 24 décembre."

— Carys Meredith… », répéta Bowen en lançant à Declan un regard appuyé.

Le fantôme leva les mains d'un air entendu : « Oui, *Carys*.

— Ta fiancée », poursuivit Bowen. Declan se rembrunit, les bras croisés sur la poitrine.

« Mon ex-fiancée. Apparemment, c'est à ce mystérieux *David* que revient maintenant cet honneur. »

Constatant que Declan prononçait le nom « David » comme s'il s'agissait d'une maladie contagieuse, Bowen se garda bien de faire remarquer à son ami qu'il n'était pas franchement en capacité de se marier et que Carys avait sans doute bien fait de tourner la page.

Bowen ne l'avait jamais rencontrée, mais il se rappelait la photo d'elle qui trônait, bien en évidence, sur le bureau de Declan, dans la chambre qu'ils partageaient à l'époque. Elle était jolie, d'une beauté délicate, avec des cheveux si blonds qu'ils en étaient presque blancs et qui contrastaient avec ses yeux d'un brun sombre. Sur la photo, elle riait face à la caméra, la tête renversée vers l'arrière, les bras grands ouverts.

Declan était fou amoureux d'elle, et Bowen s'était toujours demandé ce qu'on avait dit à Carys de ce qui était arrivé à son fiancé.

Ce qu'elle avait dû penser.

« C'est plus qu'un mariage, reprit Declan en pointant du doigt l'invitation. Ça dure tout un week-end, avec la célébration de Yule et tout le bazar. La famille de Carys a toujours été un peu dans l'excès… »

En agitant le faire-part sous le nez de Declan, Bowen lui demanda : « Et c'est la *semaine prochaine* ? »

Declan hocha la tête d'un air sombre : « Je t'ai dit, j'essaye de t'amener cette foutue enveloppe depuis *juillet* ! J'ai même eu peur d'arriver trop tard.

— Hmm…, grogna Bowen en réfléchissant, tout en tapotant la carte dans sa main d'un air absent. Tu sais…

— Oui, j'aurais pu venir te voir, t'exposer la situation et te laisser créer une invitation par magie, ou alors contacter mes parents pour qu'ils te l'envoient ! J'ai pensé à tout ça, oui – à la seconde où je te l'ai passée. Merci bien, Bowen. »

C'était ça le truc, avec les fantômes : ils avaient tendance à être tellement obnubilés par la quête qui les empêchait de quitter l'univers des mortels qu'il leur arrivait d'oublier comment fonctionnait le monde des humains. C'était à la fois attendrissant et un peu triste. Pour la énième fois, Bowen regretta de ne pas avoir fait plus d'efforts pour convaincre Declan de renoncer à ce satané sortilège.

Enfin, ce qui était fait était fait.

« Mais pourquoi tu m'as apporté ça, au juste ? » demanda-t-il, et Declan lui lança un regard qui rappela à Bowen leurs années de fac. C'était un regard qui voulait dire : *Mais comment peut-on être aussi con ?*

« Parce que je veux que tu y ailles », répondit-il.

Bowen se renfrogna encore plus. Si Tamsyn avait été là, elle se serait fait un plaisir d'imiter sa tête de six pieds de long pour se moquer de lui.

« Tu… tu veux que j'aille au mariage de ton ex-fiancée ? » demanda-t-il.

Declan hocha la tête, ses cheveux (qui, de son vivant, avaient été d'un roux flamboyant, mais n'avaient désormais qu'une teinte gris-bleu) retombant sur ses yeux. « Mmmh-mmmh. Ce que je veux, c'est que tu nous prépares une malédiction bien corsée et qu'au moment de l'échange des vœux, tu te lèves et tu la lances bien fort – avec peut-être un roulement de tonnerre et quelques éclairs, pour la forme ? Ooh, et des nuages noirs au plafond aussi ! Histoire de bien vendre le truc. »

Bowen observa fixement son ami pendant quelques secondes, alors que le feu crépitait dans l'âtre et que le grésil venait s'écraser contre la porte.

Enfin, il dit lentement : « Tu te fous de ma gueule. »

Declan écarquilla les yeux en croisant les bras sur sa poitrine : « Ha ! Il te faut plus de temps que ça pour t'en apercevoir, d'habitude.

— J'ai de l'entraînement, ces temps-ci », marmonna-t-il en pensant aux yeux bruns et malicieux de Tamsyn.

Il faudrait qu'il la présente à Declan, à l'occasion. Ils s'entendraient bien, Bowen en était persuadé. Mais pour parler de Dec' à Tamsyn, il serait obligé de lui expliquer son propre rôle dans ce qui s'était passé, et ça ne serait pas une partie de plaisir.

« Plus sérieusement », reprit Declan en penchant la tête et en observant Bowen à travers les mèches rebelles qui lui couvraient les yeux. « Je ne peux pas y aller moi-même. Cette baraque est blindée de magie et tout ce qui n'a pas l'air d'y avoir sa place se fait jeter aussi sec. Ne me demande pas comment je sais ça… Bon, OK, reprit-il avec un geste défaitiste. Je le sais parce que ça fait dix ans que j'essaye de hanter ce foutu manoir et qu'à chaque fois que je m'en approche, je me retrouve expédié à des kilomètres. Ils déconnent pas, les Meredith ! »

Bowen hocha la tête, mais son cerveau tournait à cent à l'heure.

« Les Meredith… », répéta-t-il avant de se diriger vers la bibliothèque au fond de la pièce – la plus grande, juste à côté de la porte de sa chambre. Du rayon le plus haut, Bowen fit basculer un ouvrage si lourd qu'il grimaça en le réceptionnant sur ses avant-bras.

C'était un énorme volume à la couverture de cuir craquelée, d'un noir effacé, et dont la dorure qui ornait le bord des pages tombait en lambeaux. S'il s'était agi d'un accessoire de cinéma, il aurait fallu souffler dessus pour en enlever la poussière afin que le public comprenne bien l'ancienneté de l'objet, mais les livres ne prenaient jamais la poussière chez Bowen Penhallow. Ce livre-là, d'ailleurs, il l'avait consulté à peine quelques jours auparavant, lors d'un appel tardif de Rhys qui s'inquiétait soudain de la possibilité qu'« Emyr », le deuxième prénom de Taran, ait appartenu à l'un de leurs ancêtres à la réputation peu glorieuse.

Heureusement, ce n'était pas le cas. Bowen feuilleta l'ouvrage, passant la section des Penhallow, des Parry, des Owen, des Neagle, jusqu'à atteindre enfin la page intitulée, dans une calligraphie soignée, « MEREDITH ».

Sentant un courant d'air froid dans son dos, il devina que Declan s'était rapproché pour lire par-dessus son épaule.

« Je savais que sa famille faisait partie du gratin des sorciers, mais pas au point d'être mentionnée dans ton bottin ! dit-il, son souffle glaçant la nuque de Bowen.

— Les Meredith sont plus que des bourgeois, rectifia Bowen en examinant la liste de noms. Ce sont des sorciers puissants. Tu vois celui-là, Powys, en 1283 ? fit-il en tapotant la page. Pendu, éventré, brûlé vif, puis décapité.

— Et ça ne l'a pas tué ?! demanda Declan.

— Oh, si, chacun de ces châtiments l'a tué ! répondit Bowen. Enfin, j'imagine que l'un d'eux l'a tué et que les autres lui ont juste fait très mal.

— Et… en quoi est-ce que ça prouve sa puissance, exactement ? »

Bowen tendit la main par-dessus le bras fantomatique de Declan pour attraper un cahier et un stylo. Ce faisant, sans le faire exprès, il passa le bras à travers le corps immatériel de son ami, qui poussa un cri d'indignation.

« Désolé », lança distraitement Bowen en commençant à écrire. Declan eut un petit rire incrédule.

« Je vois ça… », répondit-il. Si Bowen n'avait pas été aussi absorbé par son travail, il aurait sûrement souri.

« C'est pas comme si ça te faisait mal ! rappela-t-il à Declan, qui releva la tête avec mépris et glissa de l'autre côté de la table.

— Non, mais c'est *hyper malpoli* ! Bon, explique-moi ce qui faisait de l'arrière-arrière-un-million-de-fois-arrière-grand-père de Carys un sorcier si puissant.

— Les Anglais lui ont infligé tous ces supplices parce qu'il pratiquait la magie noire », déclara Bowen sans cesser de recopier des noms et des dates. Il n'avait guère de mal à se rappeler les informations qu'il lisait, mais ce qu'il écrivait restait ancré dans sa mémoire pour toujours.

« OK, mais c'était en 1283, lui fit remarquer Declan. La magie noire, à l'époque, ça pouvait être… j'en sais rien, prendre un bain, ou refuser de se faire poser des sangsues sur la bite !

— C'est un discours d'ignorant, ça, Dec'. Au Moyen Âge, les gens n'étaient pas aussi sales et arriérés qu'on le pense. Tu savais que le stéréotype des dents pourries était complètement faux ? Ils n'avaient pas de sucre, à l'époque, donc…

— Hé, mec ! » l'interrompit Declan en levant la main pour l'arrêter. Bowen lui jeta un regard noir, mais se résolut à garder son cours magistral pour une autre occasion.

On lui reprochait toujours son mutisme relatif, mais quand il avait quelque chose à dire sur un sujet qui l'intéressait, c'étaient tout de suite des yeux levés au ciel et des « Hé, mec ! »...

« Bref, en l'occurrence, c'était vraiment de la magie noire. De la nécromancie, et tout... »

Declan se redressa et l'espoir qui anima soudain son regard fit à Bowen l'effet d'un coup de poing dans l'estomac. « De la nécromancie ? Genre ramener les morts à la vie ?

— Tu n'es pas mort, toi, Dec', lui rappela Bowen d'une voix la plus douce possible. Pas vraiment. »

Declan émit un son qui ressemblait à un rire, mais bien trop lugubre pour en être un. « Pas mort, pas vivant, pas un fantôme, mais pas un corps en décomposition... Ouais, Bowen, on a déjà fait le tour. Et si je te demande ça, c'est pas parce que j'espère y trouver la solution à... » Declan baissa les yeux en désignant sa silhouette éthérée : « ... ce putain de problème. »

Faisant face à Bowen, Declan tendit les bras pour poser les mains sur les épaules de son ami. Ce dernier en sentit le froid, mais aucun poids, aucun contact matériel.

« Si j'avais épousé Carys, tu aurais été mon témoin, pas vrai ? Bon. Je ne peux pas assister au mariage de la femme que j'aime, mais toi, tu peux. Tu peux le faire pour moi. Ce sera un peu comme si j'y étais moi-même, finalement. »

Ça faisait longtemps que Bowen n'avait pas été envahi par cette sensation. La gorge serrée, le soudain picotement dans les yeux. Ça ne lui était probablement pas arrivé depuis la dernière fois qu'il avait parlé à son père, par cette soirée glaciale, l'an dernier, quand il avait fait comprendre à Simon Penhallow que ses trois fils en avaient fini avec lui et ses manigances, et pour de bon.

Il avait bien fallu le faire, mais bordel, comme ça avait été dur… Presque aussi dur que d'affronter le regard suppliant de Declan à présent.

« Dec', répondit Bowen à voix basse, je ne peux pas débarquer comme ça… avec ou sans faire-part, ils sauront sans doute que je n'ai pas été invité.

— Tu viens d'une famille renommée et puissante, lui rappela Declan. Autant que les Meredith. Personne ne s'étonnera de te voir arriver avec une invitation ! Carys pensera sans doute que c'est la famille de *David* qui t'a invité. Et *David* pensera que c'est la terrifiante grand-mère de Carys. Mais personne n'ira dire à un Penhallow qu'il n'a rien à faire là. »

Declan n'avait pas tort. Les familles de sorciers gallois étaient un véritable enchevêtrement généalogique de mariages, de vendettas et de traités ancestraux, et les Penhallow étaient l'une des lignées les plus influentes du pays. Bowen n'aurait qu'à imiter un peu Wells et à se comporter comme un gros snob condescendant, et tout le monde partirait du principe qu'il était parfaitement à sa place.

Dans un château perdu au milieu de nulle part, pendant tout un week-end, avec une bande de sorciers qu'il ne connaissait pas.

Pour Yule.

À nouveau, le visage de Tamsyn surgit dans son esprit. Ils étaient censés se retrouver à Londres le 24 décembre. Le pub, le rosé à la Rodolphe…

Le gui.

« Allez, Bo', s'il te plaît ! supplia de nouveau Declan. Je sais que je l'ai perdue, je sais bien, mais si tu pouvais juste assister au mariage et me raconter… Si je sais que tu es là-bas et qu'il y a au moins une personne dans l'assemblée qui pense à moi, ce sera peut-être moins dur à supporter. »

Bowen fut touché en plein cœur.

Il avait fait tant de mal à Declan, sans avoir trouvé comment y remédier, et voilà que son ami lui demandait un service, un seul minuscule service au vu des circonstances…

« Écoute, reprit Declan avec son éternel sourire en coin, il va faire froid, ça va être hyper gênant, tu vas te sentir super mal, donc…

— … ce sera exactement comme chaque jour de ma vie », termina Bowen d'un ton faussement blasé. Declan éclata de rire, et Bowen sentit sur sa peau un nouveau souffle d'air glacé.

« Voilà, confirma le fantôme. Mais je pense que tu vas te plaire au manoir Tywyll. C'est un château flippant à souhait, plein de vieux bibelots magiques. Prends ça comme un congé vacances-travail ! »

L'évocation du manoir Tywyll résonna étrangement dans l'esprit de Bowen. Ce nom lui rappelait vaguement quelque chose d'important.

Quelque chose qu'il était censé savoir.

Mais une bourrasque s'engouffra soudain dans la cheminée ; le feu rugit brièvement et cette pensée, tout comme Declan, disparut.

Chapitre 4

Tamsyn avait l'habitude des lieux dignes de films d'horreur. C'était le risque du métier, et un risque auquel elle était confrontée de plus en plus souvent depuis qu'elle avait commencé à travailler pour Bowen. Elle avait exploré d'innombrables vieux donjons et caves obscures ; elle s'était même retrouvée, lors d'une mission mémorable, enfermée pendant quelques heures dans des oubliettes. Bref, en matière d'angoisse et d'épouvante, Tamsyn était une vraie pro.

Mais là, devant l'imposant portail en fer forgé du manoir Tywyll, elle dut admettre qu'on était monté d'un cran en termes de décor lugubre.

« Ils méritent un diplôme en atmosphère sinistre, ceux-là », marmonna-t-elle pour elle-même en se penchant pour mieux examiner, à travers son pare-brise embué, les immenses colonnes qui gardaient l'entrée. « Un doctorat en ambiance sépulcrale, même. »

Il lui avait fallu une éternité pour arriver jusqu'ici, car la carte routière qu'elle avait achetée datait d'une bonne soixantaine d'années. Mais, vu ce qu'elle avait appris lors de ses recherches, elle n'était pas étonnée que les Meredith aient rendu leur manoir ancestral si difficile à trouver.

Tamsyn trouvait l'histoire de la famille de Bowen particulièrement compliquée, mais ce n'était rien à côté de cette lignée de sorciers ; elle avait profité du vol interminable jusqu'à Londres et du trajet en train jusqu'au nord du pays de Galles pour faire ses devoirs.

Elle avait donc appris que les Meredith vivaient là depuis… la naissance du pays de Galles, pour ainsi dire, et qu'ils avaient tendance à se faire massacrer de façons diverses et toutes plus horrifiantes les unes que les autres. Elle avait appris que le patriarche actuel, Madoc Meredith, avait une fille nommée Carys et que sa femme, Amelia, l'avait quitté quelques années auparavant pour aller vivre en Italie.

Elle avait appris que le manoir Tywyll avait d'abord été, au XIVe siècle, une sorte de forteresse, avant d'être peu à peu agrandi au cours des cinq cents ans suivants ; c'était désormais plus un imbroglio de styles qu'une maison à proprement parler, doté d'au moins vingt-cinq chambres – et impossible de savoir combien d'autres pièces.

Elle avait même appris qu'à en croire la légende, au moins trois fantômes hantaient le château (et que l'un d'eux avait littéralement perdu sa tête).

Ce que Tamsyn ignorait toujours, c'était où se trouvait la broche qu'elle était censée « acquérir ».

Et quel était son pouvoir.

Et pourquoi quelqu'un était prêt à payer plus d'un million de dollars pour l'obtenir.

« C'est du détail, tout ça », se dit la jeune femme à voix haute, tout en triturant les pointes de sa perruque blonde.

Cette mission exigeait-elle un déguisement ?

Techniquement, non.

Cet aspect de son travail (jouer un rôle, trouver un costume, s'investir à fond dans son personnage) lui avait-il manqué ?

Oh, que oui !

« Arrête de procrastiner, Bligh ! » se réprimanda-t-elle sans cesser d'observer le portail. Les grilles étaient ouvertes ; au-dessus, le mot « Tywyll » se déroulait en lettres de fer en partie rouillées. Sous l'effet d'une bourrasque plus forte que les autres, l'une des portes se mit à chanceler vers la droite.

Tamsyn prit une profonde inspiration avant d'appuyer légèrement sur l'accélérateur de sa voiture de location pour franchir le portail.

Au printemps, le long chemin sinueux qui menait au manoir devait être charmant : les branches des arbres devaient être chargées de feuilles, créant un tunnel vert à la bonne odeur de forêt et laissant entrevoir, çà et là, un coin de ciel bleu. On entendait sans doute le chant des oiseaux, le bourdonnement des abeilles, et peut-être même le doux chuchotis d'un ruisseau.

Tamsyn s'accrocha fermement à cette vision imaginaire ; c'était ça ou admettre qu'elle semblait plonger directement dans un vieux film d'horreur.

Il n'y avait pas de ciel bleu, aujourd'hui : rien qu'une grisaille menaçante qui laissait présager la pluie. Pas de feuillage non plus : rien qu'une enfilade de branches noircies et détrempées qui tendaient vers le ciel leurs doigts squelettiques. Alors qu'une nouvelle rafale s'abattait contre la carrosserie, Tamsyn se cramponna au volant en serrant les dents.

« Un million de dollars », se rappela-t-elle en jetant un coup d'œil à son reflet dans le rétroviseur.

Elle avait ressuscité l'une de ses anciennes identités pour l'occasion. Anna Ripley avait été remisée au placard au moins cinq ans auparavant, mais pour ce public-là, elle semblait particulièrement appropriée : carré court asymétrique et blond platine, lunettes démesurées à monture en acrylique rouge, bijoux tape-à-l'œil…

un peu excentrique, résolument artiste. Anna Ripley était galeriste, après tout – une connaissance de la mère de Carys, qu'elle avait rencontrée dans ce charmant petit studio de Venise, juste à côté du Campo Sant'Angelo, vous vous en souvenez ?

Son mystérieux employeur lui avait fourni une invitation, mais les anecdotes, le déguisement, le pouvoir de persuasion de son propre charme, tout ça relevait exclusivement des talents de Tamsyn.

C'était impressionnant de voir à quelle vitesse les gens gobaient tous vos mensonges tant que vous étiez bien préparé, désinvolte et plein d'assurance.

Au départ, Tamsyn avait envisagé de se présenter comme une amie que Carys aurait connue à l'université, mais elle s'était finalement rabattue sur Amelia : une femme frivole, toujours à la recherche de nouvelles rencontres, de nouvelles expériences. Elle avait trouvé des tonnes de photos et d'articles la montrant aux quatre coins du monde, toujours entourée d'une multitude de personnages, toujours une coupe de champagne à la main. Amelia ne se souviendrait pas d'« Anna Ripley », mais elle ne pourrait pas affirmer avec certitude qu'elle ne l'avait jamais rencontrée, et ses manières d'aristocrate lui interdiraient d'avoir le mauvais goût de demander des preuves – d'autant que Tamsyn arriverait avec une invitation.

« Eh ouais, parce que c'est moi la meilleure », se répéta la jeune femme avec un petit sourire, tandis que le chemin plongeait dans l'ombre des arbres qui semblaient resserrer leurs rangs.

C'était sympa de reprendre ses bonnes vieilles habitudes, même si elle se sentait très légèrement coupable…

Ses yeux quittèrent un instant la route pour se poser sur son sac.

Bowen lui avait écrit l'autre jour. Pas pour lui confier une nouvelle mission – juste un message laconique l'informant qu'il ne pourrait finalement pas la rejoindre pour le réveillon de Noël et qu'ils s'appelleraient après le nouvel an.

Tamsyn s'était sentie déçue, ce qui était ridicule, surtout qu'elle-même s'apprêtait à annuler leur rendez-vous pour s'occuper de son acquisition… Mais en ce qui concernait Bowen Penhallow, elle commençait à se dire qu'elle avait toujours été un peu ridicule.

C'était peut-être pour ça qu'elle avait accepté cette mission : pour se rappeler qui elle était, ce qu'elle était capable de faire, pour se prouver que tout ça n'avait rien à voir avec Bowen. Que lorsqu'il n'aurait plus besoin d'elle, ce qui était inévitable, et retournerait s'enfermer dans sa cabane pour s'atteler à un nouveau projet, elle n'aurait aucun problème à passer à autre chose.

Le chemin était devenu aussi tortueux que les pensées de Tamsyn, qui grimaça en entendant une racine érafler le dessous de la voiture. Elle roulait depuis si longtemps qu'elle commençait à se demander si le manoir était bien là, quand soudain, au détour d'un virage, il apparut devant ses yeux.

C'était une bâtisse… gigantesque. Créneaux et tours se dressaient vers le ciel gris, et la porte (si l'on pouvait appeler ça une porte) se composait de deux énormes panneaux de chêne habillés de verrous et de rivets en fer. Une légère brume s'élevait du sol, et d'authentiques *torches* brûlaient dans des cages métalliques fixées aux murs extérieurs.

Ce manoir avait un aspect menaçant. Hanté. Terrifiant.

Et Tamsyn s'apprêtait à y passer trois nuits.

Un million de dollars, se répéta-t-elle en garant sa voiture avant d'en sortir pour affronter le froid humide de l'après-midi.

Prends ça comme un défi… comme dans les émissions de téléréalité où l'on te fait faire des trucs mégaflippants, mais à la fin, tu gagnes une Toyota ou une connerie dans le genre.

Voilà.

C'était un bon plan.

Tamsyn attrapa son sac à main en cuir ainsi que la valise vintage qui collait si bien au personnage d'Anna Ripley et commença à s'avancer lentement vers le… bon, c'était peut-être officiellement un manoir, mais « château » aurait été une désignation plus appropriée. La jeune femme s'attendait presque à apercevoir un dragon perché sur l'une des tourelles.

Un craquement se fit entendre, si fort que les arbres semblèrent en frémir, et les immenses portes s'ouvrirent lentement sur un homme vêtu d'un costume en laine vert foncé. La pluie fine qui s'était mise à tomber ruisselait sur son crâne chauve tandis qu'il s'avançait pour accueillir Tamsyn.

« Bienvenue ! » s'exclama-t-il d'une voix tonitruante avec un grand sourire tout en lui tendant la main, que la jeune femme saisit sans réfléchir.

Aussitôt, ses doigts furent broyés dans la large paume de l'inconnu, qui lui secoua la main si fort qu'elle crut sentir son épaule se démettre.

« Anna…, commença-t-elle, mais il l'entraînait déjà à l'intérieur avec une chaleureuse tape dans le dos en hochant la tête d'un air entendu.

— Oui, bien sûr, vous faites partie des invités au mariage. Vous êtes la dernière arrivée, très chère, mais ne vous en faites pas, ne vous en faites pas. Quel temps atroce, n'est-ce pas ? Le pays de Galles en décembre, que voulez-vous… Je n'ai jamais compris pourquoi Carys tenait tant à ce que ses noces aient lieu le jour de Yule, mais les désirs de la mariée sont des ordres, n'est-ce pas ? »

Il éclata d'un rire qui alla résonner dans le hall d'entrée caverneux, l'écho rebondissant contre le sol de pierre et la sinistre rangée d'armures qui montaient la garde le long du vaste couloir, au fond duquel se trouvait une cheminée où dansait un grand feu.

Transie par le froid depuis qu'elle était sortie de sa voiture, Tamsyn avança instinctivement vers la cheminée, mais son hôte la dirigea vers la droite, dans un autre couloir obscur, dépassant un escalier massif qui s'élevait dans une pénombre inquiétante.

« Allons dans la cuisine, que vous puissiez boire un bon thé, voulez-vous ? Rien de tel pour se réchauffer un jour comme celui-ci, je vous assure. Un thé avec une goutte de whisky, peut-être ? » Il adressa à Tamsyn un sourire espiègle avant de poser un doigt boudiné sur ses lèvres : « Notre petit secret », chuchota-t-il – ou, en tout cas, *s'efforça*-t-il de chuchoter. Tamsyn doutait que cet homme soit capable d'émettre tout son qui ne serait pas tonitruant.

« Ce serait…, fit-elle, mais il l'entraînait de nouveau dans le couloir en la tenant fermement par le coude.

— Oui, voilà, et une petite sieste, peut-être, ensuite vous serez fraîche comme la rosée du matin. Je vous conseillerais bien un bain chaud, mais avec tout le monde que nous hébergeons ces jours-ci, je ne vous garantis pas que notre vieille tuyauterie parvienne à vous offrir mieux qu'un bain tiède… et un bain tiède, c'est pire que pas de bain du tout, n'est-ce pas ? C'est ce que je disais toujours à mon père, mais il me répondait : "Madoc, mon garçon, nos ancêtres se lavaient dans des rivières glaciales, et cette eau glaciale coule dans les veines des Meredith ! Ne fais donc pas la mauviette !" Ce n'étaient pas des paroles très bienveillantes pour un père, mais… »

Il poursuivit son bavardage, mais Tamsyn ne l'écoutait plus, trop occupée par les sonnettes d'alarme qui résonnaient dans son esprit.

Cet homme était donc Sir Madoc Meredith, le patriarche. L'hôte de ce mariage. Le père de la mariée. Un homme qui, d'après ce que Tamsyn avait appris durant ces quelques semaines de recherches, était l'un des sorciers les plus puissants au monde.

Et ce sorcier était actuellement terrifié.

Tamsyn s'en était rendu compte lorsqu'il avait croisé son regard, un bref instant, en plaisantant au sujet du whisky. Malgré son sourire, ses yeux bleus écarquillés clignaient trop vite et le doigt qu'il avait porté à sa bouche tremblait.

Il y avait aussi la vigueur avec laquelle il l'attirait vers le fond du couloir, et les furtifs coups d'œil qu'il jetait par-dessus son épaule sans interrompre son interminable causerie. Sa grosse main, toujours refermée sur le coude de la jeune femme, était si glacée qu'elle en sentait le froid à travers son pull et, même dans la faible lumière du hall, Tamsyn devinait le teint grisâtre du maître des lieux.

Quelque chose n'allait pas.

Pas du tout, même.

Merde et remerde, se dit Tamsyn tout en rendant son sourire à Madoc Meredith.

Elle excellait dans cette partie de son travail : lire le visage des gens, deviner ce qu'ils ressentaient même lorsqu'ils s'efforçaient de le cacher. C'était une compétence essentielle dans ce métier – une compétence qui l'avait tirée d'affaire maintes et maintes fois au fil des ans. Et là, chaque fibre de son corps lui hurlait de décamper, de prétendre avoir oublié quelque chose dans sa voiture et de prendre ses jambes à son cou. D'oublier la broche, la mission, car elle n'avait pas la moindre envie d'affronter ce qui terrorisait à ce point un sorcier aussi éminent.

Soudain, quelque part au loin, Tamsyn entendit un grand fracas. On aurait dit un objet métallique qui s'écroulait sur de la pierre, et la jeune femme pensa à toutes les armures qui longeaient le hall d'entrée – mais non, le bruit venait de plus loin : il semblait comme étouffé.

Sir Madoc sursauta comme si on avait tiré un coup de feu juste à côté de son oreille, et plongea une main dans sa poche pour en sortir un mouchoir brodé de ses initiales. Il s'épongea le front, malgré le froid qui régnait dans le couloir, si intense que Tamsyn pouvait voir son souffle se changer en vapeur.

« Est-ce que tout va b… », commença-t-elle, mais il sembla voir quelque chose derrière elle et son visage s'illumina quelque peu.

« Ah ! Vous allez pouvoir rencontrer un autre de nos invités ! »

Tamsyn était bien plus curieuse de découvrir ce qui se tramait dans ce château que de rencontrer un membre quelconque de la bourgeoisie des sorciers, mais elle se força à sourire en se retournant.

Le couloir était sombre : une grisaille humide tombait des hautes fenêtres pour projeter au sol des ombres étranges, et les candélabres électriques fixés aux murs peinaient à combattre l'obscurité ambiante.

Mais Tamsyn n'avait pas besoin de plus de lumière : elle aurait reconnu cette démarche – mains dans les poches, dos légèrement voûté – n'importe où.

Oh, non…, fut la seule pensée qui parvint à se former dans son esprit.

Enfin, pas tout à fait. En réalité, une multitude de pensées s'y entrechoquaient joyeusement, par exemple *Bordel de meeerde* et *De tous les bars du monde… C'était quoi la citation, déjà ? Il faut que je regarde plus de vieux films…* et *Oh mon Dieu, ça lui arrive donc de porter autre chose que des pulls, des bottes et des jeans… Mais c'est pas bon ça, j'étais presque immunisée contre son style, et maintenant je vais devoir m'habituer à le voir en costard sans lui sauter dessus, mais en aurai-je la force ? Qui pourrait en avoir la f…*

« Mademoiselle la dernière arrivée, je vous présente monsieur notre *premier* arrivé ! » s'exclama Sir Madoc. Sans se départir de son sourire forcé, Tamsyn tendit la main à Bowen Penhallow, ignorant son air furieux.

Chapitre 5

Bowen étudiait la magie depuis suffisamment longtemps pour savoir que l'univers était régi par des forces qui le dépassaient. Il les avait vues de près, ces forces. Il les avait examinées. Il avait cherché à percer leurs mystères. Il ne les comprenait peut-être pas entièrement, mais il *croyait* en leur existence, aucun doute là-dessus.

Et là, devant cette Tamsyn aux cheveux blonds qui se retournait pour lui adresser son sourire le plus faux, il se mit *aussi* à croire en leur volonté de lui pourrir la vie.

« Bowen Penhallow ! rugit Sir Madoc tandis que Tamsyn serrait la main de Bowen. Permettez-moi de vous présenter… » Leur hôte fronça les sourcils, son teint déjà légèrement violacé s'empourprant un peu plus. « Pardonnez-moi, très chère, mais pouvez-vous me rappeler votre nom ?

— Anna Ripley », répondit aussitôt Tamsyn, sans lâcher la main de Bowen. Sa paume était froide, et le jeune homme se demanda si c'était parce qu'elle était nerveuse ou seulement parce que les Meredith, clairement, considéraient que le chauffage était une affaire réservée aux simples mortels.

« Anna », répéta lentement Bowen en la dévisageant.

La chevelure brune de Tamsyn était recouverte d'une perruque d'un blond lumineux, coupée en carré court, et ses yeux, sombres et vifs comme toujours, l'observaient derrière des lunettes démesurées à monture rouge. Ses chaussures étaient elles aussi d'un rouge sang, avec des talons si hauts et si fins que Bowen se demanda comment elle avait fait pour ne pas s'étaler la tête la première sur le sol de pierre. Perchée sur ces échasses, elle était presque assez grande pour pouvoir le regarder droit dans les yeux et, en la contemplant, Bowen crut lire dans son regard quelque chose comme *Pitié, mec, me mets pas dans la merde !*

Comme une petite voix qui le suppliait avec cet irrésistible accent américain.

« Parfait, parfait », s'exclama Sir Madoc en les invitant d'un geste à le suivre jusqu'au bout du couloir, où se trouvait une petite cuisine.

Ils étaient visiblement dans la partie la plus ancienne de la bâtisse : la pièce avait un plafond bas, aux poutres apparentes, et les briques entourant la cheminée étaient noircies par des siècles de suie, mais l'endroit ne manquait pas de charme. Un feu crépitait dans l'âtre et une théière fumante, accompagnée de quelques tasses en porcelaine mal assorties, les attendait sur la table de bois massif qui trônait au centre de la cuisine.

Sir Madoc leur servit deux tasses de thé avant de sortir une flasque de sa veste pour agrémenter leur boisson d'une bonne dose de whisky. Il s'apprêtait à la refermer lorsqu'il se ravisa et, sous les yeux de Bowen et Tamsyn, qui attendaient toujours sur le seuil de la cuisine, il la porta à ses lèvres pour la vider d'un trait.

« Ah, fit-il en replaçant la flasque dans la poche de son veston. Ça va mieux ! Et maintenant, si vous voulez bien m'excuser, j'ai tant à faire, tant à faire… mais je vous en prie, buvez votre thé ! Le cocktail aura lieu à la bibliothèque à 7 heures, et nous dînerons à 8 heures. Mademoiselle Ripley, je ferai monter vos bagages dans la chambre bleue, je crois… Non, non, la jaune. Oui, la chambre jaune : la vue est plus belle, elle donne sur les jardins ! »

En repassant devant eux, Sir Madoc leur asséna une grande claque affectueuse sur l'épaule, puis il disparut, comme englouti par l'obscurité du couloir.

Tamsyn et Bowen étaient seuls.

Pendant un long moment, ils restèrent plantés là, dans un silence qui n'était perturbé que par le craquement des bûches dans la cheminée et le vent s'engouffrant sous les corniches.

Tamsyn céda la première : avec un soupir, elle se dirigea vers la table, ses talons surdimensionnés résonnant sur le sol à chacun de ses pas.

« Il va me falloir des forces pour cette conversation », déclara-t-elle en prenant sa tasse avant de s'asseoir sur l'un des tabourets qui entouraient la table.

Bowen s'assit à son tour et porta la fragile tasse de porcelaine à ses lèvres pour siroter une gorgée de thé. La goutte de whisky ajoutée par Sir Madoc propagea bientôt dans ses veines une agréable chaleur. Tamsyn l'observait d'un air méfiant, mais Bowen laissa le silence se prolonger encore un peu avant d'enfin commencer : « Tu as changé. »

Tamsyn tourna la tête si vivement que les pointes de son carré impeccable se balancèrent comme un pendule au-dessus de ses épaules.

« C'est tout ? s'insurgea-t-elle en haussant les sourcils sous sa frange blonde. Tu me trouves ici, clairement en mission, et tout ce que tu as à dire, c'est que j'ai *changé* ?

— Non, ce n'est pas tout ce que j'ai à dire… c'est juste la première chose, répliqua Bowen. Je pense que tu n'auras pas de mal à deviner la deuxième.

— Qu'est-ce que je fais là ? devina-t-elle en appuyant la joue sur sa paume, et Bowen dut se répéter qu'il était furieux contre elle dans l'espoir d'oublier à quel point elle était *adorable*.

— Voilà, ouais. »

Tamsyn poussa un nouveau soupir et passa la main dans ses cheveux. « Tu veux la version courte ou la version longue ?

— La version vraie. Sois honnête avec moi », dit-il en penchant la tête pour la regarder dans les yeux.

La jeune femme sembla se démonter légèrement, laissant sa joue glisser de sa main. « C'est pas réglo de me faire ça ! s'indigna-t-elle. Quand tu passes en mode… sérieux, là, avec tes yeux, et ta voix, et… » Elle agita la main devant son visage. Bowen n'avait aucune idée de ce qu'elle voulait dire par là, mais il n'y fit pas attention.

« Je suis là pour un client, comme tu t'en doutes, expliqua Tamsyn.

— Mais je suis ton seul client, maintenant ! » rétorqua-t-il.

Elle était trop douée et trop rapide pour vraiment se trahir, mais cet éclair de culpabilité qui traversa son regard et sa lèvre inférieure prise entre ses dents l'espace d'un bref instant n'échappèrent pas à Bowen.

« Tam…, commença-t-il, mais elle leva les mains au ciel en signe de capitulation, faisant s'entrechoquer ses bracelets dorés.

— Oui, tu es mon seul client dans le sens où je travaille actuellement pour toi, mais j'ai travaillé avec beaucoup de gens avant de te rencontrer, Bowen ! Et parfois, j'ai envie de me dérouiller un peu, tu vois. Donc je suis allée sur le site où je trouve des artéfacts…

— Il y a un site internet pour ça ?! »

Elle leva une main pour l'interrompre, et Bowen remarqua que ses ongles étaient du même rouge écarlate que sa tenue. « Il y a un site internet pour *tout.* Malheureusement. Bref, j'ai trouvé quelque chose d'intéressant et comme tu n'avais pas besoin de moi en décembre, je me suis dit qu'une petite mission free-lance ne me ferait pas de mal… Et cette mission free-lance m'a fait atterrir dans cet authentique *cauchemar* de château. »

Bowen émit un grognement et but le reste de son thé.

En reposant la tasse vide sur la table, il s'efforça de se convaincre qu'il était parfaitement normal de se sentir aussi en colère. Ce que faisait Tamsyn, acquérir des artéfacts magiques pour les revendre au plus offrant, était une entreprise dangereuse. Et en plus, une entreprise qui compliquait la vie des autres sorciers – Bowen compris.

Donc oui, c'était parfaitement normal d'être contrarié. En rogne.

Et c'était tout aussi naturel d'être piqué par la curiosité. Que pouvait-il bien y avoir, entre ces murs, de si précieux que quelqu'un avait accepté les tarifs de Tamsyn pour se le procurer ?

Oui, il était curieux – aussi curieux qu'en colère et contrarié.

Mais le pire, dans cette histoire, ce qui le chiffonnait le plus, c'était le sentiment qui se cachait en dessous de toutes ces émotions parfaitement rationnelles.

Il se sentait *blessé*.

Pourquoi ne lui avait-elle pas dit qu'elle avait accepté une nouvelle mission ? Certes, elle ne lui devait rien en tant que collaboratrice, mais en tant qu'amie...

Bowen referma violemment la porte sur cette pensée.

Ce genre de réflexion n'allait pas arranger les choses.

« Donc tu as rompu notre contrat, reprit-il en croisant les bras sur sa poitrine. À moins que la notion d'exclusivité n'ait un sens différent pour les non-sorciers... »

Il vit les coins de la bouche de Tamsyn s'affaisser, ses yeux papilloter derrière ses immenses lunettes. « Non, répondit-elle. Enfin... pas tout à fait. C'est juste pour cette fois, Bowen ! Un dernier job !

— Tu vas vraiment me sortir ce cliché ?

— C'est pas pour rien que c'est un cliché ! riposta-t-elle en se rembrunissant encore plus. Cette mission me fera gagner assez d'argent pour que je n'aie plus jamais besoin d'en accepter d'autres. Après ça, fini les Noodz, Bowen ! »

Le jeune homme avait des questions… *beaucoup* de questions, mais il se concentra sur la plus simple : « Combien ça va te rapporter ? »

Il vit clairement qu'elle envisageait de lui mentir : son regard fuyant, l'espace d'une seconde, et le tapotement nerveux de son talon contre le pied de son tabouret…

Mais elle finit par se raviser et poser les mains à plat sur la table, le rubis d'une de ses bagues semblant adresser un clin d'œil à Bowen. « Au moins un million.

— De dollars ?

— Ouaip.

— Ah. »

C'était plus qu'il ne l'aurait cru. Plus qu'il n'aurait jamais pu le deviner, même.

Et ça ne lui disait rien qui vaille. On n'offrait pas une telle somme pour une coupe cérémonielle ou une pierre ensorcelée. Quel que soit l'objet que Tamsyn était censée dérober, il devait être sacrément puissant.

Tamsyn avait visiblement suivi le fil de ses pensées en observant son visage, car elle se pencha pour lui chuchoter : « C'est un joyau – une broche hideuse, qu'on appelle Y Seren.

— L'Étoile », traduisit Bowen. La jeune femme hocha la tête et sortit son téléphone du petit sac à main toujours pendu à son épaule. « Tu vois ? » dit-elle en lui montrant l'écran.

Effectivement, c'était un bijou particulièrement laid : un amas criard de rubis, d'émeraudes et de diamants. Bowen fut soulagé de n'avoir jamais entendu parler de cet objet, ni de l'avoir jamais vu. Il passait sa vie à étudier les sciences occultes dans les moindres détails ; si cet artéfact était dangereux, il l'aurait su.

« Alors, pas d'avertissement d'ours mal léché ? demanda Tamsyn en reprenant son téléphone. Pas de sombre légende interminable sur une broche capable de faire fondre tes yeux dans leurs orbites ou de t'écorcher vif ?

— Je n'en ai jamais entendu parler », concéda Bowen en se grattant machinalement le cou. Il avait toujours sa barbe, mais il l'avait taillée pour l'occasion, ce que Tamsyn sembla remarquer en cet instant.

Bowen surprit le regard de la jeune femme qui remontait sur son visage, tout comme il avait surpris dans ses yeux cet éclat de… quelque chose, quelque chose d'autre que la panique qui l'avait envahie lorsqu'elle s'était retrouvée face à lui dans le couloir.

Il se rendit alors compte qu'ils allaient tous les deux passer les prochains jours dans ce manoir, ce ténébreux château aux mille recoins, au fin fond de la campagne galloise. Il y aurait des soirées au coin du feu, des promenades dans les bois – et sûrement du *gui*, bordel ! Bowen comprit soudain à quel point cette expédition serait dangereuse pour lui, et ce n'était pas juste parce que Tamsyn s'apprêtait à cambrioler leurs hôtes.

Le jeune homme s'éclaircit la voix et se redressa, les mains croisées devant lui. « Tu vas avoir besoin de mon aide, lui dit-il. Pour trouver ce truc. S'il appartient aux Meredith, ils l'auront sûrement protégé avec un bouclier magique digne de Rhiannon ! »

Tamsyn se renfrogna, mais n'objecta pas.

Pas à voix haute, en tout cas.

Elle se contenta de demander : « Tu les connais bien, les Meredith ? C'est pour ça que tu es là ?

— Je ne les ai jamais rencontrés », répondit Bowen en haussant les épaules. Le silence s'étira entre eux pendant de longues secondes, ponctuées par le tic-tac cinglant de l'horloge.

« Et dooonc…, insista Tamsyn en posant le menton dans le creux de sa main. C'est tout ? Pas d'explication, de contexte, de justification de ta présence ? »

Il envisagea brièvement de lui dire la vérité, de lui parler de Declan et du pétrin dans lequel il s'était fourré, mais il s'entendit lui répondre : « Je représente ma famille, c'est tout. Les traditions à la con des vieilles lignées de sorciers, tu sais… »

Tamsyn hocha la tête, agitant de nouveau ses énormes boucles d'oreilles, et ouvrit la bouche pour parler mais, à ce moment-là, un hurlement lointain retentit quelque part dans le château et la jeune femme sursauta violemment, blêmissant à vue d'œil.

Le son se prolongea en un étrange geignement strident, que l'on aurait pu prendre pour le sifflement du vent s'il n'avait pas eu pour effet de vous glacer le sang dans les veines et de vous hérisser les cheveux sur la tête.

Puis il s'interrompit brutalement, laissant place à un silence presque plus glaçant encore.

« Que…, commença Tamsyn avant d'avaler péniblement sa salive, puis de reprendre : Qu'est-ce que c'était ça ? »

Bowen s'était posé la même question lorsqu'il avait entendu ce hurlement déchirant pour la première fois, moins de dix minutes après être arrivé. Il s'était aussi demandé pourquoi il faisait si froid, dans le couloir du troisième étage, que son souffle se changeait en vapeur.

Mais lorsqu'il avait vu un vase ancien léviter de quelques centimètres au-dessus d'une petite table basse en bois de rose, dans la bibliothèque, il avait compris.

« Un fantôme », répondit-il à Tamsyn, qui tourna vers lui de grands yeux pleins d'effroi, la bouche entrouverte.

Avec un soupir, Bowen s'affaissa sur son tabouret. « Donc, pour résumer : on a un mariage à célébrer, une broche à voler, et en plus de ça, le château est hanté. »

Chapitre 6

Sir Madoc s'était trompé : il y avait bien assez d'eau chaude au manoir Tywyll pour embuer la salle de bains et rosir la peau de Tamsyn, immergée dans une antique baignoire sur pieds si vaste que la Ford Fiesta qui avait été sa première voiture serait largement rentrée dedans.

Malheureusement, la jeune femme était à peu près sûre qu'un bain de *lave en fusion* n'aurait pas suffi pour chasser le froid qui l'avait glacée jusqu'aux os.

Et ce n'était pas à cause de l'atmosphère du château en lui-même ou du froid humide de cette soirée de décembre – même si tout ça n'arrangeait pas la situation. Non, c'étaient les paroles prononcées par Bowen dans la cuisine (*en plus de ça, le château est hanté...*) qui la faisaient trembler de tous ses membres, malgré la sueur qui perlait à son front.

« Allez, t'es une guerrière ! se rappela-t-elle en se laissant glisser un peu plus dans l'eau. Tu ne vas peut-être pas te mettre à hurler “J'ai pas peur des fantômes !”, mais tu vas le *penser* très fort. Bon, trop tard, tu l'as dit, parce que tu recommences à parler toute seule... Ça fait pas très guerrière, ça, pour le coup. »

Après, il fallait quand même avouer que... les fantômes, ça lui foutait les jetons. Elle n'en avait jamais *vu*, mais elle s'était déjà trouvée en *présence* d'un fantôme, et cette expérience lui avait suffi pour toute l'éternité. Elle se rappelait encore cette sensation d'être écrasée sous une chape de plomb, dans la chambre du bed and breakfast où elle s'était réfugiée après avoir dérobé la bougie d'Eurydice à Vivienne Jones. Il n'y avait pas eu d'apparition spectrale ni de bruit étrange, rien que cette impression que l'air ambiant cherchait à l'étouffer, ainsi qu'un froid glacial contre lequel les vêtements les plus chauds ne pouvaient rien.

Si on lui avait demandé de décrire cette présence avec laquelle elle avait cohabité pendant ces quelques jours, Tamsyn n'aurait pas su quoi dire, à part que c'était *quelque chose d'antinaturel, qui n'était pas censé exister*, et qu'elle en avait été tellement épouvantée qu'elle avait renoncé à toute acquisition dans les mois qui avaient suivi.

Le manoir Tywyll ne lui faisait pas exactement cette impression, mais Tamsyn savait que Bowen avait raison : il y avait *quelque chose* dans ce château et, finalement, même un million de dollars n'en valait peut-être pas la peine.

Le carillon d'une horloge résonna quelque part dans la demeure ; en soupirant, la jeune femme jeta un coup d'œil à son téléphone posé en équilibre précaire sur le rebord de la fenêtre, juste au-dessus de la baignoire. 18 h 15.

Tamsyn se hissa hors de son bain, dépliant la serviette un peu rêche qu'on avait posée pour elle au coin de la baignoire, et elle commença à se préparer pour ce qui serait, à n'en pas douter, une *très longue* soirée.

Bowen ne lui avait donné aucune explication après lui avoir annoncé « Devine quoi, le manoir est hanté !... » mais ce n'était pas étonnant, vu que Bowen n'expliquait *jamais rien*. En réajustant sa perruque, Tamsyn se répéta que la présence qui errait en ces lieux, quelle qu'elle soit, n'aurait rien de particulier contre elle. C'était bien le genre de château hanté par des membres de la famille défunts, non ? Cette bonne vieille tante Clara, ou quelque autre esprit qui arpentait les couloirs, n'irait pas s'en prendre à une pauvre Américaine qui n'était là que pour quelques jours. Elle serait trop occupée à essayer de faire comprendre à ses descendants où était caché le trésor, ou qui l'avait assassinée, quelque chose comme ça…

« C'est bien comme ça que ça marche, les fantômes, non ? » demanda-t-elle à voix haute tout en sortant son eye-liner de sa trousse de maquillage.

Elle était à la moitié de son deuxième *smoky eye* lorsqu'elle s'interrompit brusquement, son crayon se mettant à trembler entre ses doigts.

« À moins que le fantôme soit lié à la broche… », murmura-t-elle, l'estomac noué.

Voler des bijoux de famille, c'était bien un coup à se faire pourchasser par un fantôme, pas de doute là-dessus.

« Merde. »

Tamsyn reposa maladroitement son eye-liner et s'appuya des deux mains sur le lavabo pour observer fixement son reflet dans le miroir.

« Tu y tiens tant que ça, à cet argent ? lui demanda-t-elle et, après un instant de réflexion, elle hocha la tête. Ouais, j'y tiens tant que ça. OK. Allez, Bligh, t'es une grande fille ! Et puis, Bowen sera avec toi… »

Qu'est-ce que c'était rageant d'admettre à quel point cette pensée lui réchauffait le cœur ! Tout comme la joie qui l'avait inondée, une fois l'accès de panique passé, quand elle s'était retrouvée nez à nez avec lui.

Non, c'était plus que de la joie… Elle s'était sentie *heureuse.* Heureuse de le voir, là, dans le hall de ce château aux airs d'asile de fous. Si beau, si familier, si… sûr.

Si rassurant.

Elle s'était sentie comme lorsqu'elle rentrait de mission et qu'elle apercevait l'éclat réconfortant des lampes allumées dans sa caravane. Heureuse, soulagée, apaisée…

En plus, elle était à peu près sûre que lui aussi s'était senti heureux de la voir. Contrarié, sans doute, et loin d'être enthousiasmé par la raison de sa présence, mais elle l'avait bien vue, cette douceur dans son regard, lorsqu'ils étaient assis face à face à la table de la cuisine.

Or, tout ça n'avait aucune importance, car : A) Tamsyn n'était pas du genre à mélanger travail et plaisir, et B) même si elle prenait finalement le risque de se jeter à l'eau (enfin, au cou de Bowen), rien ne lui garantissait qu'il serait prêt à faire de même. Oui, il était intelligent, et sexy, et gentil malgré ses airs bourrus, mais il était aussi renfermé sur lui-même, impénétrable, gardant jalousement des secrets qu'elle ne pouvait comprendre.

Quand on était une femme de 30 ans, il fallait bien renoncer à toute idée saugrenue du genre « grâce à moi, il ira mieux », et c'était pour Tamsyn une règle encore plus sacrée que « on ne couche pas avec son collègue ».

Elle finit de se maquiller avant de regagner sa chambre, où il faisait bien plus froid que dans la vapeur de la salle de bains. Ses pieds nus s'enfoncèrent dans un épais tapis doré. Sir Madoc avait parlé de « chambre jaune », et on comprenait vite pourquoi : l'imposant lit à baldaquin qui trônait au milieu de la pièce était orné d'un drap à rayures jaune et beige, et les murs étaient tapissés d'un assemblage de roses jaunes et de marguerites qui donnait le tournis. Même le velours des deux fauteuils placés devant la cheminée était d'une couleur jaune bruni rappelant d'anciennes pièces de monnaie. Si Tamsyn n'avait pas été aussi stressée par sa mission (et terrifiée à l'idée de tomber sur les esprits qui hantaient les lieux), elle aurait été ravie d'avoir une chambre aussi extravagante et somptueuse pour tout un week-end.

Mais elle s'habilla à la hâte, déterminée à passer le moins de temps possible seule dans cette pièce.

Elle avait pioché dans ses économies afin de se constituer la garde-robe adéquate pour sa mission, en se répétant que c'était un bon investissement puisqu'elle aurait bientôt gagné un million de dollars. En examinant son reflet dans le miroir de plain-pied disposé dans un coin de la chambre, Tamsyn dut admettre qu'elle avait bien fait. Pour le dîner de ce soir, elle avait choisi de porter une combinaison de velours noir, aux manches longues et amples et au décolleté plongeant. Elle avait agrémenté sa tenue de plusieurs rangées de colliers de perles ainsi que d'une nouvelle paire de talons aiguilles et de lunettes papillon à monture noire.

« Sacré look ! » conclut la jeune femme en se tournant d'un côté, puis de l'autre, admirant la fine ceinture à strass qui étincelait subtilement autour de sa taille.

En passant la main sur ses hanches, Tamsyn s'adressa un dernier hochement de tête approbateur ; elle allait se détourner du miroir lorsqu'elle crut voir quelque chose bouger au-dessus de son épaule droite.

Tétanisée, elle pensa d'abord que ce n'était qu'un effet de lumière ou un défaut du miroir, mais non : il y avait bien… *quelque chose.* Une sorte de brume, juste là, au pied du lit, qui s'élevait comme une volute de fumée à quelques centimètres du plancher.

Tamsyn vit dans le reflet son teint pâle, ses yeux écarquillés, et elle remarqua que la température avait soudainement chuté : son souffle formait de légers nuages blancs.

Tout va bien, voulut-elle dire à voix haute pour se rassurer, mais elle avait la gorge trop sèche et son cœur battait si violemment qu'elle s'étonnait de ne pas voir ses colliers de perles en frémir.

L'étrange brume ondulait toujours dans le miroir, sans grossir, mais sans se dissiper non plus. Tamsyn se força à se retourner, manquant de trébucher lorsque son talon se prit dans le tapis moelleux.

Mais lorsqu'elle posa les yeux sur le lit, à l'endroit où elle avait vu cette *chose* qui flottait en l'air, elle ne vit rien du tout.

Et lorsqu'elle se tourna de nouveau vers le miroir, elle ne vit rien d'autre qu'elle-même, ou plutôt Anna Ripley, qui l'observait fixement.

***

BON SANG, *qu'ils sont chiants, ces sorciers !*

Ce n'était pas la réflexion la plus charitable, Bowen devait le reconnaître – pas la plus judicieuse non plus, étant donné que lui-même était un sorcier, mais après quinze minutes à parler pour ne rien dire, dans la bibliothèque du manoir Tywyll, il comprenait mieux les motivations des cinglés du Moyen Âge avec leurs fourches et leurs bûchers.

« Et donc, *votre* grand-père Harri était en fait un lointain cousin de *mon* grand-père Corwin. Or, Corwin était connu comme l'un des sorciers les plus puissants de sa génération, comme vous le savez sans doute… », poursuivit l'homme qui se tenait devant Bowen, exhalant un souffle chaud et chargé de whisky. Le jeune homme porta son propre verre à ses lèvres pour dissimuler une grimace. « Et je ne crois pas qu'Harri ait jamais fait grand-chose – c'est pourquoi nous avons tous été aussi surpris en découvrant le talent de votre père en matière de sorcellerie… *Par contre*, votre grand-mère, Elspeth… »

Le sorcier continua à débiter l'histoire de la lignée Penhallow, trop absorbé dans son monologue pour remarquer que Bowen ne l'écoutait pas. Mais de toute manière, si cet homme (comment s'appelait-il, déjà ? Un nom bien snob. Peregrine, peut-être ?) en savait autant qu'il le prétendait sur les Penhallow, il aurait su que Bowen connaissait l'histoire de sa famille dans les moindres détails, son père la lui ayant rabâchée jusqu'à ce qu'il soit capable d'énumérer chacun de ses ancêtres depuis le IXe siècle.

Cela dit, Declan avait raison : le simple nom de famille de Bowen lui avait ouvert en grand les portes du château. Il avait été accueilli aussitôt, sans la moindre question, même si les convives n'étaient pas si nombreux à séjourner au manoir pendant tout le week-end. Sir Madoc l'avait informé que la plupart arriveraient le dimanche, pour la cérémonie. Ils n'étaient pour l'instant qu'une vingtaine, rassemblés dans la bibliothèque.

Mais Tamsyn n'était pas parmi eux. Bowen jeta un coup d'œil en direction de la porte, sans doute pour la millième fois de la soirée.

Il avait envisagé de s'arrêter à sa chambre pour l'escorter jusqu'en bas, mais cette idée lui avait semblé… présomptueuse. Et il était déjà assez mal à l'aise comme ça, engoncé dans cette saloperie de smoking. Bien sûr, ça aurait pu être pire : les Meredith auraient pu être aussi à cheval sur les traditions que Simon Penhallow et obliger tout le monde à venir en robe de sorcier. Bowen n'était pas fan des costards, mais c'était toujours mieux que ces maudites robes dans lesquelles on étouffait et dont les manches finissaient toujours par traîner dans la soupe ou dans la sauce d'un plat.

Et puis, Tamsyn se moquait bien assez de lui comme ça. Si en plus, elle découvrait les robes de sorcier… elle se payerait sa tête jusqu'à la fin de ses jours.

« Voilà pourquoi *ma* tante Griselda n'adresse plus la parole à *votre* tante Bronwyn ! » acheva son interlocuteur avec un grand éclat de rire, assénant sur l'épaule de Bowen une claque si vigoureuse que le verre vide de ce dernier faillit en perdre ses glaçons.

Avec un sourire crispé, Bowen désigna du menton le bar installé à côté de la cheminée. « Je vais me resservir », annonça-t-il en montrant son verre. L'autre se remit à rire en levant les deux mains.

« N'en dites pas plus, n'en dites pas plus ! Je crois bien que je vais… Mais attendez une minute ! » L'homme avait repéré quelque chose derrière Bowen, et son expression joviale prenait peu à peu une tournure sournoise. « Qui est donc cette éblouissante créature ? »

Bowen sut qu'il parlait de Tamsyn avant même de se retourner, mais il n'en eut pas moins le souffle coupé en la découvrant sur le seuil, vêtue d'un habit noir moulant et de perles qui scintillaient contre sa peau bronzée, avec un décolleté vertigineux dans lequel le jeune homme brûla aussitôt d'envie de plonger les mains – sa peau y serait chaude et douce, et ses lèvres s'entrouvriraient lorsque ses doigts l'effleureraient…

« Enfin une femme qu'on sauterait bien et qui n'est pas la mariée ! » lança son interlocuteur avec un sourire carnassier. Bowen fut étonné de ne pas voir son verre éclater en mille morceaux dans sa main.

Il avait dû émettre un son sans s'en rendre compte, car l'homme (*Perseus*, pas Peregrine, se souvint tout à coup Bowen. Ce vieux salopard de Perseus…) blêmit quelque peu, clignant des yeux d'un air interdit. « Quoi ? demanda-t-il avant de boire une gorgée de whisky avec un petit rire nerveux. Vous l'avez déjà réservée ?

— Voyez ça comme vous voulez », grogna Bowen avant de traverser la pièce pour rejoindre Tamsyn.

Elle sourit en l'apercevant, mais plus il s'approchait, plus ce sourire devenait incertain ; lorsqu'il arriva à sa hauteur, elle l'observait avec dans les yeux un mélange d'inquiétude et de perplexité, comme

Bowen la première fois qu'elle avait essayé de lui expliquer le concept de *Real Housewives*.

« Te voilà enfin ! » dit-il et, sans se laisser le temps de réfléchir, il passa une main autour de la taille de la jeune femme pour l'attirer contre lui. Son corps était chaud et doux, exactement comme il l'avait imaginé, et elle sentait aussi délicieusement bon que le soir de leur première rencontre. Bowen ne put s'empêcher de frôler du bout des lèvres la peau de la jeune femme lorsqu'il se pencha vers elle pour chuchoter : « Désolé, mais…

— Le mec rougeaud qui transpire l'alcool et qui nous fusille du regard a dit un truc bien pervers à mon encontre, et tu lui fais croire qu'on est ensemble parce qu'on a beau être au XXIe siècle, les hommes n'ont pas changé ? » compléta-t-elle d'une voix douce, tout en lui caressant la joue avec tendresse. Bowen acquiesça d'un grommellement.

Tamsyn laissa échapper un petit rire grave et rauque que Bowen sentit vibrer jusqu'à son entrejambe ; instinctivement, il resserra la main sur la hanche de la jeune femme.

Gêné, il s'empressa de remarquer : « T'en as mis du temps ! Je commençais à croire que tu allais manquer l'apéritif. »

Le visage de Tamsyn s'assombrit, un pli d'inquiétude apparaissant entre ses sourcils. Elle secoua la tête. « Il s'est passé quelque chose de bizarre… », commença-t-elle, mais elle fut alors interrompue par le violent fracas qui retentit juste derrière la porte de la bibliothèque, si étourdissant que Bowen fut d'abord incapable d'en déterminer l'origine.

Et soudain, quelqu'un se mit à hurler.

CHAPITRE 7

La première chose qui vint à l'esprit de Tamsyn fut : *Ouf, c'est un être humain qui a crié !…* C'était dire à quel point les choses allaient mal au manoir Tywyll.

« Et tu trouves ça réjouissant ? » demanda Bowen, les sourcils froncés, tandis que les convives commençaient à se diriger vers la lourde porte à double battant.

Oups… ce n'était donc pas « la première chose qui lui était venue à l'esprit », mais plutôt « les premières paroles qui étaient sorties de sa bouche ». Pas si étonnant que ça, vu la fréquence à laquelle ça lui arrivait…

« C'est toujours mieux qu'un fantôme », se justifia-t-elle dans un murmure alors qu'ils se laissaient entraîner par les autres dans le couloir. Tamsyn restait collée à son compagnon. Elle n'avait toujours pas encaissé la vision de Bowen en smoking, sa crinière domptée en boucles soyeuses, sa barbe bien taillée, accentuant le contour de sa mâchoire et la ligne de ses lèvres… donc oui, ce hurlement était finalement une distraction bienvenue. Sinon, elle aurait risqué de faire quelque chose de complètement aberrant, comme lui lécher le visage ou le demander en mariage.

La jeune femme se demandait s'il était en proie à des pulsions similaires ; elle avait bien vu la manière dont ses doigts s'étaient raidis sur son verre lorsqu'il l'avait aperçue sur le pas de la porte. Et il n'aurait peut-être pas eu besoin de la serrer aussi fort contre lui lorsqu'il l'avait rejointe. Et cette infime caresse de ses lèvres sur sa tempe n'avait peut-être pas été absolument nécessaire.

Mais elle ne s'en était pas plainte.

Même là, mêlés aux convives attroupés dans l'immense vestibule, elle trouva tout naturel de glisser le bras sous celui de Bowen, et elle constata avec satisfaction qu'il serrait le coude pour l'attirer plus près de lui, la forçant à poser son autre main sur le biceps du jeune homme pour ne pas perdre l'équilibre, et…

Wow ! OK. Décidément, Bowen dissimulait bien des choses sous ses gros pulls informes. Tamsyn se dit qu'elle méritait une médaille (ou alors une foutue broche magique) pour sa capacité à lutter contre la tentation de palper ce bras ferme et musculeux.

Bowen la maintint contre lui tandis qu'il contournait trois femmes en somptueuses robes de soirée noires, et Tamsyn sentit tout à coup quelque chose crisser sous son talon.

En regardant par terre, elle repéra un bris de verre, puis un autre, puis encore un autre… Le sol de pierre était jonché d'éclats friables et scintillants, et la jeune femme s'aperçut alors que le couloir était bien plus sombre que quelques minutes auparavant.

« Le lustre », indiqua Bowen. Effectivement, maintenant qu'ils s'étaient avancés, Tamsyn put constater que c'était bien le majestueux lustre de cristal qui gisait à terre, tordu et brisé. Sans doute l'origine du bruit qu'ils avaient entendu.

Quant aux hurlements…

Ils s'étaient tus, mais Tamsyn avait la forte impression qu'ils étaient venus de la jeune femme blonde à la pâleur presque spectrale, vêtue d'une robe blanche et d'un châle à carreaux écossais, qui se tenait en bas de l'escalier et tremblait de tous ses membres. Elle avait une main plaquée sur la bouche et les yeux rivés sur le lustre brisé. Sir Madoc lui tapotait maladroitement l'épaule, tandis qu'un grand homme aux cheveux noirs, qui portait un luxueux smoking, posait une main dans le bas du dos de la jeune femme en se penchant pour murmurer à son oreille.

Tout le monde s'était mis à parler à voix basse, et ces chuchotis résonnaient étonnamment fort dans le vaste hall ; ce léger bruissement de voix était par moments ponctué par les gémissements de la femme blonde, dont le regard revenait sans cesse aux débris du lustre.

Ils étaient suffisamment proches pour que Tamsyn entende ce que disait Sir Madoc : « Ma chérie, ma chérie, ne dis pas n'importe quoi. C'est un vieux château, tu sais aussi bien que moi que tout ne fonctionne pas comme il faudrait... Tiens, l'autre jour – enfin, pas *tout à fait* l'autre jour, maintenant que j'y pense, c'était en octobre, mais peu importe, j'étais dans le...

— Ce n'est pas le château, papa ! » riposta vivement la jeune femme.

C'était donc la future mariée, Carys Meredith. Et l'homme qui se tenait à ses côtés devait être David Thorsby, son fiancé. Tous deux formaient un beau couple : elle avait les cheveux si blonds qu'ils paraissaient presque blancs, lui était plutôt du genre brun ténébreux... Mais Tamsyn remarqua que le corps de Carys semblait tendu comme pour échapper aux mains de son promis, et que la mâchoire de David s'était subitement crispée lorsqu'elle avait élevé la voix.

« On a beau tous faire comme si de rien n'était, c'est bien lui ! poursuivit Carys, ses yeux allant de son père à son fiancé. Il... il est là, et il est en colère. Il est *furieux*. Pourquoi nous infligerait-il tout ça, sinon ? »

Tamsyn sentit Bowen se raidir à ses côtés ; elle leva vers lui un regard interrogateur : « Qu'est-ce... », commença-t-elle, mais Carys continuait à crier en agitant les bras, son châle glissant de ses épaules.

« Qu'est-ce qu'il vous faut de plus ? s'exclama-t-elle d'une voix presque suppliante. C'est Declan ! Il me hante parce qu'il ne veut pas que je me marie ! »

Bowen prit une profonde inspiration, mais Tamsyn ne le regardait plus. Elle ne regardait pas non plus les restes du lustre, n'examinait pas les alentours à la recherche d'autres projectiles lancés depuis l'au-delà.

Non, elle observait le joyau accroché au discret décolleté de la robe de Carys.

Il faisait particulièrement sombre dans le hall, à présent que le lustre s'était écroulé, mais la faible lueur des lampes murales et de la cheminée faisait resplendir les rubis, les émeraudes et les diamants de la broche.

Y Seren, en chair et en os – pour ainsi dire... Non pas conservée au fond d'un grenier obscur, prenant la poussière avec le reste des trésors engrangés au fil des siècles par les Meredith, mais là. Sous ses yeux.

Sur la robe de la future mariée.

Tamsyn tressaillit, et Bowen couvrit d'une main la sienne, toujours posée au creux du coude du jeune homme, la pressant légèrement. Était-ce pour l'avertir de ne pas bouger ou pour lui signaler qu'effectivement le butin qu'elle convoitait était bien devant eux ? Et que ce n'était visiblement pas une breloque oubliée, mais un précieux bijou de famille, que Carys comptait peut-être même porter le jour de son mariage…

Autrement dit, ce n'était pas franchement le genre de choses qu'on pourrait subtiliser en toute discrétion.

Tamsyn se rendit compte qu'elle était en train de se mordiller la lèvre inférieure. Non, c'était un tic de Tamsyn Bligh ça, pas d'Anna Ripley ! Elle se força donc à adopter une expression copiée sur tous les bourgeois qu'elle avait rencontrés au fil des ans : un air qui vous donnait l'impression à la fois de mourir d'ennui et de mourir de faim.

« Arrête un peu, mon amour ! » protesta David, tandis que Sir Madoc ressortait son mouchoir de sa poche pour s'éponger le front malgré la fraîcheur ambiante.

« Comment expliquer ce qui se passe, alors ? demanda Carys, ignorant les convives assemblés. Ça fait plus de cinquante ans qu'il n'y a pas eu de fantôme au manoir ! Et là, juste avant mon mariage… les poches d'air glacé, les tableaux qui tombent des murs, ces fichus lustres qui s'effondrent sans raison ? » Elle secoua la tête, faisant étinceler les émeraudes de ses boucles d'oreilles. « C'est Declan, papa ! Je le *sais* !

— Ton premier fiancé ? Quand bien même ce serait vrai, il est mort, mon amour… », répondit David en adressant à sa promise un sourire un peu trop forcé pour être sincère.

Ce tressaillement de mâchoire et cette crispation de la main que David avait posée sur le bras de sa fiancée n'échappèrent pas à Tamsyn. Tout ça ne lui disait rien qui vaille… et à Bowen non plus, visiblement, car sa main se referma un peu plus sur celle de la jeune femme et, lorsque cette dernière leva les yeux vers lui, elle put presque voir un gros nuage noir se former au-dessus de sa tête.

« Je ne suis pas très fan de David… », lui chuchota Tamsyn, et Bowen lui répondit d'une sorte de grondement sourd avant de marmonner quelque chose en gallois.

Tamsyn ne parlait pas cette langue, mais elle parlait le Bowen : elle devina sans peine qu'il venait d'adresser tout bas à David le genre d'insulte qui lui aurait jadis valu une provocation en duel.

Sans pouvoir empêcher ses lèvres de trembler, Carys s'enroula dans son châle, couvrant Y Seren. Sir Madoc lui tapota de nouveau le bras avant de se tourner vers l'assemblée et de s'exclamer : « Toutes nos excuses, toutes nos excuses… rien de tel qu'un petit mélodrame pour animer un mariage, n'est-ce pas ! Allons donc nous mettre à table pour le dîner, je suis sûr qu'un peu de bonne chère et de bon vin nous fera du bien ! Oui, voilà, c'est ce qu'il nous faut, tout ira mieux après. Allons, Carys, viens, *fy nghalon*…

— Comment il l'a appelée ? demanda Tamsyn à Bowen tandis que les convives se dirigeaient vers la salle à manger en évitant tant bien que mal les bris de verre répandus sur le sol.

— Mon cœur », répondit Bowen, et Tamsyn dut lutter de toutes ses forces pour se rappeler qu'il ne faisait que traduire les paroles d'un vieil homme adressées à sa fille, et qu'elle n'avait *aucune* raison d'être aussi émoustillée par ces mots prononcés avec la voix grave à l'accent chantant de Bowen.

Aucune raison. Zéro.

Et pourtant…

Oooh, et pourtant…

Les invités traversèrent un nouveau couloir faiblement éclairé jusqu'à une porte à double battant, qui s'ouvrit alors sur une immense salle à manger. Les murs étaient couverts de portraits d'aristocrates à l'air renfrogné et une rangée de candélabres était disposée au centre d'une longue table, la lueur des bougies dansant sur les couverts en étain et les assiettes en porcelaine. De grands vases étaient chargés de fleurs rouges et blanches dont l'odeur évoquait vaguement un enterrement, releva Tamsyn en plissant le nez. Tout le monde commença à s'asseoir, et la jeune femme fut soulagée de constater qu'il n'y avait pas de marque-places à côté des assiettes. Elle ne se retrouverait donc pas coincée entre le Baron Déjà-bien-trop-soûl et le Lord Aux-mains-baladeuses. Elle pourrait s'asseoir près de Bowen, et la perspective d'être à ses côtés à la lueur des chandelles, tandis que la tempête faisait rage au-dehors, rendait l'idée d'un fantôme arpentant les étages… bon, d'accord, pas beaucoup moins effrayante – même un mec canon et un décor tout droit sorti d'un bon roman gothique ne suffisaient pas pour lui faire oublier ce maudit fantôme, mais ça ne pouvait pas faire de mal.

Tandis qu'un valet de pied vêtu d'une livrée quelque peu élimée remplissait leurs verres d'un vin écarlate, Tamsyn se pencha vers Bowen et chuchota : « Alors, tu penses que Carys a raison ? Que le fantôme est son fiancé défunt ? »

Elle s'attendait à recevoir en réponse un grognement caractéristique de Bowen, mais lorsqu'elle leva les yeux vers lui, il serrait la mâchoire et ses doigts étaient crispés autour du pied de son verre. « Non », répondit-il d'une voix si tendue que Tamsyn se demanda si son nœud papillon n'était pas en train de l'étrangler.

Interloquée, la jeune femme s'écarta légèrement de lui en clignant des yeux. « Comment tu peux en être aussi sûr ? » demanda-t-elle, mais avant que Bowen ait eu le temps de lui répondre, sa voisine de droite l'interpella : « C'est à moi que vous êtes censée parler, très chère ! »

Tamsyn tourna la tête et découvrit une vieille femme rabougrie, qui semblait littéralement crouler sous le poids de tous ses bijoux et qui l'observait, les sourcils froncés, à travers un petit lorgnon qu'elle tenait juste devant ses yeux.

« Oh ! fit Tamsyn, décontenancée. Est-ce que… est-ce qu'on se connaît ?

— Une personne sur deux doit d'abord parler avec celle qui se trouve à sa droite. Au bout d'un certain temps, lorsque notre hôte nous l'indiquera, vous pourrez vous tourner vers votre voisin de gauche. »

La vieille dame plissa les yeux en y collant ses lunettes pour mieux voir Bowen, qui observait d'un air maussade la soupière posée devant lui.

« Cela dit, je comprends que vous préfériez discuter avec un spécimen comme celui-là qu'avec une vieille pie comme moi ! »

Elle éclata d'un rire suraigu, s'attirant le regard interloqué de plusieurs des convives attablés.

« Oh, mangez donc votre soupe, vous autres ! » enjoignit l'inconnue avec un geste méprisant. Lorsque chacun fut retourné à son repas, la vieille femme se repencha vers Tamsyn et lui dit à l'oreille : « Je leur flanque une peur bleue. C'est ce qui est bien, quand on est vieille… enfin, vieille et assez riche pour acheter mille fois son âme ! »

Elle se remit à glousser et, de sa place en bout de table, Sir Madoc lui lança : « Mère, vous savez bien que tout résonne dans cette pièce !

— Bien sûr que je le sais ! répondit-elle gaiement. C'est comme ça que j'ai surpris ton père en train de batifoler avec l'une des bonnes en… '63, me semble-t-il ? Pas surprenant que son cœur ait lâché à peine quelques années plus tard… aidé par mes poisons, naturellement. »

Elle éclata à nouveau de rire, et le visage de Sir Madoc rougit jusqu'à en devenir presque violacé tandis que Carys protestait faiblement : « Grand-mère, je vous en prie… »

La vieille dame haussa les épaules avant de se retourner vers Tamsyn : « Les poisons, ce n'est qu'une plaisanterie, très chère, ne vous alarmez pas. »

Tamsyn était effectivement en train d'examiner son verre de vin d'un air méfiant, mais elle répondit avec un sourire : « C'est bon à savoir, Lady… excusez-moi, je ne sais pas comment vous appeler !

— Oh, c'est un nom à coucher dehors ! fit sa voisine en agitant une main d'un geste désinvolte avant d'attraper sa cuillère à soupe. Mon nom de jeune fille est Lady Angharade Carys Catrin Carew, et je suis devenue Lady Meredith après avoir épousé le vaurien qu'était le père de Madoc. Maintenant que je ne suis plus qu'une pauvre veuve, on m'appelle la Douairière Lady Meredith, ou parfois Lady Angharade Meredith. Mais pour éviter les maux de tête, je demande souvent aux gens de m'appeler Annie. » Elle adressa un sourire radieux à Tamsyn. « Vous n'avez qu'à m'appeler comme ça, vous aussi ! Déjà, vous êtes américaine, donc il vaut mieux simplifier les choses… Et puis, mon fils sera grandement contrarié d'entendre ses invités m'appeler "Annie" tout le week-end, et ce sera tout aussi bon à prendre ! »

Inutile de se demander d'où Sir Madoc tenait sa propension au bavardage, se dit Tamsyn, qui dut cependant reconnaître qu'Annie lui plaisait beaucoup plus.

Surtout que cette dernière avait peut-être de précieuses informations concernant Y Seren, songea la jeune femme avec un *léger* sentiment de culpabilité…

« Votre manoir est magnifique », déclara Tamsyn avant de porter une première cuillerée de soupe à ses lèvres. Elle était à peine tiède et, au goût, on devinait vaguement que le cuisinier qui l'avait préparée avait mis la main sur un bout de concombre et une infime pincée de sel, mais la jeune femme se força à l'avaler.

« Oh, c'est une épouvantable demeure ! s'exclama Annie d'un air toujours aussi guilleret. Toute l'aile ouest tombe en ruine, la tourelle est infestée de chauves-souris, et la semaine dernière, le jardinier a déterré deux squelettes sous mes rosiers… J'ai toujours dit qu'il y avait quelque chose de louche dans cette parcelle, mais personne n'a pris la peine de m'écouter ! »

La soupe perdit le peu de saveur qu'elle avait dans la bouche de Tamsyn, qui demanda d'un ton hésitant : « Et vous pensez… enfin, vous croyez que ça explique le… le lustre, les bruits, tout ça ?

— Le fantôme ? » suggéra Annie avant de secouer la tête, faisant valser les diamants en forme de gouttes qui pendaient à ses oreilles. « Oh, non, je pense que notre chère Carys a raison sur ce point. C'est son fiancé, celui qui est mort, Declan McKenzie ! Le manoir Tywyll a accueilli toutes sortes d'esprits au fil des siècles. Vous n'imaginez pas combien de fois j'ai dû répéter à la Dame Sans-Tête de remettre sa vilaine caboche à sa place ou d'accepter qu'elle ne serait jamais plus rattachée à son corps… qu'elle était ridicule, celle-là, à se promener dans les couloirs en tenant sa tête devant elle comme un bol de pudding ! Elle a dû finir par entendre raison, car on ne l'a plus revue… Il y a eu le Petit Bleu, aussi ! Il était plus agréable, lui, mais on se serait passé des vomissements… Comment diable peut-on vomir alors qu'on n'a même pas de corps ? »

Elle secoua la tête, et Tamsyn dut se faire à l'idée qu'elle n'avalerait pas une goutte de soupe de plus. En repoussant son bol, elle demanda à Annie : « Mais ce fantôme-là, il vous semble différent ?

— Hmm, acquiesça Annie. Très différent. Tous ces gémissements, ces objets qui tombent… Rien à voir avec les autres. Bien plus malpoli, si vous me demandez mon avis. Et le fiancé en question était écossais, donc… »

Elle lança à Tamsyn un regard entendu, mais la jeune femme n'avait aucune idée du rapport entre les Écossais et cette affaire. Elle se contenta de sourire en hochant la tête avant de reprendre : « Et il est mort… récemment ?

— Ça fait quelques années. Un accident pendant ses études, je crois. Toute cette histoire est restée bien mystérieuse, bien secrète. Mais Carys a tourné la page, elle a trouvé David, qui est très bien, si ce n'est… Enfin, il est très bien. Un simple humain, malheureusement… mais c'est aussi votre cas, n'est-ce pas, très chère ? » Devant le silence décontenancé de Tamsyn, Annie lui tapota affectueusement la main : « Oh, ne vous en faites pas, notre groupe est un joyeux mélange de sorciers et d'humains… même si je pense que nous sommes supérieurs en nombre. Qui vous a invitée ? »

Le plan initial de Tamsyn était de prétendre être une amie d'Amelia, la mère de Carys, mais grâce à l'initiative qu'avait prise Bowen dans la bibliothèque, elle avait une meilleure excuse – encore plus plausible. « Je suis venue avec Bowen Penhallow », déclara-t-elle en se tournant légèrement pour poser la main sur le bras de Bowen.

Ce dernier se tourna vers elle et lui adressa un sourire nerveux avant de se pencher près d'elle pour lancer à sa voisine : « C'est un plaisir de vous revoir, Lady Meredith.

— Bowen Penhallow… N'est-ce pas vous que j'ai surpris en train d'essayer de chiper par enchantement les pommes de notre verger, un été ? »

Cette fois, le sourire de Bowen fut sincère, et Tamsyn fut de nouveau frappée de constater à quel point ce sourire le rajeunissait, à quel point ses yeux bruns pétillaient à la lumière des bougies. « Vous parlez plutôt de Rhys, mon frère. Vous le terrifiez toujours autant, d'ailleurs ! »

Annie eut un petit rire satisfait. « Tant mieux. Trop charmant pour être honnête, celui-là… Mais c'est de famille, on dirait. Si vous rasiez cette peau de bête qui vous cache le visage, vous lui feriez concurrence ! »

Au grand étonnement de Tamsyn (et pour son plus grand bonheur), elle vit les joues de Bowen s'empourprer légèrement.

Bowen Penhallow qui piquait un fard… Décidément, la vie était pleine de surprises.

Un tintement attira leur attention et Tamsyn se tourna vers le bout de la table : Sir Madoc s'était levé, tapotant son verre en cristal avec son couteau à beurre. Son épaisse moustache blanche semblait plus touffue que jamais, son teint était toujours aussi écarlate et son crâne chauve luisait de sueur. Pourtant, il adressa un grand sourire à l'assemblée et s'exclama d'une voix tonitruante : « Prenez-moi une femme ! C'est le Barde lui-même qui l'a ordonné, et qui sommes-nous, pauvres mortels, pour ignorer ses paroles ?

— C'est un gars du coin, le Barde ? demanda Tamsyn à Bowen dans un murmure, et elle vit avec satisfaction ses lèvres tressaillir en un sourire réprimé.

— Ne fais pas l'Américaine ignare, Tamsyn, tu n'es pas crédible.

— Je suis trop maligne pour ça, hein ? »

Il lui jeta un coup d'œil par-dessus son épaule, soutenant son regard juste assez longtemps pour que la jeune femme sente son cœur s'arrêter et son sang bouillonner dans ses veines. « Tu es trop exceptionnelle pour ça… Trop maligne pour ton bien. »

Tamsyn vit les yeux de Bowen glisser furtivement jusqu'à sa bouche, et elle sentit ce regard comme une caresse.

Comme un baiser.

« Trop maligne pour mon bien aussi », grommela-t-il avant de se détourner à nouveau, laissant Tamsyn sous le choc, le souffle coupé.

Sir Madoc poursuivait sa diatribe shakespearienne sur le mariage des vrais esprits, la munificence infinie de l'amour et toutes sortes d'autres mots aussi beaux qu'épiques et grandiloquents. Et pendant ce temps, tout ce à quoi Tamsyn pouvait penser, c'était qu'il n'existait pas de mots capables de décrire ce qu'elle avait ressenti à l'instant où Bowen lui avait dit qu'elle était *exceptionnelle*.

« Levons nos verres ! » tonna Sir Madoc en se levant et en brandissant son propre verre, avant de constater qu'il était vide. Jurant dans sa barbe, il fit signe à l'un des valets de s'approcher, et ce dernier (qui était plus un garçon qu'un homme) se précipita pour lui resservir du champagne.

« Levons nos verres ! répéta Sir Madoc, et tous les convives se levèrent à leur tour, excepté Carys et David. À la santé de mon futur gendre, David, gentleman de… de fort bon caractère… entre autres qualités d'homme. »

Sir Madoc s'éclaircit la voix avant de se tourner de l'autre côté. « Et à la santé de ma si jolie fille, Carys », dit-il d'un ton bien plus doux. Cet homme avait peut-être ses défauts, mais nul ne pouvait douter qu'il aimait profondément sa fille, et ce constat le fit quelque peu remonter dans l'estime de Tamsyn. « Le soleil de notre famille. Notre joyau le plus précieux. »

Personne ne sembla remarquer la manière dont Carys effleura fugacement Y Seren, toujours épinglée à sa robe – personne, sauf Tamsyn. La future mariée était d'une pâleur inquiétante, et elle n'avait pas touché à son repas. La lueur des chandelles faisait ressortir les ombres violettes sous ses yeux et, lorsqu'elle leva son propre verre, ce fut d'une main tremblante.

« À ta santé, papa », dit-elle avant de se tourner vers David. Celui-ci souriait, mais Tamsyn vit ses jointures blanchir autour du verre qu'il serrait dans sa main.

« Et à la tienne, David, toi que j'épouserai dans deux jours à peine », ajouta-t-elle.

Et non pas « À la tienne, David, l'amour de ma vie », observa Tamsyn. Ce n'était pas un toast, c'était un exposé des faits... Comme si elle-même avait levé son verre pour déclamer : *À la tienne, Bowen, homme à la pilosité faciale qui hante un nombre inavouable de mes rêves érotiques !*

Mais Tamsyn leva son verre en marmonnant, comme tout le monde : « À la tienne, David. »

C'était peut-être parce qu'elle avait toujours les yeux rivés sur Y Seren, ou alors parce qu'elle se découvrait un faible pour Carys, cette jeune fille si belle, si riche et si clairement malheureuse, que Tamsyn fut la première à remarquer la lèvre tremblante de la future mariée et les gouttes de champagne qui débordaient de son verre alors qu'elle le brandissait à nouveau pour ajouter : « Et à la tienne, Declan. »

Un faible murmure commença à s'élever depuis l'autre bout de la table, et David reposa son verre avec une violence qui fit tressaillir Tamsyn.

« Si le monde était plus juste, il serait avec nous ce soir..., enchaîna Carys d'une voix aiguë, mais assurée. Et ce serait lui que j'irais rejoindre devant l'autel après-demain », acheva-t-elle. Les murmures se transformèrent en exclamations scandalisées.

« Carys ! » aboya Sir Madoc, mais sa fille avait déjà quitté la table, si vite que sa chaise s'abattit avec un bruit sourd sur le parquet tandis que Carys s'enfuyait, secouée de sanglots.

Chapitre 8

Bowen connaissait bien des jurons dans bien des langues, mais aucun n'aurait été assez fort pour traduire ce qu'il ressentit en voyant celle qui avait été le grand amour de Declan quitter en larmes son propre dîner d'avant-noces.

Il entendit Sir Madoc appeler sa fille, vit David se lever comme pour lui courir après, sentit le regard interrogateur de Tamsyn posé sur lui (ce qui était pire que tout le reste), mais rien de tout ça n'avait d'importance : en cet instant, Bowen était de nouveau dans ce maudit grenier, sous les toits de la bibliothèque du Penhaven College, et Declan se tenait devant lui, bien vivant, bien réel, bien de ce monde. Un cercle de craie était tracé sur le sol à leurs pieds, autour d'un morceau de parchemin froissé. Les yeux de Declan brillaient d'un éclat surnaturel, et c'était à ce moment que Bowen avait compris qu'il fallait arrêter tout ça, que le savoir magique qu'ils pourraient tirer de cette expérience serait trop intense pour eux, insoutenable, mais Declan récitait déjà l'incantation, celle que Bowen lui avait apprise, et tout disparaissait dans un éclair de lumière aveuglante, et…

Tamsyn se leva brusquement, laissant tomber sa serviette de table à côté de son assiette ; avant que Bowen ait pu réagir, elle avait quitté la pièce et se lançait à la poursuite de Carys.

Heureusement, le jeune homme avait le juron idéal pour l'occasion, un juron que Tamsyn elle-même avait employé à de nombreuses reprises.

Merde et remerde !

Vidant d'un trait son verre de vin, Bowen se leva à son tour, jeta sa serviette sur la table et croisa le regard de Lady Meredith, qui l'observait d'un air ravi derrière son pince-nez. « Oooh, merveilleux ! Un spectacle avant le dessert ! Votre amie part à la recherche de notre chère Carys, vous partez à la recherche de votre amie, et avec un peu de chance, tout ça finira en partie de jambes en l'air dans la bibliothèque. On se croirait au bal de Yule de '75 ! »

Bowen ne savait pas exactement de quoi elle parlait mais comme son propre père avait évoqué plusieurs fois ce fameux « bal de Yule de '75 » lors des repas de fête particulièrement arrosés, il n'avait *aucune* envie d'en savoir plus.

Il se dirigea donc vers l'imposante porte et se retrouva dans le couloir, d'où il entendit Sir Madoc qui racontait à David : « Elle tient ça de sa *mère*, vous comprenez, cette passion pour les mélodrames… J'ai rencontré Amelia lors d'une croisière sur le Nil, à la fin des années 1980 : elle y était comédienne – une comédienne *remarquable*, certes, mais une comédienne quand même. Bref, il fallait s'y attendre… »

La salle à manger n'était guère lumineuse, mais le couloir, malgré les lampes fixées aux murs, était plongé dans une obscurité inquiétante, tout en ombres et en lueurs vacillantes. Pendant quelques secondes, Bowen se figea au milieu du hall, essayant de deviner par où les jeunes femmes étaient parties.

Puis il entendit le clic-clac caractéristique des talons ridiculement hauts de Tamsyn, quelque part sur sa gauche, et se lança à ses trousses. Il traversa un couloir de plus en plus sombre et atteignit enfin une grande porte-fenêtre donnant sur la terrasse. L'un des battants était entrouvert, laissant passer un souffle de vent glacial qui charriait du grésil jusqu'à l'intérieur.

Tamsyn portait une absurde combinaison ouverte jusqu'au nombril et n'avait pas de manteau ; elle ne serait jamais sortie par ce…

« Carys ! »

Bowen reconnut aussitôt sa voix d'Américaine un peu enrouée, et il sentit quelque chose se serrer brusquement dans sa poitrine alors qu'il sortait, à contrecœur, sur la véranda – son foutu smoking n'était pas fait pour affronter ce temps, et ses foutues chaussures encore moins.

« Tamsyn ! » s'écria-t-il en levant une main pour protéger son visage de la pluie glaciale qui se changeait peu à peu en neige.

Il l'aperçut alors, dans la lumière qui tombait des fenêtres : elle était au milieu de la pelouse brunâtre, les bras serrés contre son corps, et observait les immenses buissons noirs qui se dressaient devant elle. Sa perruque blonde, qui faisait peine à voir, glissa sur le côté de sa tête lorsque la jeune femme tendit un bras en direction du labyrinthe taillé dans les haies du jardin : « Elle a filé là-dedans ! » lui lança-t-elle, et Bowen, tout en marmonnant dans sa barbe l'intégralité de son répertoire de jurons (oui, dans toutes les langues), descendit en courant les quelques marches de pierre qui le séparaient de Tamsyn, ôtant sa veste au passage.

La pluie glaçante transperça aussitôt sa chemise alors qu'il déposait son habit sur les épaules de Tamsyn, qui s'empressa de le serrer autour d'elle. Sa perruque était gorgée d'eau et, sans réfléchir, Bowen la lui enleva, la laissant tomber mollement sur la pelouse boueuse.

« Elle est partie par où ? demanda-t-il en criant pour se faire entendre malgré le vent, et Tamsyn désigna d'un geste le cœur du labyrinthe.

— Elle a tourné à gauche après la statue ! » répondit la jeune femme. Bowen distingua en effet une silhouette de marbre qui se dressait dans la nuit : une femme aux cheveux longs et aux bras levés, portant une couronne ornée de croissants de lune, d'une blancheur se découpant sur le ciel noir.

Hécate, déesse de la magie.

« Il fait tellement froid, et sa robe est tellement légère…, observa Tamsyn. Elle n'a même pas pris son châle ! »

Bowen avait passé plus de trente ans sur cette planète. Il avait côtoyé des pouvoirs que bien peu avaient osé approcher. Vécu des aventures dont bien peu auraient osé rêver.

Mais il n'était jamais tombé amoureux. Jamais, jusqu'à ce moment précis, là, dans ce jardin glacial, devant cette femme – cette humaine – aux cheveux dégoulinant de pluie qui cascadaient dans son dos, à la peau blême et parsemée de chair de poule. Cette femme qui était ici pour dérober un joyau censé lui rapporter assez d'argent pour commencer une nouvelle vie, mais qui, en voyant celle qui portait ledit joyau disparaître dans la nuit et la tempête, ne pouvait s'empêcher de s'inquiéter pour sa santé.

Bon sang, oui, il était amoureux d'elle. Désespérément, irrévocablement.

Pleinement et totalement.

Il était toujours planté là, assimilant cette révélation, lorsque l'amour de sa vie lui asséna une grande claque en pleine poitrine et hurla : « Mais *fais quelque chose*, abruti ! »

Alors il lui obéit.

« Carys ! » cria-t-il en pénétrant dans le labyrinthe, au milieu des branches qui laissaient sur ses manches des gouttes d'eau presque gelées. Derrière lui, il entendait Tamsyn, qui appelait elle aussi la future mariée. Le vent parut forcir, déformant leurs voix, faisant résonner étrangement chacun de leurs pas.

La pluie tombait encore plus dru, encore plus froide. Bowen s'essuya les yeux pour mieux scruter la pénombre, tournant à gauche, puis à droite, Tamsyn sur ses talons.

Enfin, il contourna une immense haie et se retrouva dans une sorte de clairière. Une autre statue se dressait au milieu, une autre silhouette de marbre élancée, qui semblait plus moderne que l'antique déesse grecque de la magie. Remarquant tous les bijoux dont était parée la sculpture, Bowen devina qu'il s'agissait de Lady Angharade Meredith dans ses jeunes années, mais il y prêta moins d'attention qu'à la personne agenouillée à ses pieds.

La robe blanche de Carys était trempée, et Bowen apercevait le rose de sa peau sous ses cheveux aplatis par la pluie. Elle sanglotait et, entre ses mains, il devina le faible scintillement d'Y Seren.

Elle parlait tout bas, en gallois, mais ses paroles étaient noyées par le déluge et les bourrasques. Pourtant, même sans les entendre, Bowen les *ressentit.* Les mots qu'elle prononçait n'étaient ni du charabia ni des plaintes.

C'était une prière.

Non, pire.

C'était un sortilège.

« Carys ! » hurla-t-il, et elle tourna vers lui un visage déformé par la souffrance.

« Tu l'as connu, toi ! s'écria-t-elle juste au moment où Tamsyn arrivait à la hauteur de Bowen, essoufflée, maculée de boue presque jusqu'aux genoux. Tu l'as connu, Declan… Tu étais son ami, il tenait à toi, et je… » Elle se tut un instant, contemplant la broche dans sa main. « Je ne sais pas comment faire sans lui.

— Mais si, tu peux le faire ! » s'exclama Tamsyn en s'approchant. Ses talons s'enfoncèrent dans la boue et, perdant l'équilibre, elle tendit le bras en avant. Bowen la rattrapa aussitôt, l'aida à se redresser et à marcher vers la statue. « Carys, je n'ai pas connu Declan et j'en suis désolée. Je vois bien que tu l'as vraiment aimé. Mais même s'il n'est plus là, tu n'es pas obligée d'épouser David ! Personne ne peut t'y forcer ! Tiens, Bowen et moi, on peut t'aider à sortir de là. Maintenant, même, si tu veux ! Pas vrai, Bowen ? »

Elle leva les yeux vers lui, et Bowen n'eut d'autre choix que d'acquiescer, la pluie dégoulinant de sa barbe pour atterrir dans le col de sa chemise.

« Elle a raison, Carys ! cria-t-il. Si tu veux, on part tout de suite. Declan n'aurait pas voulu te voir souffrir comme ça. Ou te voir épouser quelqu'un contre ton gré. »

Carys restait à genoux, recroquevillée sur elle-même. « Je peux tout arranger ! hurla-t-elle contre la tempête. Je peux tout défaire ! »

Décontenancé, Bowen avança d'un pas, mais Tamsyn le retint d'une main posée sur son bras.

« Regarde ! » lui dit-elle dans un murmure qu'inexplicablement il entendit malgré le crépitement de la pluie.

Carys était toujours agenouillée, serrant Y Seren dans ses deux mains jointes. Mais sous leurs yeux, la broche s'était mise à rougeoyer.

Soudain, l'air sembla chargé d'électricité, comme s'il était désormais dangereux de toucher quoi que ce soit, mais Bowen tendit la main vers celle de Tamsyn.

Lorsque leurs paumes se touchèrent, il sentit bel et bien une décharge d'électricité parcourir tout son corps, mais il ne fit que serrer plus fort la main de la jeune femme, tandis que le sol commençait à trembler sous leurs pieds.

« Reprenez-la ! » hurla Carys en levant les yeux au ciel. Elle était toujours aussi pâle et frêle, mais Bowen voyait à présent la magie palpiter dans ses veines et se rappela alors pourquoi les Meredith avaient été tellement craints pendant des siècles.

« Reprenez tout ! poursuivit Carys en tendant la broche vers le ciel déchaîné. Tout ce que vous pouvez défaire, qu'il en soit ainsi ! »

Un coup de tonnerre assourdissant retentit, arrachant à Tamsyn un cri de frayeur.

Et soudain, Bowen se sentit… déraper.

Glisser dans le vide.

Et tomber, la main de Tamsyn toujours serrée dans la sienne.

Tomber, tomber, tomber…

Chapitre 9

La première chose que Tamsyn ressentit fut la douleur.

Non, ce n'était pas exactement de la douleur... C'était plutôt une sensation *d'écrasement.* Voilà : elle avait l'impression qu'un éléphant lui comprimait non seulement la cage thoracique, mais aussi le crâne, les jambes, et même les cheveux. Ses paupières lui semblaient gonflées, son cœur battait péniblement dans sa poitrine et, alors qu'elle gisait là, sur la terre humide, un souvenir lui revint à l'esprit.

Ce n'était pas un moment auquel elle repensait souvent (très franchement, selon elle, tous les souvenirs de vos soirées étudiantes devraient être automatiquement effacés de votre mémoire à vos 25 ans), mais ce qu'elle ressentait actuellement faisait écho à ce souvenir particulier. Ce soir-là, devant une boîte quelconque de Panama City, en Floride, l'une de ses camarades de sororité (Mamy ? Non, Amy ! Elle les confondait toujours, ces deux-là) lui avait posé la main sur l'épaule en lui disant : « Meuf, faut que tu rentres chez toi... »

Effectivement, songea Tamsyn en levant les yeux vers le ciel noir. *Je suis une meuf, et il faut que je rentre chez moi.*

« Tamsyn ? »

Elle tourna la tête sur le côté – ah, oui. Ce n'était pas Mamy ou Amy qui était allongée à côté d'elle, cette fois. C'était Bowen. Cet homme si beau, si doux, si bizarre, qui avait l'air aussi nauséeux qu'elle en cet instant précis, mais qui restait le mec le plus sexy qu'elle avait jamais vu.

« Je reste le quoi ? » demanda-t-il. Eh merde, elle devait être trop mal en point pour s'empêcher de penser à voix haute.

« Rien, rien », répondit-elle précipitamment en se redressant avec une grimace. Elle était toujours dans le jardin, mais il avait subitement cessé de pleuvoir et, lorsqu'elle regarda autour d'elle, la jeune femme ne vit pas la statue devant laquelle Carys s'était agenouillée.

D'ailleurs…

Tamsyn tourna la tête de tous les côtés, malgré la douleur que lui infligeait le moindre mouvement.

Non seulement elle ne voyait pas la statue, mais elle ne voyait pas non plus Carys.

Bowen sembla s'en apercevoir également en se relevant, lissant d'une main l'arrière de son pantalon et scrutant d'un regard perplexe le ciel sombre, mais dépourvu de nuages.

« Il ne pleut plus », observa-t-il. Tamsyn fronça les sourcils en tapotant le gazon autour d'elle.

« Et l'herbe est sèche ! » constata-t-elle.

Bowen lui répondit par un grognement.

Tamsyn voulut se lever à son tour, mais ses jambes tremblaient encore trop. Heureusement, Bowen la retint d'une main ferme, l'attrapant par le coude pour l'aider à se stabiliser sur ses talons hauts. La jeune femme se sentait prise de vertiges.

Il se passait quelque chose… de louche.

De salement louche.

De magiquement louche.

Bowen le sentait aussi : elle le devinait au froncement de sourcils « niveau expert » qu'il arborait actuellement, celui qui lui donnait l'air d'un vieux capitaine de navire cherchant la terre à l'horizon.

Elle avait certes incorporé cette fameuse expression à quelques-uns de ses fantasmes, mais ce n'était pas le moment de se rediffuser *Capitaine Bowen et la Reine des pirates*… C'était le moment de comprendre ce qui venait de leur arriver.

Où était passée Carys, bon sang ?

Et à propos, où était passée Y Seren ?

La lune ne brillait pas dans le ciel, mais Tamsyn se mit à inspecter la pelouse, espérant repérer l'éclat désormais familier de la broche.

Alors qu'elle se penchait au pied de la haie, un soudain mouvement sur sa droite la fit sursauter ; elle se mit à courir dans cette direction, aussi vite que le lui permettaient ces satanés talons, mais Bowen fut plus rapide.

Il plongea un bras dans la haie et tira d'un coup sec.

Tamsyn ne savait pas trop ce qu'elle pensait le voir extraire des buissons, mais ce n'était certainement pas un petit garçon en kilt, qui battait l'air de frénétiques coups de pieds chaussés de brogues.

« J'étais pas en train d'espionner ! J'ai entendu du bruit, et les gens n'ont rien à faire dans le jardin, ils doivent aller boire le sherry au salon ! C'est Mère qui l'a dit ! Tout le monde au salon pour boire le sherry ! Donc si vous êtes au jardin, vous n'avez pas le droit, et c'est *vilain.* Vous êtes *terriblement vilains*, tous les deux ! » brailla l'enfant d'une voix stridente, ses cheveux blonds, presque blancs, encadrant son petit visage crispé par la fureur.

Déconcerté, Bowen observait le gamin qui se débattait toujours pour échapper à sa poigne. Il esquiva de justesse le féroce coup de pied expédié en direction de son entrejambe.

Tamsyn se rapprocha, plissant les yeux pour mieux examiner ce garçonnet aux boucles blondes tout emmêlées, cette bouille violacée aux joues rondes, ces yeux bleus légèrement globuleux, qui lui rappelaient – mais c'était impossible…

« Madoc ! »

C'était une voix de femme qui venait de retentir. Tamsyn entendit des pas qui se rapprochaient, un froissement de tissu, et elle aperçut de petites lumières qui s'approchaient d'eux. L'enfant profita de cette distraction pour envoyer un nouveau coup de pied à Bowen, qui n'atteignit pas *exactement* sa cible, mais lui effleura la hanche. Bowen marmonna quelque chose en gallois avant de reposer le garçon par terre.

« Je ne suis pas un Cath Palug ! s'exclama ce dernier, les poings sur les hanches. Je suis le maître de ces lieux ! Enfin, un jour, quand mon père mourra – j'espère que ce sera dans longtemps, mais quand ça arrivera, je ferai rouvrir les oubliettes du manoir et j'y jetterai les vauriens comme vous ! »

Il se tut un instant pour s'essuyer le nez.

« Et j'aurai un chien, aussi », annonça-t-il. Tous trois furent alors aveuglés par une lumière vive : la femme la plus élégante que Tamsyn ait jamais vue venait de surgir de derrière la haie, tenant à la main une énorme lampe torche.

« Oh, Madoc, pour l'amour du ciel ! Ne me dis pas que tu recommences à menacer les gens d'écartèlement !

— Non, non, il veut juste nous jeter aux oubliettes…, la rassura Tamsyn, alors même que son cerveau semblait se gélifier dans sa boîte crânienne. Et adopter un chien. »

La nouvelle venue leva les yeux au ciel, tout en ajustant ses cheveux blonds de sa main libre, vérifiant que sa coiffure sophistiquée était toujours en place. Malgré le froid, elle portait une robe de taffetas apparemment vert sombre, qui lui laissait les épaules découvertes, avec une ceinture en tartan qui soulignait sa taille fine.

Et là, épinglée à sa robe, juste au-dessus du cœur, scintillait Y Seren.

Tamsyn se sentit sur le point de perdre connaissance ; elle avait l'impression de tomber dans un puits sans fond... Car cet enfant qui fusillait Bowen du regard s'appelait Madoc, et elle pouvait discerner sur son visage les traits du vieil homme qu'elle avait rencontré cet après-midi même.

Et en observant la femme qui se tenait devant elle, Tamsyn eut la certitude absolue qu'il s'agissait de Lady Angharade Meredith (*alias* Annie), mais en bien plus jeune.

Son regard se porta sur le groupe d'arrivants attroupés au cœur du labyrinthe, qui les contemplaient, elle et Bowen, avec une curiosité manifeste, mais la jeune femme ne reconnut personne... sauf...

« Rhys », murmura Bowen. Et ce fut là, à cet instant, lorsqu'elle vit Bowen pâlir et reculer d'un pas chancelant, que Tamsyn commença à se sentir véritablement submergée par la panique.

Oui. L'un des hommes du groupe ressemblait étrangement au petit frère de Bowen. Comme Rhys, il avait les cheveux bruns et les yeux bleus, il était grand et élancé, mais cet homme-là portait des lunettes et n'avait pas l'énergie pétillante qui émanait de Rhys Penhallow. Au contraire, il avait plutôt l'air de quelqu'un qui vient d'être condamné aux oubliettes jusqu'à ce que mort s'ensuive...

L'homme en question n'avait sans doute pas entendu Bowen, car il ne réagit pas, mais Lady Meredith s'avança vers eux. « Puis-je vous demander ce qui vous amène dans nos jardins ? »

Elle parlait d'une voix aimable, mais son regard était sévère. Tamsyn repensa à la prestance impressionnante de la nonagénaire

Lady Meredith. Dans la fleur de l'âge, c'était assurément le genre de femme pour laquelle les hommes seraient partis en guerre.

Tamsyn elle-même aurait peut-être bien déclaré la guerre à la France si cette superbe femme le lui avait demandé.

« Je suis Bowen Penhallow », déclara Bowen, et Tamsyn se tourna vers lui en haussant les sourcils si haut qu'ils devaient léviter quelque part au-dessus de son visage. Croyait-il vraiment que la simple évocation de son nom suffirait pour les sortir de cet incompréhensible pétrin… ?

« Ah ! fit Lady Meredith en joignant les mains avec un grand sourire. Un Penhallow ! Vous êtes ici pour le mariage, alors. »

Tamsyn se sentait perdue depuis un moment déjà, mais là, elle fut presque convaincue d'avoir perdu la raison. Les yeux rivés sur Bowen, elle émit un son qui, malheureux mélange entre « Quoi ? » et « Hein ? », donna quelque chose comme « Coiin ?! ».

« J'avais pourtant prévenu tout le monde de ne pas utiliser la magie pour voyager jusqu'au manoir Tywyll – c'est toujours un tel calvaire… Pas étonnant que vous ayez atterri dans les jardins ! Mais peu importe : vous êtes là, et pile à l'heure ! N'est-ce pas, Harri ? »

Elle s'était tournée vers l'homme qui ressemblait tant au frère de Bowen, mais l'intéressé se renfrogna, repoussant d'un geste impatient la mèche de cheveux bruns qui lui tombait sur le front. « Je ne pense pas qu'un lointain cousin que je n'ai jamais rencontré puisse arranger les choses, Annie, déclara-t-il avant de s'adresser à Bowen et Tamsyn : Vous n'auriez pas dû vous donner tout ce mal : le mariage est annulé. Elspeth a changé d'avis. »

Sur ces mots, il tourna les talons et s'éloigna à grandes enjambées, suivi par plusieurs des hommes du groupe. Tamsyn entendit l'un d'eux bredouiller : « Garde le moral, mon vieux ! », tandis qu'un autre lui envoyait une claque affectueuse dans le dos, manquant de le faire trébucher. « Elle a la frousse, c'est tout ! Elle va reprendre ses esprits, tu verras. »

Lady Meredith les regarda s'éloigner, puis soupira. « Oh, je suis contente que vous soyez là, monsieur Penhallow. Ce pauvre Harri va avoir besoin de soutien… comme nous tous, j'en ai peur. Allons, Madoc, rentrons ! Et cesse donc de creuser par terre, tu vas *saccager* tes vêtements !

— Madame Beasley dit que personne ne peut creuser jusqu'au centre de la Terre, mais moi, je pense qu'avec du temps et de la patience, on peut ! affirma Madoc en s'essuyant les mains avant de rejoindre sa mère. Bien sûr, en arrivant au noyau, il faudra une combinaison spatiale, mais j'en trouverai bien une. »

Il se tourna vers Tamsyn en plissant les yeux : « Vous parlez comme une Américaine, vous. Vous en avez une, de combinaison spatiale ? »

Il se trouvait qu'effectivement Tamsyn possédait une combinaison spatiale (elle se l'était procurée quelques années plus tôt, pour une mission au centre spatial Kennedy, et espérait bien ne plus *jamais* devoir s'en resservir), mais sans lui laisser le temps de répondre, Madoc glissa sa main boueuse dans celle de sa mère et poursuivit : « Je devrais peut-être fabriquer ma propre combinaison… Si je dois devenir le premier Gallois à creuser jusqu'au centre de la Terre, il faut que je puisse me passer de toute aide étrangère.

— Tu as bien raison, mon chéri ! lui dit tendrement Lady Meredith, avant de regarder par-dessus son épaule pour annoncer à Tamsyn et Bowen : Vous et votre épouse êtes les bienvenus au manoir Tywyll, monsieur Penhallow. Avec ou sans mariage. Je vais vous faire préparer une chambre, et… (ses yeux s'attardèrent sur la tenue de Tamsyn) vous voudrez peut-être des vêtements… plus chauds et moins… modernes. »

Le petit groupe repartit en direction du manoir, au milieu de l'éclat des lampes torches, des chuchotements confus et du babillage intarissable de Madoc.

Tamsyn marchait à côté de Bowen, transie par le froid, sans doute en état de choc, incapable d'affirmer avec certitude qu'elle n'était pas en pleine crise psychotique.

Et pourtant, la première chose qu'elle demanda à Bowen fut : « Elle a vraiment cru que j'étais ta femme ?

— Effectivement », confirma Bowen, que ce malentendu semblait nettement moins perturber que Tamsyn.

Et Lady Meredith allait les installer dans la même chambre.

Une chambre qui n'avait probablement qu'un seul lit.

Qu'ils allaient partager.

Meuf, tu viens de voyager dans le temps, là ! Revois un peu les priorités de tes accès de panique…

Tamsyn accéléra pour se planter devant Bowen : « Et donc, on a… on est revenus dans le passé ?

— On dirait…, répondit-il, les yeux toujours fixés sur le groupe qui s'éloignait.

— Et c'est bien Sir Madoc en version bébé. Enfin, il n'est pas encore *Sir*, évidemment… Et Annie ! Oh, là, là, Annie, mais c'était – enfin, c'est – une vraie *bombe* ! Cool pour elle ! Et il ne pleut pas ! Et Y Seren est juste là ! Et… bon, c'est tout ce que j'ai en termes de points positifs dans cette histoire. Et toi ?

— J'ai déjà entendu parler de ce genre de sortilège…, dit lentement Bowen en caressant sa barbe d'un air absent. Une sorte de déplacement temporel. Mais c'est tellement dur à réussir, c'est un coup à se retrouver littéralement en enfer ! De la vraie magie noire qui altère le cours du temps… et un sacré merdier si tu foires le moindre détail.

— OK, mais je t'ai demandé des points *positifs*, sauf que là, tu ne me donnes que des points *négatifs* et franchement, ça ne m'aide pas, Bo'.

— Et j'en ai un à rajouter, répondit Bowen en soupirant avant de désigner le manoir de la tête. Ce type, là-bas. Celui qui ressemble à Rhys.

— Le Penhallow, acquiesça Tamsyn. Un cousin ?

— Mon grand-père…, corrigea Bowen d'un air sombre, et Tamsyn retint son souffle.

— Et ta grand-mère, c'est… ? demanda-t-elle, même si elle se doutait déjà de la réponse.

— Elspeth, oui. Celle qui vient d'annuler leur mariage. »

Chapitre 10

C'était étrange, se dit Bowen en suivant le groupe qui retournait au manoir Tywyll, cette sensation de n'avoir absolument aucune idée de ce qu'il fallait faire…

Bowen s'était toujours vanté de pouvoir trouver des solutions à tout, Declan étant l'unique et tragique exception à la règle. Mais c'était son truc, à Bowen. Il trouvait des combines. Il se creusait les méninges jusqu'à trouver *pourquoi* tel ingrédient, *pourquoi* tel sort, *pourquoi* telle phase de la lune influençait tel élément et *comment*.

Mais là… se retrouver projeté dans le passé, en…

Il lui fallut un peu de calcul mental. Son père était né en 1960, trois ans après le mariage des grands-parents de Bowen. Le jeune homme se rappelait parfaitement l'inscription presque illisible, à l'encre violette, dans le registre familial.

« Henry Penhallow et Elspeth Carew, 24 décembre 1957 ».

1957.

« Bon, j'en déduis que tu es aussi perdu que moi dans tout ça », dit Tamsyn à voix basse en revenant à sa hauteur et en glissant son bras sous le sien, d'un geste tout naturel.

Tout aussi naturellement, il l'attira plus près de lui et, réconforté par la chaleur de son corps contre le sien, il se sentit peu à peu retrouver ses esprits.

« Nous sommes au manoir Tywyll en décembre 1957, annonça-t-il dans un murmure en se penchant pour éviter une branche basse à l'aspect particulièrement menaçant. Autour de Yule, visiblement. Ce devrait être le week-end du mariage de mes grands-parents, sauf que…

— Sauf qu'ils ont tout annulé…, confirma Tamsyn en hochant la tête, mais elle leva soudain vers lui ses grands yeux sombres. Mais peut-être pas, en fait ! Il n'y a pas d'histoires de famille qui te reviennent ? Genre “la veille du mariage, Mémé avait dit à Pépou de foutre le camp, mais il a… j'en sais rien, il a fait un truc bien romantique, et hop, le mariage a eu lieu” ? Pas d'anecdote sympa comme ça ? »

Bowen secoua la tête. « Pas que je sache, non. Et je ne les ai jamais appelés *Mémé* et *Pépou*… » Il s'arrêta et baissa les yeux sur elle. « D'ailleurs, je n'ai jamais entendu personne appeler son grand-père *Pépou.* Ça existe vraiment ?

— Affirmatif, répondit Tamsyn. J'ai deux pépous, moi.

— Ah. » Secouant de nouveau la tête, Bowen se remit en marche. Ils approchaient de la sortie du labyrinthe. « Mes grands-parents à moi, je les appelais *taid* Penhallow et *nain* Penhallow, quand j'étais petit. Mais je ne les ai jamais rencontrés, ils sont morts avant ma naissance.

— Oh. » Ce fut au tour de Tamsyn de ne pas savoir quoi dire, et elle lui frictionna doucement le bras. « Désolée, fit-elle, et Bowen haussa les épaules, gêné.

— Un accident de bateau en mer, expliqua-t-il. P'pa n'avait que 20 ans. Je me suis toujours demandé si c'était ça qui l'avait rendu tellement… Bref, peu importe. »

Il avait mieux à faire que se demander pourquoi son père était un vieux con, mais Tamsyn continuait à l'observer d'un air inquisiteur et il se résigna à reprendre, avec un soupir : « Je ne parle plus à mon père. Ça fait plus d'un an, maintenant. C'est compliqué, mais pas autant que ce foutu merdier dans lequel on vient d'atterrir, donc je préférerais qu'on se concentre là-dessus… »

Tamsyn resta silencieuse pendant un moment, le regard perdu dans l'obscurité, avant de se remettre à avancer, le bras toujours calé sur celui de Bowen. « Dis donc, c'est une vraie pipelette, le Bowen des années 1950 ! commenta-t-elle.

— C'est les nerfs, grommela le jeune homme. C'est pas tous les jours qu'on se retrouve expédié presque soixante-dix ans dans le passé…

— Mais tu as déjà entendu parler de ce genre de situation, pas vrai ? »

Bowen soupira de nouveau avant de répondre : « J'ai lu des histoires là-dessus, oui, mais c'est rare, et quand ça arrive…

— Chut ! l'interrompit Tamsyn en levant une main. Je sais très bien que tu vas dire "Et quand ça arrive, le seul moyen de revenir au présent, c'est de s'arracher les yeux et de les jeter au feu", ou une atrocité dans le genre, et je me passerai volontiers de ton pessimisme, Bowen !

— Soit », admit-il alors que le manoir apparaissait devant eux. L'édifice n'avait guère changé par rapport à leur époque (c'était l'avantage des vieux manoirs : l'immuabilité), mais il était tout éclairé : une lumière vive s'échappait de chaque fenêtre pour venir dessiner sur la pelouse de grands rectangles dorés. Bowen repéra des guirlandes d'ampoules colorées accrochées à l'extérieur. Les convives s'étaient rassemblés sur la terrasse et plusieurs valets en livrée s'affairaient parmi eux. Certains apportaient de lourdes piles de manteaux qu'ils distribuaient à qui en voulait, tandis que d'autres circulaient avec des plateaux d'argent chargés de tasses fumantes. Alors que Bowen et Tamsyn arrivaient en bas des marches, Lady Meredith se tourna vers eux, leur faisant signe pendant qu'un valet l'aidait à changer de manteau.

« Malgré tous ces déboires, vous êtes arrivés au moment idéal ! leur lança-t-elle. Nous étions sur le point d'aller couper la bûche de Yule lorsque nous nous sommes rendu compte que Madoc avait encore pris la poudre d'escampette. Je t'avais bien dit de ne pas le quitter des yeux, Emeraude... Il file comme une anguille dès qu'on a le dos tourné ! »

Une jeune fille déjà emmitouflée dans un manteau bien trop grand pour elle se tenait à gauche de Lady Meredith, une lampe torche dans une main, un livre ouvert dans l'autre. Elle s'en détourna pour adresser un regard noir au petit Madoc, qui avait une tasse de boisson chaude dans chaque main. La fumée qui en émanait cernait son visage d'une nuée vaporeuse qui donnait à sa bouille de chérubin un air parfaitement démoniaque.

« J'ai 15 ans, maintenant, tante Angharade ! protesta la jeune fille d'un ton hautain. Pourquoi est-ce toujours à moi de surveiller ce petit monstre ?

— Ne traite pas ton cousin de monstre, Emeraude ! » la réprimanda Lady Meredith sans conviction tandis que Madoc montrait les dents à sa cousine, qui lui tira la langue en retour.

Toujours quelque peu hébété par la situation, Bowen accepta le manteau de laine noire que lui tendait un domestique, ainsi que l'une des tasses en céramique fumantes que lui proposait un autre. C'était une sorte de thé agrémenté de cannelle, de gingembre et de zestes d'orange ; en avalant une première gorgée, Bowen reconnut aussi l'arrière-goût brûlant et médicinal du gin. Aussitôt, la boisson chassa un peu le froid qui lui engourdissait le corps et Bowen en but une nouvelle gorgée, savourant ce goût si familier. Qui lui rappelait d'autres veillées de Yule, bien des années auparavant. Lorsqu'il partait dans la neige avec ses frères pour aller chercher une bûche de Yule, un thermos de cet élixir glissé en douce dans la sacoche de Wells…

Non, ce n'était pas ça. Ce n'était pas Wells qui portait le thermos, mais Simon… Mais non, leur père ne les accompagnait jamais lors de ces excursions, si ? Il était trop occupé par ses livres et ses sortilèges… Les Penhallow avaient toujours eu leur bûche de Yule, mais ce n'était pas Simon qui allait la chercher.

En tout cas, c'était ce que Bowen avait toujours pensé… mais voilà qu'il était soudain pris de doute, et que ce souvenir lui serrait mystérieusement le cœur.

« Ça va ? demanda Tamsyn à voix basse, et Bowen lui répondit d'un vague sourire forcé. Oui, OK, question bête », reconnut-elle en haussant les épaules sous son manteau. Comme celui d'Emeraude, il était un peu trop grand pour elle : les manches lui tombaient sur les mains et le bas traînait par terre. Lorsqu'elle saisit sa tasse de thé alcoolisé, ses poignets parurent bien fragiles au milieu de toute cette épaisseur de laine.

Bowen était donc en train de s'extasier devant les poignets de Tamsyn après avoir réalisé, environ deux secondes avant d'être propulsé dans ce cauchemar à travers une faille spatio-temporelle, qu'il était amoureux d'elle… Décidément, il n'était pas au bout de ses peines.

Mais à ce moment-là, la porte de la terrasse s'ouvrit, rappelant à Bowen qu'il avait des problèmes bien plus importants à résoudre.

« Je ne vois pas pourquoi je viendrais ! » maugréait la femme qui venait de franchir la porte et s'avançait sur les dalles de pierre. Elle portait un beau manteau à carreaux verts et rouges, avec une ceinture de cuir rouge vif et une capuche cernée de fourrure blanche. Elle ne l'avait pas remontée sur sa tête ; on pouvait voir ses cheveux châtains et sa peau blanche, son nez retroussé et ses grands yeux. C'était une belle femme, d'une beauté presque terrifiante, et elle devait être habituée aux regards des hommes – mais si Bowen l'observait aussi fixement, c'était pour une tout autre raison.

C'était sa grand-mère.

Il avait déjà vu des photos d'elle, mais très peu, et aucune n'avait capturé sa beauté saisissante, ou l'intensité du pouvoir magique qui émanait d'elle. L'air qui l'entourait semblait chargé d'électricité et, alors que Harri apparaissait derrière elle, la mine dépitée, Bowen ressentit un soudain élan de compassion pour son grand-père.

Que c'était dur d'être amoureux !

« C'est la tradition ! lui disait Harri. Et même si le mariage est annulé, il faut bien célébrer Yule, bon sang !

— Ne me parle pas sur ce ton, Henry Penhallow ! rétorqua Elspeth, et Tamsyn se rapprocha de Bowen.

— Ils sont canons, tes grands-parents ! chuchota-t-elle.

— Arrête…

— Mais si, je te jure ! » insista la jeune femme tandis que Harri et Elspeth continuaient à se prendre le bec – d'une façon qui n'était pas sans rappeler Wells et Gwyn, songea Bowen.

« Regarde-les, reprit Tamsyn. Ils s'engueulent, mais en même temps, il y a… »

Elle fit un geste que Bowen ne comprit pas tout à fait, entremêlant les doigts de ses deux mains pour les remuer les uns contre les autres.

« Il y a… des vers de terre ? tenta le jeune homme, ce qui lui valut une petite tape sur le bras.

— Il y a de *l'alchimie* entre eux ! corrigea Tamsyn. Ils s'aiment, même si… Oups, elle vient de lui balancer son thé à la figure… Aïe, c'est brûlant, ce truc, en plus ! J'espère que le sien avait un peu refroidi… »

Bowen se retourna vers ses grands-parents. Harri essuyait sa veste de smoking avec de grands gestes excédés, et Elspeth le pointait d'un long doigt à l'ongle rouge en affirmant : « Tu n'as jamais su dire quand je bluffais ! Jamais, alors qu'on se connaît depuis nos cinq ans !

— Oui, et *l'un de nous deux* a grandi, depuis tout ce temps… », rétorqua Harri.

Lady Meredith les interrompit alors en tapant dans ses mains.

« Allons, allons, ça suffit ! lança-t-elle. Mariage ou non, la nouvelle lune s'élève, Yule approche et ce soir, nous irons couper la bûche. C'est la première fois que Madoc peut venir avec nous, et je ne laisserai personne lui gâcher cette expérience ! Et toi, Emeraude, pose donc ce satané roman. Tu vas encore trébucher, et tu ne veux quand même pas passer la soirée de Yule à boiter et à te plaindre comme d'habitude, si ?

— Comme s'il n'y avait pas déjà de quoi se plaindre… », bougonna Emeraude, mais elle glissa son livre dans la poche de son manteau. À la lumière des fenêtres, elle avait l'air encore plus jeune. Ses cheveux d'un blond foncé étaient retenus par un bandeau de velours vert et Bowen, en l'examinant, lui trouva un air familier, sans pouvoir dire d'où lui venait cette impression.

« Trouvez chacun un partenaire ! annonça Lady Meredith. Madoc, tu iras avec ta cousine. »

Les deux enfants protestèrent, mais finirent par obéir, se prenant par la main, pendant que les adultes se mettaient à la recherche d'un binôme. Un grand homme assez âgé, au crâne garni d'une véritable crinière de cheveux blancs, offrit son bras à Lady Meredith ; Bowen devina qu'il s'agissait de son époux, Sir Caradoc.

Elspeth s'écarta ostensiblement de Harri, et Bowen, horrifié, constata qu'elle fonçait droit sur lui.

« Et vous, qui êtes-vous ? lui demanda-t-elle, étirant ses lèvres pleines en un sourire enjôleur avant de baisser les yeux sur Tamsyn, toujours pendue à son bras (heureusement, par les boules de saint Bugi !).

— C'est mon mari », répondit Tamsyn en se grandissant le plus possible. Bowen savait bien qu'elle ne faisait que jouer son rôle, que c'était la manière la plus simple de justifier leur présence ensemble, mais ça n'empêcha pas son abruti de cœur de s'emballer dans sa poitrine en entendant ces mots.

Elspeth fit la moue, mais haussa les épaules en rabattant sa capuche sur ses cheveux : « Tant pis ! Les barbus, ce n'est pas mon genre, de toute manière. »

Les yeux de Harri leur lançaient de véritables éclairs, alors même qu'Elspeth s'éloignait d'eux pour chercher un autre homme à prendre, et Bowen s'efforça d'adresser à son grand-père un regard rassurant qui voulait dire : *T'en fais pas, mon vieux, ta promise ne m'intéresse pas – parce que mon cœur est déjà pris par celle qui se tient à mes côtés, et parce que ta fiancée est aussi ma grand-mère… bref, tu comprends !*

Il était persuadé que le message n'était pas passé, mais au moins, le regard vindicatif de Harri se détourna de lui ; Bowen poussa un soupir de soulagement, tandis que Tamsyn lui tirait doucement la manche.

« Qu'est-ce qu'elle avait dit, déjà, Carys, avant tout ça ? »

Bowen repensa à ces derniers instants de confusion dans le labyrinthe : la pluie, la broche, la soudaine conviction qu'il était amoureux de Tamsyn… Il s'en était passé, des choses ! Pas étonnant qu'il ait du mal à se rappeler les paroles exactes de Carys.

« "Reprenez-la", se souvint-il tout à coup. Oui, c'est ça qu'elle a crié. Et quelque chose comme… "Tout ce que vous pouvez défaire, défaites-le". »

Rien de plus. Pourquoi donc les avait-elle envoyés ici ? Pourquoi cette soirée-là, cette année-là ?

Et si eux étaient là, où Carys avait-elle bien pu passer ?

Chapitre 11

Retour vers le futur.

Doctor Who.

La Machine à explorer le temps.

Quelque part dans le temps.

Ah, non, il était triste, celui-là ! Si Tamsyn s'était mise à répertorier tous les films et séries sur les voyages dans le temps qu'elle connaissait et dans lesquels tout se passait *bien*, avec une fin *heureuse*, c'était pour s'empêcher de *céder complètement à la panique* alors qu'elle se retrouvait en plein cœur d'une forêt obscure et glaciale, en 1957, sans savoir ni comment elle avait atterri là, ni (et c'était surtout ça le problème) comment elle allait faire pour *retourner* en 2024.

Ça lui apprendrait à fréquenter des sorciers…

Même si elle s'amusait bien, même si c'était parfois très lucratif, et même si certains de ces sorciers étaient particulièrement…

Tamsyn s'autorisa un regard furtif en direction de Bowen, qui marchait à ses côtés. Elle discernait à peine son profil, le faisceau de leur lampe de poche (enfin, de leur *torche*, comme on disait ici) restant dirigé vers le sol. Mais cette simple silhouette suffit à lui arracher un soupir transi.

Voilà, quoi. Un boulot palpitant, une paye non négligeable et l'occasion de passer du temps avec l'homme le plus sexy du monde.

Le revers de la médaille étant le risque de se retrouver coincée plusieurs décennies avant sa propre naissance.

La nuit était froide et claire ; il n'y avait pas de lune, mais les étoiles scintillaient à travers les arbres, plus brillantes que jamais, remarqua Tamsyn, et ce constat la réconforta quelque peu. Si elle avait levé les yeux à cet instant précis en 2024, elle aurait vu exactement les mêmes étoiles. La jeune femme leva discrètement la main pour leur adresser un petit salut.

Elle pensait que Bowen ne l'avait pas vue faire, mais il l'attira un peu plus près de lui pour lui assurer, d'une voix plus grave que d'habitude : « On va tout arranger, promis. »

Tamsyn n'était pas sûre de le croire, mais elle était persuadée que *lui* y croyait, et c'était mieux que rien.

« Alors, tu penses que c'est pour tes grands-parents ? » lui demanda-t-elle à voix basse. Il se tourna vers elle et, même s'il faisait trop sombre pour déchiffrer son expression, elle devina qu'il lui lançait son célèbre froncement-de-sourcils-perplexe (mais pas le froncement-de-sourcils-niveau-expert : celui-là était réservé aux occasions où elle prononçait des mots comme « chokbar » ou « banger »).

« Qu'on est là ! expliqua-t-elle. Si ça se trouve, on a été renvoyés dans le passé pour garantir que tes grands-parents se marient et que tu pourras naître plus tard. Ça sert à ça, les voyages dans le temps, non ? »

Bowen émit un grognement et Tamsyn partit du principe qu'elle devrait se contenter de cette réponse, mais il finit par ajouter : « Sauf que c'est le vœu de Carys… C'est son sortilège qui nous a expédiés ici. Son sortilège, et Y Seren. »

Merde, il avait raison. Ce n'étaient pas Tamsyn et Bowen qui avaient décidé de remonter le temps… C'était Carys qui les y avait envoyés, et Carys avait disparu.

Mais Y Seren était bien là, épinglée à la robe de Lady Meredith.

Tamsyn ouvrit la bouche, mais Bowen lui prit la main en secouant la tête. « Je sais, murmura-t-il. Si la broche nous a transportés ici, elle peut nous faire rentrer chez nous. J'y ai pensé aussi. Mais il vaut mieux attendre qu'on soit seuls pour en parler… »

Seuls.

Oui, car ce soir, ils seraient seuls.

Dans la même chambre.

Dans le même lit.

Tamsyn remercia silencieusement l'obscurité ambiante, car elle sentait son visage s'embraser malgré le froid mordant. Pour se distraire de l'avalanche de pensées très, très peu catholiques qui s'abattaient dans son cerveau, elle montra du doigt la lampe torche que portait Bowen.

« Pourquoi est-ce que vous n'utilisez pas la magie pour nous éclairer ? Je t'ai déjà vu faire ça, avec des boules lumineuses, là…

— Les sorciers sont bizarres, parfois, répondit Bowen avec un soupir. Certains préfèrent les bonnes vieilles méthodes – ils pensent que recourir à une magie aussi… *triviale* serait un manque de respect pour les forces qui nous gouvernent, ou que sais-je. »

Tamsyn sourit dans la pénombre. Elle aimait ses tournures désuètes, ses « que sais-je », comme s'il sortait tout droit du Moyen Âge.

Un forgeron du Moyen Âge, tiens. Ce serait une bonne addition au registre de ses fantasmes…

Qu'est-ce qu'on vient de dire, pour les pensées peu catholiques ? se réprimanda intérieurement Tamsyn, au moment où la forêt semblait s'éclaircir un peu et où le groupe s'arrêtait.

« Nous y voilà ! » s'exclama Lady Meredith en désignant le grand arbre qui se dressait devant eux, muni d'un tronc si large que Tamsyn se demanda comment ils arriveraient à le scier.

Surtout qu'aucun d'entre eux n'avait de scie, constata la jeune femme en regardant autour d'elle. Lady Meredith s'avança alors pour presser une main sur l'écorce. Soudain, ses doigts émirent une lumière vive et, lorsqu'elle retira sa main, son empreinte y resta gravée, le contour marqué d'une lueur dorée. Un par un, les autres sorciers s'approchèrent du tronc pour y poser la main à leur tour.

Bowen soupira de nouveau. Tamsyn leva vers lui un regard inquiet : « Hé, je ne peux pas faire ça, moi… », lui rappela-t-elle d'une voix qui n'était qu'un murmure, mais que Lady Meredith entendit quand même. Elle se tourna vers la jeune femme et balaya ses craintes d'un geste élégant.

« Oh, vous êtes humaine ? Ne vous en faites pas, très chère, Lora est comme vous ! » Elle lui montra une femme aux cheveux noirs qui tapait des pieds par terre pour chasser le froid qui l'engourdissait. « Et Emeraude aussi, bien sûr », ajouta Lady Meredith.

L'adolescente avait ressorti son livre de sa poche et se tenait appuyée contre un arbre, sa lampe torche braquée sur les pages. « Mon père était humain », lança-t-elle à Tamsyn sans lever les yeux de son roman – un exemplaire de *Rebecca* qui avait connu des jours meilleurs, observa la jeune femme.

« C'est comme ça que ça marche ? demanda Tamsyn à Bowen. Une sorcière et un humain, ça donne un autre humain ?

— Ça dépend, répondit-il. J'ai un peu étudié la génétique des sorciers, mais c'est assez aléatoire. Des recherches ont été menées en Norvège… non, en Islande… c'est ça, en Islande. Sur l'impact potentiel du climat. Ou des phases de la lune, ce qui semble plus probable, et… et tu ne demandais pas *autant* d'informations, hein ?

— Tu rigoles ? Chaque jour, au réveil, je prie pour qu'on me fournisse enfin une explication approfondie concernant l'effet du climat et de la lune sur les bébés sorciers ! »

Bowen lui sourit, avec un regard à nouveau chargé de tendresse et instinctivement, *naturellement*, Tamsyn leva la main pour la poser sur sa joue, caressant doucement sa barbe, en ajoutant : « Jamais je n'aurais osé imaginer qu'on répondrait à mes prières avec *en prime* des infos sur la Scandinavie !

— Tu es une vraie emmerdeuse, tu le sais ça ? » grommela Bowen, et Tamsyn lui répondit d'un sourire espiègle, la main toujours posée sur sa joue. Elle se sentait bien trop heureuse pour quelqu'un qui se retrouvait coincé dans les années 1950… À ce moment-là, elle entendit Elspeth soupirer bruyamment avant de lancer : « Tu vois, Harri ? *Voilà* à quoi ça ressemble deux personnes qui s'aiment ! »

Tamsyn laissa brusquement retomber sa main, comme si le visage de Bowen avait soudain pris feu. Elle allait s'écarter de lui lorsqu'elle se souvint qu'effectivement ils étaient censés être *mariés*… Elle n'était donc pas censée se dérober et s'enfuir en hurlant lorsque quelqu'un laissait entendre qu'ils étaient amoureux.

Sauf que… sauf que là, ils ne faisaient pas semblant. Ils ne jouaient aucun jeu, mais Elspeth avait tout de même cru…

« Mais je comptais bien t'épouser, Ellie ! Je t'ai donné l'alliance de mon arrière-arrière-grand-mère, une alliance en or extrait des montagnes sur lesquelles ma famille a bâti sa demeure ! Et je comptais te l'offrir, cette demeure, en cadeau de mariage… Je ne vois pas ce que je pourrais faire de plus pour te prouver mon amour !

— Ah, parce que c'est ça l'amour, peut-être ? rétorqua Elspeth. Des possessions ? Des traditions ? Ton maudit héritage familial et l'occasion de te trouver une femme qui redonnera enfin un peu de pouvoir à la lignée des Penhallow ?

— Je n'ai jamais dit ça ! » s'offusqua Harri.

Tamsyn se rapprocha légèrement de Bowen pour murmurer : « On ne va pas se mentir, tes chances de naître commencent à bien s'amenuiser…

— Hmmpf », grogna-t-il en guise de réponse.

Sans cesser de se crier dessus, Elspeth et Harri posèrent chacun à leur tour la main sur le tronc de l'arbre. Bowen s'avança ensuite pour presser sa paume contre l'écorce noire, les doigts bien écartés.

Tamsyn s'attendait à voir apparaître l'éclat lumineux, mais rien ne vint. Fronçant les sourcils, Bowen retira sa main et remua les doigts avant de la reposer sur l'arbre.

Toujours rien.

« C'est quoi ce bordel ? » marmonna-t-il dans sa barbe, et Lady Meredith le réprimanda aussitôt : « Surveillez votre langage, monsieur Penhallow !

— Excusez-moi, dit aussitôt Bowen en se détournant de l'arbre.

— Je n'ai rien contre un juron bien placé de temps en temps, expliqua Lady Meredith en haussant les épaules, mais il faut donner l'exemple pour Madoc, n'est-ce pas, mon chéri ? »

Madoc avait déjà posé sa petite main sur l'écorce et en tapotait l'empreinte lumineuse d'un air satisfait. « Ce n'est pas si malpoli comme mot, maman ! C'est un lieu de travail, après tout, et il y a bien des gens qui vont au bor… »

D'un geste vif, Bowen couvrit d'une main la bouche du jeune garçon, tout en adressant à Lady Meredith un sourire embarrassé. « Vraiment, je m'excuse.

— Décidément, nous avons bien fait de ne pas lui offrir le perroquet qu'il voulait… », observa leur hôtesse, comme pour elle-même. Elle désigna ensuite la main de Bowen, toujours plaquée sur la bouche de Madoc.

« Quant à vos pouvoirs, ne vous en faites pas. C'est le genre de choses qui arrive à beaucoup d'hommes, paraît-il ! »

Tamsyn dut réprimer un éclat de rire et Bowen se rembrunit, tandis que Lady Meredith se tournait vers le groupe en tapant dans ses mains. « Nous avons notre bûche ! » s'écria-t-elle. Et sous les yeux de Tamsyn, l'arbre se mit à trembler, puis il disparut soudainement.

Bowen, qui venait de libérer Madoc, revint à ses côtés. « Elle nous attendra au manoir…, dit-il, répondant à sa question avant même qu'elle ne la pose. Déjà en train de flamber dans la cheminée. C'est quand même plus pratique que s'il fallait la couper, la traîner jusque là-bas…

— Ça se tient, convient Tamsyn avant d'ajouter : Enfin, c'est à peu près la seule chose qui se tient en ce moment, donc je ne vais pas faire la difficile. »

Tout le monde se remit en marche pour retourner au château. Tamsyn avait de nouveau calé son bras sur celui de Bowen ; elle aurait probablement dû s'inquiéter de l'aisance avec laquelle elle faisait désormais ce geste…

Mais non, ce qui l'inquiétait, c'était l'apparent dysfonctionnement des pouvoirs de Bowen. Être piégée dans une autre époque avec un sorcier, c'était une chose, mais si ce sorcier ne pouvait pas puiser dans sa magie (le genre de truc qui s'avérerait pourtant *plutôt* utile dans une telle situation)…

« Et donc, ta magie…, commença-t-elle, mais Bowen l'interrompit en secouant la tête.

— Il n'y a pas de raison de s'en faire.

— OK, alors je ne m'en fais pas ! » mentit la jeune femme.

Le manoir Tywyll était toujours illuminé ; lorsque Tamsyn entra à l'intérieur et rendit son manteau à un valet, elle sentit la chaleur ambiante raviver ses membres engourdis, contrairement à l'impression glaciale que lui avait faite cette demeure à sa propre époque.

D'ailleurs, tout semblait différent, constata-t-elle. Techniquement, rien n'avait changé : les sols étaient les mêmes, les rangées d'armures et les portraits d'aïeux à l'air menaçant aussi, mais il y avait quelque chose… de différent.

« Le manoir n'est pas hanté, là…, dit Tamsyn, et Sir Caradoc, en l'entendant, se fendit d'un rire tonitruant.

— Hanté ? fit-il. Vous avez donc entendu ces rumeurs… Non, non, il n'y a plus d'esprit au manoir Tywyll depuis… Chérie, à quand remonte notre dernier fantôme ?

— Le Petit Bleu ! répondit Lady Meredith. Il était fort sympathique, celui-là, mais j'ai quand même été bien soulagée de le voir partir… C'était en… oh, '51, je pense ? '52 ? Avant lui, il y a eu la Dame Sans-Tête, mais depuis, plus rien. »

Tamsyn se demanda si elle arriverait un jour à parler de fantômes avec une telle désinvolture.

À l'autre bout du hall, la bûche de Yule flamboyait joyeusement, emplissant tout le rez-de-chaussée d'une agréable chaleur, et Tamsyn accepta avec gratitude la nouvelle tasse de thé qu'on lui tendait alors qu'Emeraude s'approchait d'elle, les yeux écarquillés.

« Votre tenue… elle est très… »

Ah, oui. Avec son smoking, Bowen se fondait parfaitement dans le décor de l'époque, mais Tamsyn portait une combinaison bien plus décolletée que les robes dont étaient vêtues les autres femmes.

« C'est la mode en Amérique ! » dit-elle en souriant à Emeraude avec un haussement d'épaules et en croisant les doigts pour que les sorcières adolescentes qui vivaient au fin fond du pays de Galles dans les années 1950 n'aient pas accès à trop de magazines

Visiblement, elle avait de la chance, car Emeraude se contenta de hocher lentement la tête avant de répéter, impressionnée : « En Amérique… » Au même moment, une horloge se mit à carillonner quelque part dans la maison.

« Grands dieux, il est déjà minuit ! s'exclama Lady Meredith en regardant l'heure sur la jolie montre ornée de diamants qu'elle portait au poignet. Vous devez tous avoir hâte d'aller vous coucher… »

Elle jeta à Bowen et à Tamsyn un regard chargé de sous-entendus, et la jeune femme sentit son estomac se nouer.

« Surtout vous, les tourtereaux…, enchaîna Lady Meredith avec un clin d'œil. Ne vous inquiétez pas, j'ai la chambre parfaite pour vous. Elle n'est pas grande, mais j'imagine que vous n'avez rien contre l'idée de vous serrer un peu…

— Je… nous serrer… c'est… », balbutia Bowen en s'empourprant. Tamsyn lui prit la main et la pressa fermement.

« Ça ne nous posera aucun problème, Lady Meredith ! » assura-t-elle avant d'avaler péniblement sa salive en suivant leur hôtesse dans les escaliers.

Chapitre 12

Bowen avait beau être non seulement un sorcier, mais aussi un homme de trente ans et quelques, il devait admettre, non sans embarras, que l'angoisse qui lui tordait actuellement les entrailles et le condamnait à fixer le plafond d'un air absent n'était pas due au drame qui se jouait au manoir Tywyll (Yule, le mariage annulé de ses propres grands-parents, le sortilège – ou plutôt la malédiction – qui l'avait propulsé presque soixante-dix ans dans le passé en compagnie de la femme dont il venait de s'avouer qu'il était amoureux...), mais bien à l'idée que, d'un instant à l'autre, Tamsyn allait sortir de la salle de bains pour regagner la chambre qu'ils partageaient, et qu'il serait alors seul avec elle.

Dans une chambre.

Qui n'avait qu'un seul lit.

En pleine nuit.

Avec Tamsyn, qui ne serait vêtue que de...

Ça, Bowen n'en savait rien : il avait raconté à Lady Meredith une histoire de bagages perdus dans les turbulences de leur voyage magique, et la maîtresse de maison leur avait fait monter des vêtements. Lui-même portait un pyjama noir aux lettres « CMG » élégamment brodées en fil d'or sur la poitrine, ce qui lui donnait un peu l'impression d'être en costume de théâtre et de jouer dans l'une de ces farces où les portes des chambres ne cessaient de s'ouvrir et de se refermer et où le héros atterrissait toujours dans le lit de la mauvaise femme.

Quelle tenue Lady Meredith avait-elle donnée à Tamsyn ? Que portaient les femmes pour dormir, en 1957 ? Bowen n'était déjà pas franchement calé sur la question à sa propre époque, alors il ne fallait pas s'attendre à ce qu'il soit expert en tenues de nuit vintage…

L'eau coulait toujours dans la salle de bains, et il se demanda si Tamsyn était en train de penser à ce que *lui* portait actuellement.

Bon sang, elle allait hurler de rire en le voyant… Il ferait peut-être mieux d'enlever la chemise. Mais ne serait-ce pas encore pire ? Se sentirait-il plus con vêtu de son costume d'époque ou planté là, torse nu ?

Bowen allait commencer à déboutonner sa chemise lorsqu'il entendit la jeune femme le prévenir : « Si tu te fous de moi, je te tue ! »

Sur ces paroles, elle sortit de la salle de bains, et Bowen…

N'éclata pas de rire, enfin, pas vraiment.

Mais…

« Je sais ! fit Tamsyn en levant les bras d'un air désabusé. On dit qu'il n'y a plus de fantômes dans le manoir, mais j'ai quand même bien l'impression d'en être un avec ce truc… »

Le truc en question était une robe de nuit blanche qui la couvrait du menton jusqu'aux pieds, avec des manches longues à froufrous dans lesquelles ses mains disparaissaient. Ses boucles brunes retombaient sur ses épaules. Elles étaient plus longues que ne l'avait cru Bowen (Tamsyn les attachait généralement en queue de cheval), et le jeune homme ne put s'empêcher d'observer : « C'est vrai qu'il ne te manque plus qu'un candélabre pour aller hanter les couloirs… »

Tamsyn leva une main et Bowen devina qu'elle lui faisait un doigt d'honneur, mais son geste se perdit dans cet amas de dentelles et la jeune femme soupira, tentant vainement de relever ses manches.

« Au moins, ça tient chaud ! déclara-t-elle. Il faisait bon en bas, avec la bûche de Yule, mais ici il fait frisquet, même avec la cheminée… »

Elle désigna la petite cheminée dans laquelle les bûches rougeoyaient à peine. Bowen descendit du lit, ses pieds s'enfonçant dans le tapis usé par les ans, pour se placer devant l'âtre. Avec un mouvement des doigts, il murmura les quelques mots qui auraient dû raviver instantanément les flammes, mais il ne se passa rien. Bowen fronça les sourcils et, de nouveau, agita les doigts.

« Toujours pas de pouvoir ? » demanda Tamsyn, et le jeune homme la regarda par-dessus son épaule. Elle était assise au bord du lit ; son visage démaquillé et ses cheveux détachés lui donnaient un air plus jeune, moins… intimidant.

Ce qui la rendait, étrangement, encore plus intimidante. Bowen se retourna donc vers la cheminée, s'efforçant d'ignorer la tension qui s'installait à la fois dans sa poitrine et dans son pantalon, et il saisit le tisonnier en cuivre.

En remuant les braises de ce vague semblant de feu, il déclara : « Je n'ai pas fait beaucoup de recherches sur les effets des voyages dans le temps sur les pouvoirs magiques… C'est quelque chose d'élémentaire, la magie. C'est sauvage, mystérieux. Avant, je voyais ça comme une science – j'abordais ça comme une science, en tout cas. Avec des hypothèses, des expériences. Je cherchais dans les archives, je repérais des similitudes, pour essayer d'en dégager… je ne sais pas, des règles, peut-être. Si tu arrives à comprendre comment quelque chose fonctionne, tu peux le contrôler. Mais ça ne marche pas comme ça… J'ai lu quelque part que la magie, c'est comme une lame nue : il faut la manipuler avec prudence, et même en prenant toutes les précautions possibles, tu as de bonnes chances de te couper un doigt. »

Bowen s'interrompit et eut un petit rire étouffé, secouant la tête comme pour se réprimander lui-même.

« Je sais, c'est pas très intéressant, tout ça... », convint-il en se retournant vers Tamsyn.

Il s'attendait à voir sur ses jolies lèvres l'un de ses fameux rictus moqueurs annonçant un commentaire sarcastique, mais elle était à présent assise au milieu du matelas, sur le couvre-lit à motifs cachemire, entourant des bras ses genoux repliés sous l'espèce de tente qui lui servait de robe de nuit.

« Figure-toi que si, je trouve ça intéressant ! lui répondit-elle en inclinant la tête sur le côté. C'est peut-être parce qu'on est dans un château, et que c'est la nuit, et qu'il y a du feu dans la cheminée, et que c'est l'endroit idéal pour parler de magie, mais c'est presque comme... »

Elle réfléchit quelques secondes, et Bowen dut lutter de toutes ses forces pour s'empêcher d'aller glisser le dos de sa main sur cette cascade de cheveux bruns.

« Comme si tu me racontais une histoire pour m'endormir, conclut enfin Tamsyn en riant, avant de se décaler vers les oreillers. En parlant de ça... c'est quand même épuisant de voyager dans le temps, et on a un tas de mystères à résoudre demain. On va voir si la nuit porte conseil... Dis donc, qu'est-ce qu'il y a dans ce plumard ? Du foin ? » demanda Tamsyn en tapotant le lit d'un air méfiant.

Bowen pouffa de rire en abandonnant le feu pour la rejoindre.

« Plutôt deux siècles de plumes, justement, lui dit-il en attrapant une couverture supplémentaire et un oreiller. Mais tu dormiras bien quand même, tu verras. »

Tamsyn avait commencé à se glisser sous les couvertures, mais elle s'arrêta, l'édredon dans une main, en le regardant : « *On* dormira bien quand même, tu veux dire ! »

Pour la énième fois, Bowen remercia sa barbe qui, même raccourcie, dissimulait le rouge qui lui montait aux joues, tout comme la lumière tamisée de la chambre. « Je, euh… je comptais dormir sur le sofa, là-bas. Ou le divan, je ne sais pas comment on appelle ça ici… »

Il désigna le petit canapé à rayures bleu marine et or qui se trouvait sous la fenêtre, avec un dossier haut et incurvé ainsi que des accoudoirs arrondis. Bowen était moins grand que ses frères, mais il était sûr qu'il devrait laisser ses jambes pendre par-dessus l'un de ces accoudoirs.

Tamsyn se redressa et jeta un regard circonspect au sofa en question avant de revenir à Bowen : « OK, alors non. Pas question que tu passes la nuit roulé en boule là-dessus comme un pauvre hérisson pathétique ! Ce lit est immense et on est adultes : je pense qu'on devrait pouvoir dormir côte à côte une nuit ou deux, non ? »

Bowen avait des doutes.

La simple idée de dormir à côté d'elle, même de part et d'autre d'un matelas à la largeur équivalente à celle du tunnel sous la Manche, le faisait bander presque instantanément, inondant son cerveau de fantasmes dans lesquels il remontait cette montagne de tissu immaculé sur ses jambes avant de glisser la main entre elles, d'enfouir son visage dans le creux de son cou, inhalant son parfum à plein nez…

« Bowen ? fit Tamsyn, en fronçant les sourcils. Tu veux descendre à la cuisine ? » demanda-t-elle, et ce brusque changement de sujet le fit cligner des yeux et bégayer : « C… Cuisine ? »

Elle hocha la tête. « Tu avais l'air mort de faim, tout à coup. »

Bordel de merde.

En se raclant la gorge, Bowen secoua la tête et tendit la main vers un autre oreiller. « Non, ça va, répondit-il avant de désigner de nouveau le sofa. Et je serai très bien là-bas.

— Non, Bowen ! répliqua fermement Tamsyn en rabattant les couvertures et en pointant du doigt le gigantesque matelas. Arrête un peu de faire le preux chevalier et viens te coucher ! »

Elle avait raison, et il le savait. Le lit était immense, il n'arriverait jamais à dormir sur le divan, et il valait mieux qu'ils soient bien reposés pour espérer résoudre leurs problèmes.

Bon sang, il pouvait quand même dormir à côté d'une femme sans vouloir lui sauter dessus, non ? Il était adulte, pleinement maître de son corps et de ses pensées !

Bowen se glissa donc à son tour dans le lit. Le matelas était froid et un peu déformé, mais les draps, adoucis par des années et des années de lessives, avaient la subtile odeur du linge qui avait séché en plein air.

Toujours assise, Tamsyn tira jusqu'à elle la couverture qu'il avait laissée tomber sur l'édredon pour l'enrouler autour de ses épaules. « Tu crois que c'est possible de mourir de froid dans sa chambre ? demanda-t-elle avant de lever une main pour l'empêcher de répondre. Non, oublie. Il est l'heure de dormir, je ne veux pas de tes douze exemples de gens morts de froid dans leur lit ! »

Bowen se mit à rire ; il se releva pour se diriger vers l'un des imposants piliers au pied du lit à baldaquin. « Crois-le ou non, je n'en ai que cinq en tête, pour l'instant… », lui assura-t-il avant de tirer sur la corde en velours qui retenait le rideau.

Le drap tomba avec un léger bruissement, et Bowen l'ajusta pour en faire comme un mur bleu foncé de son côté du lit. Il passa ensuite aux trois autres piliers et fit de même. D'une voix assourdie par l'épaisseur des rideaux, Tamsyn lui lança : « En quoi ça nous aide, ça ?

— Ça gardera la chaleur », expliqua-t-il en écartant le pan de velours de son côté afin de remonter dans le lit.

Le rideau retomba, les plongeant dans une obscurité quasi totale. La seule lueur provenait des braises rougeoyantes que l'on apercevait de temps à autre dans les interstices.

Aussitôt, Bowen constata qu'il était plus facile de rester allongé près d'elle s'il ne pouvait pas la voir. Là, dans le noir, il pouvait presque se convaincre qu'il était seul.

Voilà ce qu'il allait faire. Dormir seul, il y était plus qu'habitué. Bowen s'allongea sur le dos, immobile, et ferma les yeux.

Parfait.

C'était comme s'il était chez lui, dans ses montagnes. Seul dans son lit (enfin, sa couchette), sans personne d'autre à des kilomètres et des kilomètres à la ronde…

Tamsyn poussa un soupir presque inaudible, et Bowen rouvrit brusquement les yeux, son corps reprenant aussitôt conscience de la proximité de la jeune femme.

Le froissement de sa robe de nuit contre les draps, la chaleur de sa peau, la vague odeur de fumée qu'avaient ses cheveux et qui se mêlait au parfum plus doux, mais tout aussi prenant du savon au jasmin avec lequel elle avait dû se laver…

« Tu vois ? dit-elle, sa voix planant dans la pénombre. T'es quand même mieux là que plié en huit comme un bretzel sur le sofa, non ? Je parie que personne ne s'assied jamais sur ce truc, alors pour y dormir…

— J'ai connu pire, grommela-t-il, et Tamsyn lança l'un de ses petits rires un peu rauques, le forçant à fermer les yeux pour s'empêcher de gémir.

— Oh, je n'en doute pas ! dit-elle, et Bowen sentit le matelas s'enfoncer légèrement tandis qu'elle se tournait pour lui faire face, devina-t-il au son de sa voix. Tu as sûrement dû dormir… voyons voir, sur le flanc d'un volcan actif. Ou dans un phare hanté au milieu de la mer du Nord. Ou perché sur un ours au sommet d'un glacier.

— Oui, oui, et non, mais presque », répondit-il, espérant entendre une nouvelle fois ce rire – quitte à en crever d'envie. Et de nouveau, elle rit, et de nouveau, il dut fermer les yeux en se demandant s'il était possible de mourir d'un tel trop-plein de désir.

Elle se remit à bouger sous les draps, toujours si loin que, même en tendant le bras, il n'aurait sans doute pas pu la toucher.

C'était tout de même trop près.

« J'ai peut-être enfreint la règle qui m'interdit de me retrouver au lit avec mes clients, mais je suis contente que ce soit avec toi…, dit-elle, et ce fut au tour de Bowen de se tourner face à elle, même sans la voir.

— Ça ne compte pas, là, lui répondit-il. On ne fait que dormir, hein ? Tu as peut-être enfreint la lettre de la loi, mais pas l'esprit. »

Il discerna sa stupeur, imaginant ses sourcils relevés, alors qu'elle lui lançait : « Dis donc, je dois avoir une mauvaise influence sur toi, Bowen, pour que tu sois si prompt à trouver des failles morales ! »

C'étaient l'obscurité, et cette proximité aveugle, et la situation absurde dans laquelle ils se trouvaient qui le poussèrent à dire ce qu'il déclara ensuite.

C'était tout ça, et son débile de cœur – et sa débile de bite…

« On n'enfreindra pas cette règle sur un vice de forme, Tamsyn, lui dit-il d'une voix rauque. Quand on l'enfreindra, ce sera pour de vrai, *cariad*… »

Il venait de l'appeler *mon amour*. Parce que c'était le cas. Par saint Bugi et tous ses attributs, cette femme était bel et bien son amour.

Mais Tamsyn ne parlait pas gallois ; ce fut donc un autre mot qu'elle releva.

« "Quand" ? » répéta-t-elle dans un souffle. Le jeune homme envisagea un instant de prétendre qu'il s'était trompé, de verser dans le flirt aguicheur dont Rhys était le spécialiste.

Mais Bowen n'avait jamais été très doué pour ça. Tout ce qu'il pouvait faire, c'était lui dire la vérité.

« Je pense à toi tout le temps, s'entendit-il répondre. Tous les jours, putain, Tamsyn ! Tes cheveux. Ta peau. Ton rire. Surtout quand tu te fous de ma gueule. »

Il entendit la respiration de la jeune femme s'accélérer, mais elle remarqua d'un ton espiègle : « Ça m'arrive souvent, ça.

— Oui, et ça me rend fou – mais de la meilleure des manières, lui dit-il. Tout comme ça me rend fou de me dire qu'avant, je pouvais passer des jours entiers (des *semaines* entières, même) sans parler à personne, alors que maintenant, si on ne se parle pas, je passe une sale journée. Et… » Avec un soupir, il bascula de nouveau sur le dos, le regard plongé dans le noir. « J'en sais rien. Moi, j'ai l'impression que la question, c'est plutôt de savoir *quand* ça se fera que *si* ça se fera… Mais peut-être que tu ne ressens pas la même chose. Dans ce cas, je ne suis qu'un pauvre type qui se fait des idées, donc n'hésite pas à me le faire savoir. »

Il entendit un nouveau rire, plus doux, cette fois, et il sentit qu'elle se rapprochait de lui pour poser une main hésitante sur sa poitrine.

Ce simple contact lui fit l'effet d'une brûlure. Dans le noir complet, Bowen se noyait dans un torrent de sentiments, et il ne put s'empêcher de prendre cette main pour la porter à ses lèvres et embrasser le bout d'un doigt.

Tamsyn retint son souffle, et Bowen embrassa un autre doigt, puis encore un autre, descendant lentement jusqu'à l'auriculaire.

Il entendait la respiration de la jeune femme s'emballer, ses jambes s'agiter sous les draps.

« T'es pas un pauvre type, non, murmura-t-elle en reposant la main sur son torse. Moi aussi, je pense à toi tout le temps. Dès que je vois un truc intéressant, un livre, un coucher de soleil, même un putain d'arbre ou un caillou un peu bizarre, je pense directement : "Tiens, il faut que je montre ça à Bowen", et... » Elle s'interrompit et, avec un soupir, retira sa main. « Mais je suis sérieuse quand je dis que je ne fréquente jamais les mecs avec qui je travaille. Même les mecs super sexy avec qui je voyage dans le temps.

— Elle ne sort pas de nulle part, cette règle, j'imagine ? observa le jeune homme, et il sentit, plutôt qu'il n'entendit, qu'elle tournait la tête vers lui.

— Ce n'est rien de particulier, répondit-elle. Une question d'instinct de survie, c'est tout. J'adore mon boulot. Enfin... certains aspects, en tout cas. Je ne veux pas faire quoi que ce soit qui m'empêcherait de continuer. »

Dans un nouveau bruissement de draps, elle se retourna face à lui.

« Toi, par contre, tu as quelque chose à me raconter concernant Carys et son fiancé décédé... Dès que quelqu'un prononce son nom, c'est comme si on te faisait avaler du verre pilé. »

Cette évocation de Carys, et de Declan, était exactement ce dont Bowen avait besoin. Une douche froide métaphorique, qui l'empêcherait de complètement perdre la tête dans la pénombre chaleureuse et intime de ce lit. Tant que Declan ne serait pas libéré du sort qui le gardait prisonnier dans ce mystérieux espace entre la vie et la mort, Bowen ne pouvait pas se permettre de rester là, allongé aux côtés d'une femme aussi belle, à lui dire le genre de choses que la lumière du jour transformerait en promesses.

« Tu as raison, admit-il. Mais… c'est une histoire que je n'ai pas le courage de raconter. Pas encore.

— Pas encore », répéta-t-elle avant de soupirer.

Il sentit qu'elle se tournait à nouveau et eut l'impression qu'elle aussi fixait le sommet du lit à baldaquin.

« Ça fout les boules, hein ? dit-elle. De rester sage. D'avoir… un code de conduite, des règles à suivre. Surtout avec toi, juste là, qui as l'air si… enfin, je ne te vois pas, mais je t'imagine chaque nuit dès que je ferme les yeux, de toute façon. »

Oh, putain.

Ce fut Bowen qui ferma les yeux, mais cette fois, il ne put réprimer un faible gémissement.

« Arrête de me dire des choses comme ça, gronda-t-il. Arrête de me dire que tu penses à moi la nuit…

— Mais c'est vrai, pourtant », dit-elle à voix basse. À nouveau, il capitula devant l'obscurité qui le faisait parler malgré lui, comme s'il était ensorcelé par la nuit.

« Et qu'est-ce que tu fais, dans ces cas-là, Tamsyn ? demanda-t-il d'une voix qui ne ressemblait même plus à la sienne, avec un accent à couper au couteau, des mots qui cavalaient dans sa poitrine. Qu'est-ce que tu fais, quand tu penses à moi ? »

Un battement de cœur, puis un autre. Cinq battements s'écoulèrent ainsi, compta Bowen, puis la voix de Tamsyn s'éleva dans le noir :

« Tu veux que je te montre ? »

Chapitre 13

Allongée là, dans l'obscurité la plus totale, dans un silence qui n'était troublé que par le martèlement de son cœur résonnant dans ses oreilles et par la respiration saccadée de Bowen, Tamsyn se demanda si la folie n'était pas un effet secondaire des voyages spatio-temporels.

C'était sans doute ça. Ou alors, peut-être n'était-ce que cette nuit si étrange, le confort de ce lit, les ténèbres qui les enveloppaient, et toutes ces choses que Bowen venait de lui dire – ces choses toutes simples, si factuelles, mais si dévastatrices… Ces choses qui la poussaient à remonter sa robe de chambre pour dénuder ses jambes, tandis que Bowen demandait : « Comment peux-tu me montrer si je ne te vois pas ? », d'une voix à la fois brusque et douce. Et la chaleur de son corps près du sien…

Comme tant de fois au fil des ans, en cette période festive, Tamsyn se trouvait face à la tentation, et comme toujours, elle se sentit incapable d'y résister.

« Je peux peut-être te le *démontrer* plutôt…, corrigea-t-elle avant d'ajouter : Avec audiodescription. »

Elle l'entendit distinctement avaler sa salive, et sourit dans le noir.

« Chez moi, reprit-elle en se rapprochant à peine de lui, j'ai toutes sortes d'accessoires pour l'occasion.

— Des accessoires ? répéta-t-il d'une voix rêche comme du papier de verre, et Tamsyn hocha la tête, sentant son souffle s'emballer alors qu'elle laissait remonter une main sur sa hanche.

— Mmh-mmh. Des accessoires de premier choix. Et de plein de sortes différentes.

— Quelles sortes ? »

Il avait presque l'air de s'étouffer à présent, et Tamsyn se sentit ronronner de plaisir alors qu'elle recroquevillait ses orteils tout en passant de sa cuisse à l'un de ses seins, refermant la main sur le téton durci. « Tu sais..., dit-elle (même si elle était à peu près sûre qu'il n'en savait rien). Le genre d'accessoire qu'on glisse à l'intérieur. Le genre d'accessoire qui vibre... J'en ai même un en forme de fleur, que j'utilise sous la douche parfois.

— Sous la douche..., fit Bowen, et Tamsyn se mit à rire, d'un rire un peu étranglé, en jouant avec la pointe de son sein.

— Tu comptes répéter tout ce que je dis ? demanda la jeune femme, et il se rapprocha d'elle, son pied effleurant presque le sien.

— Il n'y a plus de sang dans mon cerveau, Tamsyn ! répondit-il, la faisant pouffer de rire.

— Un si gros cerveau, pourtant..., dit-elle en laissant sa main redescendre sur son ventre.

— Et encore, tu devrais voir ma bite », répliqua-t-il. Tamsyn voulut rire à nouveau, mais c'était à son tour de s'étrangler de désir. Ses jambes se pressaient l'une contre l'autre et son corps tout entier frissonnait avidement.

« Je veux faire bien plus que la voir, assura-t-elle, laissant enfin sa main passer entre ses jambes pour y presser sa paume. Mais c'est moi qui fais la démonstration, là !

— Ça me semble plutôt injuste », protesta Bowen, et elle l'entendit bouger dans la pénombre, l'imaginant glisser une main rude et agile sous l'élastique de son pantalon.

Il poussa un grognement, et Tamsyn gémit à son tour sous la caresse circulaire de ses propres doigts. Elle n'avait sûrement jamais mouillé à ce point, et elle aurait eu honte des sons qu'elle produisait si elle n'avait pas entendu le grondement d'adulation qui venait de s'échapper de la gorge de Bowen.

« Bon sang, je donnerais tout pour t'avoir sous ma langue, là, maintenant », haleta-t-il. Elle entendait sa main bouger, à présent, et elle sentait le tremblement étouffé par le matelas.

Fermant les yeux, Tamsyn se cambra, faisant travailler ses doigts, laissant de petits cris franchir ses lèvres, sentant Bowen juste là, avec elle. Elle percevait son corps alors même qu'ils ne se touchaient pas, qu'ils ne se voyaient pas, qu'ils ne pouvaient qu'entendre et imaginer… et bordel, tout ce qu'elle imaginait !

La bouche de Bowen entre ses jambes, comme il l'avait dit, sa barbe humide de sa moiteur intime, ses lèvres et sa langue voraces… Tamsyn pressa encore plus fort les hanches contre sa main tandis que, de l'autre côté du lit, Bowen poussait un nouveau grognement venu du plus profond de son être.

Il se mit à parler, et Tamsyn crut d'abord qu'il prononçait une sorte d'incantation. Elle se sentait déjà prête à basculer dans l'orgasme – un coït magique avec Bowen, c'était l'un de ses fantasmes les plus intenses –, mais elle comprit alors qu'il était seulement en train de parler en gallois. Elle n'avait aucune idée de ce que ces paroles signifiaient, mais elle reconnut son nom.

Tamsyn avait entendu Bowen prononcer son nom une bonne centaine de fois, mais jamais comme ça. Jamais d'une voix si brisée, avec un accent qui en faisait ressortir chaque syllabe. Et ce n'était pas juste la manière dont il le prononçait qui lui fit autant d'effet, mais tout ce qu'elle entendit derrière ce simple mot.

Cet homme si séduisant, si puissant, cet être *littéralement magique* était, en cet instant précis, complètement *sous son charme, à elle.* Il n'en fallut pas plus pour la faire plonger dans la jouissance et, en enfouissant son visage dans l'oreiller, elle laissa échapper un cri, les cuisses frémissantes, les doigts trempés, tout son corps chamboulé à l'extrême par sa propre caresse.

Elle entendit Bowen pousser à son tour un cri profond et grave, et sentit de nouveau un violent tremblement secouer tout son corps. Hors d'haleine, haletante, elle gémit en laissant retomber sa main sur les draps.

À côté d'elle, Bowen soufflait toujours comme une bête sauvage, et Tamsyn aurait donné n'importe quoi pour pouvoir le regarder, là, pour voir la noirceur de ses yeux, l'ardeur qu'elle y aurait lue.

Mais en même temps, la jeune femme était soulagée d'être dans l'obscurité, car elle savait que lui aussi aurait lu la passion dans ses yeux à elle, et qu'elle n'aurait pas pu faire diversion avec un trait d'esprit. Qu'elle n'aurait pas pu se cacher derrière un masque. Qu'il aurait vu sa vulnérabilité mise à nu, qu'il aurait compris à quel point il lui plaisait… et merde à la fin, à ce stade, elle devait admettre que ce qu'elle ressentait pour lui allait bien plus loin que ça. Mais Tamsyn n'était pas prête à le lui avouer.

Quand ils seraient rentrés chez eux.

Quand ils auraient percé le mystère d'Y Seren.

Pas maintenant.

Elle tourna la tête vers lui et dit : « Bref. Tu comprends mieux ce que je fais quand je pense à toi, Bowen Penhallow ? »

Il émit ce son dont il avait le secret, moitié rire, moitié grognement, et Tamsyn sentit son cœur se gonfler dans sa poitrine.

« Ce que je comprends, commença-t-il en se redressant pour enlever sa chemise de pyjama afin de s'essuyer, devina Tamsyn, c'est que j'éprouve exactement la même chose que le soir où je t'ai vue pour la première fois, Tamsyn Bligh.

— C'est-à-dire ? »

Bowen resta silencieux quelques instants et Tamsyn sentit quelque chose passer tout près de son visage. Elle comprit qu'il tendait la main vers elle, mais sans la toucher, et elle se retint de combler l'espace qui les séparait : elle savait pertinemment que ce qu'il allait dire lui irait droit au cœur, et que tout contact rendrait ces mots encore plus durs à entendre.

« Depuis le moment où tu es entrée dans ce pub, déclara-t-il enfin, j'ai su que tu serais à la fois le meilleur et le pire pour moi. »

Et Tamsyn se dit qu'elle avait raison, que ces paroles l'avaient bel et bien frappée en plein cœur… mais qu'en même temps, elle avait tort. Qu'il la touche ou non, c'était la même chose : Bowen n'avait pas besoin de ça pour la faire tomber amoureuse de lui.

C'était déjà fait.

Lorsque Tamsyn se réveilla, le lendemain matin, les rideaux du lit étaient ouverts et l'épaisse vitre des fenêtres laissait entrer une lumière grisâtre. La jeune femme s'assit, tournant immédiatement la tête vers l'autre côté du lit.

Bowen n'était déjà plus là, ce qui était une bonne chose. Tamsyn n'était pas sûre d'être prête à se réveiller à ses côtés, à voir ses cheveux longs ébouriffés par le sommeil, son visage doux et détendu. Ce qui s'était passé la nuit dernière lui avait fait l'effet dévastateur d'un tremblement de terre, mais elle allait pouvoir ranger ce souvenir au fin fond de son esprit et le considérer presque comme un rêve. Ils ne s'étaient pas touchés, pas embrassés. Ils ne s'étaient pas endormis dans les bras l'un de l'autre.

La nuit dernière avait été… un bon moyen de se déstresser. Une distraction fort agréable et bienvenue pour eux deux, qui se trouvaient dans un pétrin magique aux proportions plutôt colossales. C'était normal, non ? Comme avoir envie de baiser après avoir appris la mort de quelqu'un, pour que la vie reprenne le dessus ou quelque chose dans le genre.

Voilà. La nuit dernière n'avait été qu'une simple stratégie d'adaptation par orgasme.

C'était facile d'y repenser pendant qu'elle était encore seule dans sa (*leur*) chambre et se préparait pour la journée qui l'attendait. En plus de cette fameuse robe de nuit spéciale « manoir hanté », Lady Meredith lui avait fait apporter tout un tas de vêtements divers et variés, allant d'une salopette à plusieurs robes de soirée. Tamsyn opta pour un pull rouge festif et un pantalon noir moulant, avant de compléter l'ensemble par une veste en tweed et, puisqu'on était en pleine campagne galloise, une paire de bottes en caoutchouc vert foncé.

Après avoir mis à profit les quelques accessoires de maquillage que Lady Meredith lui avait également fournis, Tamsyn, se sentant redevenue presque humaine, descendit joyeusement les escaliers du manoir Tywyll, s'arrêtant pour adresser un petit salut militaire aux plus terrifiants des ancêtres Meredith immortalisés en peinture, avant de traverser le couloir jusqu'à l'endroit où, dans ses souvenirs, se trouvait la salle à manger.

La pièce était vide et les volets encore fermés, mais la jeune femme entendit du bruit venant d'un peu plus loin dans le couloir et le suivit jusqu'à arriver dans une salle plus petite et plus lumineuse.

Plusieurs canapés y étaient disposés, et une grande baie vitrée donnait sur les jardins embrumés. Une table, moins massive que celle de la salle à manger, avait été installée, et un long buffet attendait contre le mur du fond. Tamsyn entendit son estomac grogner, humant les odeurs alléchantes qui en provenaient : elle n'avait pas mangé depuis des heures (enfin, littéralement, depuis des dizaines d'années). La jeune femme allait prendre une assiette lorsqu'un mouvement attira son attention… et là, tout ce qu'elle s'était dit concernant la nuit dernière (le tiroir au fond de son esprit, la stratégie d'adaptation, le *franchement, si on ne peut pas prendre son pied à côté de son crush en pleine faille spatio-temporelle, alors quand est-ce qu'on peut ?!*) fut oblitéré sous ses yeux, car Bowen était là-bas, au fond, devant la baie vitrée, une petite tasse à café à la main, et il regardait Tamsyn comme si c'était le soleil en personne qui venait d'entrer dans la pièce.

La jeune femme s'était persuadée qu'après tout ce temps, elle devait être immunisée contre son charme. Que ce n'était plus qu'une donnée factuelle sur lui, de type « il a les yeux marron » ou « il aime un peu trop étaler sa science au sujet des elfes ». Mais Bowen, comme elle, avait choisi une tenue adaptée aux circonstances : il portait un pull vert ajusté près du corps avec un pantalon gris foncé en velours côtelé qui lui donnait un air de prof d'histoire ultrasexy, bien différent de son habituelle allure d'abominable sorcier des montagnes, et l'idée même que cet homme pouvait être à la fois l'un et l'autre donna soudain à Tamsyn une violente envie de dévorer bien plus que les œufs et le bacon qui lui avaient semblé si appétissants quelques instants plus tôt.

Il fit un pas vers elle, et la jeune femme s'aperçut qu'il n'y avait personne d'autre dans la salle : les seuls regards posés sur eux étaient ceux des aïeux Meredith défunts depuis bien longtemps, figés dans leurs tableaux. Dehors, on ne voyait plus ni la pelouse ni le labyrinthe tant le brouillard était épais. Il venait s'écraser sur les vitres et tournoyait sur le gazon comme si le manoir tout entier était pris dans un nuage.

Bowen continua à s'approcher, sa tasse cliquetant dans sa soucoupe, et elle ignorait ce qu'elle aurait fait si Elspeth (la grand-mère, dut-elle se rappeler) n'avait pas surgi dans la pièce à ce moment-là en ironisant : « Oh, merveilleux, encore une journée de grisaille ! »

Tamsyn avait bien du mal à croire que la nouvelle venue donnerait un jour naissance au père de Bowen, un homme qu'on lui avait toujours décrit comme quelqu'un d'épouvantable, car Elspeth Carew était sans doute la femme la plus belle et la plus glamour qu'elle ait jamais vue. Ce matin-là, elle portait une robe blanche qui épousait la forme de son corps, avec un col montant et des manches ajustées, ainsi que des chaussures vert sombre à petits talons. Deux peignes en écaille de tortue retenaient ses cheveux châtains autour de son visage.

Lorsqu'elle les vit tous les deux, ses lèvres rouges s'étirèrent en un sourire entendu : « Je vous interromps, peut-être ? J'espère bien… Je ne serai pas mariée pour Yule, mais que ça ne vous empêche pas de profiter des circonstances !

— La seule chose que vous interrompez, c'est mon offensive sur ce plat de saucisses ! assura Tamsyn en désignant le buffet. Et ce n'est pas un euphémisme… »

C'était sans doute une remarque un peu trop osée pour 1957, mais Elspeth éclata d'un rire charmant comme le tintement d'un carillon. « Oh, vous me plaisez, madame Penhallow ! » s'exclama-t-elle.

En entendant Elspeth l'appeler comme ça, Tamsyn sentit tout son être s'embraser – à son grand désespoir, mais il n'y avait rien à faire… Étrangement, ce qui s'était passé la nuit dernière n'avait rien changé entre elle et Bowen, et en même temps, tout avait changé.

Car à présent, elle savait. Elle savait que pendant toutes ces nuits où il l'avait tenue éveillée, envahissant ses pensées et ses fantasmes, lui aussi avait pensé à elle.

S'était-il inventé les mêmes scénarios ?

Peu probable. Bowen était intelligent et créatif, mais pas du genre à imaginer l'histoire du mage en visite qui décide de prendre une jeune villageoise pour épouse… D'ailleurs, si elle en avait l'occasion, elle ne se priverait pas de lui en raconter les détails.

Mais pour l'instant, elle se contenta de sourire à Elspeth et de lui répondre : « Moi aussi, vous me plaisez, Miss Carew. C'est dommage, j'avais hâte que vous fassiez partie de la famille ! »

Elspeth se rembrunit. « Ça, lança-t-elle en se dirigeant vers le buffet dans un froissement de jupons, c'est à Harri qu'il faut le dire.

— Qu'est-ce qu'il faut me dire ? »

Ah, comme par hasard… Harri Penhallow venait de faire son entrée, les cheveux noirs en bataille, les lunettes légèrement de travers. Il était aussi beau que son futur descendant, Rhys Penhallow, mais il semblait complètement déprimé.

« Que c'est ton entêtement ridicule qui a mis fin à nos fiançailles ! » répliqua Elspeth. Serrant les dents, Harri avança à son tour vers le buffet et, d'un geste mécanique, remplit son assiette de tomates grillées et de saucisses.

« La seule responsable de cette rupture, Ellie, c'est toi.

— Arrête de m'appeler "Ellie", je n'aime pas ça !

— Ça te plaisait bien, pourtant, avant ! rétorqua Harri avant d'ajouter à voix basse : Sauf dans certaines circonstances… »

Elspeth se redressa et lui fit face, le menton relevé, l'air hautain, mais les joues rosies. « Comment oses-tu ! s'écria-t-elle. Je savais bien que tu n'étais qu'un imbécile prêt à tout pour accroître ta fortune, Henry Penhallow, mais je n'aurais jamais cru que tu serais un tel goujat !

— Et moi, je pensais que tu étais une femme digne de porter le nom des Penhallow… mais nous nous sommes tous les deux bercés d'illusions, apparemment. »

Rejoignant discrètement Bowen, Tamsyn lui prit sa tasse de café et en but une gorgée avant de chuchoter : « Je persiste à dire que tes grands-parents sont canons.

— Et moi, je persiste à t'implorer de ne plus jamais prononcer ces mots », répondit-il.

Avec un sourire, Tamsyn reposa la tasse de Bowen sur sa soucoupe en s'efforçant de ne pas croiser son regard – elle risquait la combustion spontanée si elle laissait les souvenirs de la nuit dernière ressurgir maintenant.

« N'empêche, c'est pour eux qu'on est là, reprit-elle avec un signe de tête en direction d'Elspeth et d'Harri, qui remplissaient leurs assiettes en silence. J'en suis sûre. Il s'est passé quelque chose qui leur a fait annuler leur mariage, ce qui veut dire que ton père risque de ne pas naître.

— Pas sûr que ce soit vraiment une tragédie, ça… », grommela Bowen.

Tamsyn se tourna vers lui et, sans réfléchir, elle prit son visage dans ses mains. « Pour moi, si, ce serait une tragédie, parce que tu n'existerais pas ! » dit-elle, et *oh, merde*, c'était trop tard. Elle le regardait dans les yeux, il la regardait dans les yeux, et tout ce qui s'était passé la veille, dans l'obscurité brûlante et veloutée de ce lit, leur lit, parut déferler dans l'espace qui les séparait.

Dans sa vie, Tamsyn avait couché avec un nombre d'hommes respectable ; elle n'était pas étrangère au sexe et à ses permutations, mais elle n'avait jamais rien connu d'aussi intime que ces quelques minutes avec Bowen, dans le noir, et leurs mains qui ne caressaient rien d'autre que leur propre corps et pourtant, elle avait ressenti chacun des gestes qu'il avait faits, entendu chaque souffle, et elle savait que lui aussi l'avait sentie, entendue.

C'était trop, c'était insoutenable. Tamsyn détourna le regard, laissant ses mains retomber le long de son corps.

Harri et Elspeth étaient maintenant attablés, ayant pris soin de laisser cinq chaises vides entre eux, mais aucun des deux ne regardait son assiette : ils observaient Bowen et Tamsyn, avec sur le visage un air quasiment identique.

Un air d'envie.

De jalousie.

De regret.

Quel que soit le problème qui les avait séparés, ces deux-là, ce n'était pas un manque d'amour.

Ni un manque de désir.

Et tant qu'il n'y avait pas de manque d'amour ni de désir, alors tout n'était pas perdu, raisonna Tamsyn.

Jetant au buffet un dernier coup d'œil affamé, Tamsyn reprit la tasse des mains de Bowen, la vida d'une traite, puis déposa la tasse et la soucoupe sur la table.

« Excusez-nous, dit-elle à Harri et Elspeth, mais nous avons fort à faire !

— Ah, c'est comme ça qu'on dit de nos jours ? » entendit-elle Harri marmonner alors qu'elle entraînait Bowen hors de la pièce. Ce dernier se laissa faire, le regard noir.

« Ne fais pas cette tête, on dirait que tu as envie de casser la gueule à ton grand-père ! le sermonna Tamsyn à voix basse.

— J'ai bien cogné sur mon père, une fois…, lui répondit-il en baissant les yeux sur elle. Sur mes frères aussi. Et plus d'une fois – *largement* plus, même. Donc tant qu'à faire, je peux bien mettre une rouste au grand-père… »

Tamsyn pensa à son propre frère, Michael, et tenta d'imaginer qu'elle lui envoyait son poing dans la figure, mais c'était impossible. Ils ne se ressemblaient pas du tout : elle avec son travail mystérieux et plein d'aventures, pas de famille, pas vraiment de maison ou d'endroit où jeter l'ancre, et lui avec son mari, Josh, son boulot dans une boîte d'assurances, son appartement et son bateau… Mais elle l'aimait tellement qu'elle aurait préféré se couper la main plutôt que la lever sur son frère.

Encore une raison pour laquelle Bowen et elle étaient si différents ; ce n'était pas seulement parce qu'il était sorcier et elle non. Encore une raison de s'assurer que les événements de la nuit dernière n'étaient qu'une exception, à ne surtout pas reproduire.

Et de se concentrer sur ce qu'ils avaient à faire.

« Bon, ce qu'on veut, c'est se tirer d'ici, pas vrai ? » demanda-t-elle à Bowen. Celui-ci la regarda d'un air perplexe avant de répondre : « Euh… on veut plutôt se tirer de cette *époque*, parce qu'en termes de lieu, on est… »

Tamsyn plaqua une main sur sa bouche pour le faire taire, s'efforçant d'ignorer la chaleur de ses lèvres, la douceur de sa barbe (elle avait oublié à quel point elle était douce…). « Oui, bon. On veut se tirer de 1957. Et j'ai vu assez de films et de séries sur les voyages dans le temps pour savoir que quand le personnage atterrit dans le passé, c'est parce qu'il doit rectifier une anomalie qui affecte son avenir. Toi, si tes grands-parents se séparent avant leur mariage (et bien avant la naissance de ton père), je ne vois pas ce qu'il faut de plus pour affecter ton avenir… »

Bowen fronça les sourcils, faisant apparaître sur son front ces trois plis de contrariété que Tamsyn aimait tant. « C'est pas pour te contredire, dit-il lentement, mais Carys… »

Tamsyn secoua la tête. « Elle n'est même pas là, Carys ! On est les *seuls* à avoir été embarqués dans son sortilège ! Ça veut dire qu'on est là pour une raison particulière. Et je crois savoir ce que c'est. »

Bowen l'observait toujours, l'air impatient, et la jeune femme prit une profonde inspiration avant de déclarer :

« Il faut qu'on manipule tes grands-parents pour qu'ils se remettent ensemble. Comme dans *À nous quatre* ! »

Chapitre 14

« Il faut que je t'explique la référence, hein ? demanda Tamsyn.

— Mais non, bien sûr que j'ai déjà vu *À nous quatre* ! » répondit Bowen en secouant la tête. Il ne prit pas la peine de préciser que s'il connaissait ce film, c'était uniquement parce qu'à l'été 2000, Rhys avait eu un *énorme crush* sur Lindsay Lohan et qu'il avait forcé ses frères à regarder ce maudit film en boucle. Autant laisser Tamsyn croire qu'il s'y connaissait un peu en culture populaire…

« Ça alors, tu vis donc bien au XXIe siècle, finalement ! » ironisa la jeune femme en lui tapotant l'épaule. Bowen aurait pu lui rappeler que le film en question (l'original comme le remake) était sorti au XXe siècle et non pas au XXIe, mais il était certain que cette rectification ne lui vaudrait rien de plus qu'un soupir d'exaspération. De toute façon, il était bien trop occupé à reprendre ses esprits, chamboulé par le simple contact de cette main sur son épaule.

Voilà où il en était : une petite tape sur l'épaule et il tombait en pâmoison, à deux doigts de se prosterner aux pieds de Tamsyn.

Mais comment aurait-il pu la regarder, avec son pull de Noël et son nez froncé par la concentration (comme toujours lorsqu'elle se mettait à comploter), sans penser à la nuit dernière ?

Eux deux, entourés de ces rideaux de velours qui leur faisaient comme un cocon de chaleur et d'obscurité, le souffle haletant de Tamsyn, ses gémissements, ses doigts qui s'affairaient, son odeur animale, primaire, si *délicieuse* qu'il en avait joui dans son poing fermé en quelques coups à peine, comme un adolescent.

Par la déesse… comment était-il donc censé faire quoi que ce soit, dévasté comme il l'était depuis cette nuit ?

Et le pire, c'était que Tamsyn, elle, ne semblait pas particulièrement bouleversée par ce qui s'était passé. Peut-être qu'elle avait l'habitude. Peut-être qu'elle avait des dizaines d'amants, un dans chaque ville où elle s'était rendue lors de ses missions.

Ce n'était pas grave. Du tout. C'était même *tant mieux*, pour une femme belle et libérée comme Tamsyn. Du moment que c'était ce qu'elle voulait, il n'y voyait aucun inconvénient.

Non, vraiment.

Aucun.

Prenant la jeune femme par le coude, Bowen l'entraîna avec douceur dans le couloir pour l'éloigner de la salle du petit déjeuner. Il faisait sombre, dans ce hall ; les lampes fixées au mur ne parvenaient pas à repousser la grisaille morose du dehors, et on se serait davantage cru en début de soirée qu'en milieu de matinée. Humant l'air, Bowen devina qu'il allait pleuvoir, et peut-être même neiger. Il espéra que leurs hôtes n'avaient pas prévu de nouvelle excursion en forêt ce soir-là.

« C'est vrai que ça vaut la peine d'aider mes grands-parents à surmonter leur… *problème*, pour voir si ça nous permettra de revenir en 2024. Mais je pense quand même qu'on devrait se renseigner sur Y Seren et sur ses pouvoirs… parce que même si on ne sait pas *pourquoi* on est dans le passé, on sait que c'est cet objet qui nous y a expédiés.

— Décidément, tu es un vrai moulin à paroles, depuis qu'on est dans les années 50 ! le taquina Tamsyn avant de hausser les épaules. Mais je suis d'accord. Quitte à se pencher sur le *pourquoi*, autant s'occuper aussi du *comment*. On commence par quoi ? »

TROIS HEURES plus tard, Bowen regrettait déjà son choix.

S'ils avaient opté pour le plan de Tamsyn (commencer par l'opération « *À nous quatre* »), ils seraient encore au manoir, sans doute en pleine partie de cache-cache ou autre activité qui leur fournirait l'excuse idéale pour enfermer Harri et Elspeth dans une pièce obscure jusqu'à ce qu'ils se souviennent à quel point ils s'aimaient et qu'ils soient prêts à se dire « oui ».

Au lieu de ça, Bowen était dehors, dans la pénombre rampante de l'après-midi, sous un crachin persistant qui transperçait peu à peu tous ses vêtements.

En train de pédaler sur une putain de *bicyclette*.

Avec une *sonnette*.

Ils avaient passé plus d'une heure dans la vieille bibliothèque du manoir Tywyll, une salle lugubre dotée d'un escalier en spirale menant à une galerie et munie d'étagères croulant sous un bon million de livres, dont aucun n'avait été ouvert depuis plusieurs dizaines d'années (à en croire l'épaisse couche de poussière qui les recouvrait).

Mais Bowen était persuadé qu'il valait mieux commencer par chercher des archives mentionnant Y Seren. C'était toujours par là qu'il commençait de toute façon : par les livres. Trouver le plus d'informations possible et en déduire ce qui était utile, ce qui était intéressant, mais sans doute faux, et ce qui relevait du grand n'importe quoi.

Une fois ce tri effectué, on pouvait passer à l'étape suivante, celle qui faisait peur : celle où il fallait parler à des gens. Tamsyn avait bien sûr voulu commencer par là, en interrogeant directement Lady Meredith à propos du joyau, mais Bowen lui avait fait remarquer qu'ils risqueraient d'éveiller les soupçons s'ils devaient subtiliser cette satanée broche pour pouvoir rentrer chez eux.

Pour une fois, Tamsyn ne lui avait pas tenu tête. Elle s'était contentée d'un salut militaire qu'il avait trouvé incroyablement érotique, pour des raisons qu'il ne souhaitait pas étudier trop en détail.

Ils s'étaient alors plongés dans leurs recherches, livre après livre après livre, et pendant tout ce temps, Bowen s'était efforcé de ne pas faire attention au parfum de la jeune femme, à sa proximité, à cette pièce accueillante malgré ses lumières vacillantes, tandis que la tempête commençait à gronder dehors.

Au final, cette investigation ne leur avait fourni qu'une seule et unique piste concernant Y Seren : avant que les Meredith ne la rachètent, quelques années auparavant, la broche avait appartenu à une famille du nom de Beddoe.

Là, Tamsyn avait eu cet adorable plissement de nez avant de répéter : « *Beddoe*… c'était le nom du pub au village d'à côté ! Je suis passée devant pour rejoindre le manoir Tywyll. Enfin, le manoir Tywyll du futur… Ou du présent, à l'époque. Bordel, ça y est, je parle comme toi, avait-elle bougonné. Bref, sur l'enseigne au-dessus de la porte, c'était écrit *BEDDOE'S TAVERN* – ça m'a marquée parce que c'est un super nom de famille et que je pourrais peut-être l'utiliser pour… des raisons complètement légales et innocentes. »

Bowen avait exprimé d'un grognement ses doutes concernant l'innocence présumée de Tamsyn, mais il avait dû admettre qu'elle tenait peut-être quelque chose : ils pourraient au moins se rendre au village pour vérifier si le pub était toujours là, et mener discrètement l'enquête.

Voilà comment il s'était retrouvé sur cette foutue bécane.

« Mais vous êtes fous ! s'était écriée Emeraude en les voyant enfiler leurs manteaux et leurs bottes dans l'entrée, pendant que l'un des jardiniers leur apportait deux bicyclettes branlantes. Ma grand-mère dirait que vous allez mourir emportés par la fièvre… Mais bon, elle, elle est morte après avoir accidentellement bu le poison qu'elle avait préparé pour mon père, donc elle peut causer… »

C'était peut-être la première fois, en un an, que Bowen avait vu Tamsyn rester sans voix.

Comme deux fous, effectivement, ils étaient donc en train de pédaler sous une bruine que Bowen ne connaissait que trop bien : pas assez consistante pour être de la pluie, trop humide pour être du brouillard, un misérable crachin que Declan, à l'époque, appelait du « bruinard ». Les yeux plissés, Bowen manœuvrait son bicycle en s'efforçant d'éviter les ornières et les flaques du chemin de terre qui traversait la forêt du manoir Tywyll jusqu'au village de Tywyll.

Il avait presque accepté l'idée qu'il ne connaîtrait jamais plus la moindre sensation de chaleur lorsqu'un joyeux *driiing* résonna à côté de lui. Tournant la tête, il aperçut Tamsyn qui faisait tinter la sonnette de sa propre bicyclette ; ses cheveux bruns étaient parsemés de gouttes de pluie et ses bottes maculées de boue, mais elle souriait d'un air ravi, comme s'ils étaient en train de vivre une aventure formidable, trempés jusqu'aux os en plein mois de décembre de l'année 1957.

Bon sang, comme il l'aimait !

C'était toujours aussi étrange, pour lui, de se dire qu'il était amoureux. Lui qui n'était pas sûr d'être destiné à éprouver ce sentiment, et encore moins à en parler… mais c'était trop tard, impossible de s'en défaire.

Et lorsqu'elle se tourna vers lui en souriant, il se rendit compte qu'il ne sentait même plus le froid de la pluie.

Bon, d'accord, pas tout à fait : il frissonnait de la tête aux pieds, sa barbe dégoulinait et son sexe s'était rétracté à tel point que même si Tamsyn décidait de se déshabiller, là, maintenant, en pleine forêt, il aurait eu bien du mal à réagir… Mais bon, *métaphoriquement parlant*, il ne sentait plus la pluie. Car lorsqu'il la regardait, la vie lui semblait… plus facile. Plus belle.

Plus heureuse.

Bowen savait qu'il était possible de ressentir ce genre de choses. Il ne l'avait pas vu chez ses parents, car il était encore trop jeune quand sa mère était décédée, mais il l'avait vu chez Rhys et Vivienne : parfois, lorsqu'ils étaient tous les deux sur le canapé, Rhys concentré sur son téléphone tout en caressant distraitement les cheveux de Vivienne de sa main libre tandis que la jeune femme était plongée dans un livre, une main reposant sur la cuisse de son mari. Ils avaient l'air si… bien.

Wells et Gwyn étaient moins expressifs, mais eux aussi avaient leurs moments. Comme cette fois où Bowen les avait découverts dans l'escalier : Gwyn était plaquée contre le mur et Wells se penchait sur elle, sans la toucher, sans l'embrasser, mais il y avait dans l'air une telle tension que Bowen s'était dépêché de faire demi-tour, les joues brûlantes, comme s'il les avait surpris en pleins ébats.

Était-ce ce que les gens voyaient lorsque Tamsyn et lui étaient ensemble ? La veille, Elspeth avait affirmé qu'ils étaient l'image même de deux personnes qui s'aimaient, et ce souvenir lui réchauffa le cœur.

Mais ce n'était peut-être que le soulagement d'être enfin arrivés : après un dernier virage, ils se retrouvèrent sur la rue principale du village et Bowen aperçut le pub, qui surgissait du *bruinard* telle une oasis. De la lumière s'échappait des fenêtres et l'enseigne se balançait légèrement au vent.

En 1957, il n'y avait pas de « Tavern » : la devanture indiquait sobrement « Beddoe's », mais Bowen n'avait jamais été aussi heureux d'arriver devant un pub.

Tamsyn et lui poussèrent leurs bécanes jusqu'à la haie qui s'élevait à côté de l'entrée et, les laissant là, se précipitèrent à l'intérieur.

Il faisait bien chaud (*quel bonheur, putain…*), et le feu crépitait joyeusement dans l'âtre. Les quelques villageois accoudés au comptoir se tournèrent pour observer les nouveaux arrivants, les jugèrent peu intéressants et reportèrent aussitôt leur attention sur leurs pintes et leurs ragots. De quoi pouvaient bien parler les hommes autour d'une bière en 1957 ? Du prix des moutons, probablement. Et de la météo, forcément – on était en Grande-Bretagne, après tout…

À côté de lui, Tamsyn fit la grimace. « Merde, j'avais oublié que tout le monde fumait à l'intérieur, à cette époque… enfin, là, à notre époque… bref. »

Elle frotta ses yeux rougis et Bowen regarda autour de lui, constatant qu'en effet, un vague nuage de fumée emplissait la salle. Les braises des cigarettes rougeoyaient dans cette atmosphère sombre et trouble, chargée de l'odeur du tabac à pipe. Le jeune homme désigna le bar. « Je vais nous chercher une pinte pendant que tu inspectes les lieux, des fois qu'on trouve quelqu'un qui serait susceptible de nous renseigner.

— On se croirait dans un jeu vidéo », murmura Tamsyn. Bowen l'interrogea du regard, mais elle haussa les épaules. « Prends-moi un cidre ! lui demanda-t-elle, les yeux humides à cause de la fumée, avant d'ajouter avec un clin d'œil : Ou un rosé à la Rodolphe, s'ils en ont… »

Bowen s'esclaffa : « Une gorgée de ce truc suffirait pour les tuer, ces gens-là ! Ils ne sont pas prêts pour ce qu'on infligera à l'alcool dans le futur…

— T'as raison, admit Tamsyn avant de pointer du doigt une table libre près de la cheminée. Je vais m'asseoir là-bas. »

Bowen hocha la tête et se dirigea vers le bar, bien décidé à se racheter après cette première commande désastreuse, le soir de leur rencontre, et tout aussi décidé à trouver comment demander, l'air de rien, si les Beddoe étaient toujours dans le coin.

Le comptoir était un meuble en chêne tout éraflé et décoloré par le temps. Bowen eut une pensée pour son frère Wells, autrefois gérant de pub, qui accordait à l'éclat immaculé de son propre bar une importance dangereusement proche de l'obsession (à tel point que Rhys avait fini par lui demander s'il ne cherchait pas à compenser quelque chose), et qui, s'il avait vu ce vieux comptoir défraîchi, aurait sans doute frôlé la crise cardiaque.

Derrière le bar, le tenancier, un homme au torse large et à la barbe grise, venait de se tourner vers Bowen lorsque celui-ci sentit qu'on lui tirait la manche.

Il tourna la tête, puis baissa les yeux, car la femme qui avait attiré son attention était minuscule. Son visage était sillonné de rides, mais ses yeux bleus étaient vifs et lumineux. Bowen sentit aussitôt la magie qui émanait d'elle : aucun doute, cette vieille dame était une sorcière, et une sorcière *puissante*.

Il ne fut donc aucunement surpris de l'entendre s'exclamer, en levant vers lui un regard presque émerveillé : « Oh, *achan*, vous êtes bien loin de chez vous ! »

Chapitre 15

Tamsyn était assise près du feu, essayant de se gratter discrètement le nez pour ne pas éternuer à cause de la fumée, lorsque Bowen la rejoignit à la table, trois pintes en équilibre précaire entre ses mains et une très petite et très vieille femme accrochée à son coude.

« Je te présente Lowri. Elle sait qu'on a voyagé dans le temps. »

En jetant un coup d'œil inquiet à la ronde, Tamsyn siffla : « Dis-le encore plus fort, tant que t'y es ! Histoire de rajouter un petit tour au bûcher à notre aventure ! »

Lowri éclata d'un rire qui ressemblait étrangement au bruit d'une cornemuse piétinée, puis s'assit, ses colliers de perles en bois s'entrechoquant sur sa poitrine. « Ne vous en faites pas, très chère, les gens de Tywyll sont habitués à l'étrange et à l'anormal ! Il faut bien, quand on vit ici. Toute la bourgade a été bâtie sur une ligne tellurique… »

Comme Graves Glen, se dit Tamsyn, se rappelant que là-bas aussi, la ville était alimentée par des lignes telluriques qui donnaient aux sorcières Jones une grande partie de leur pouvoir. Pas étonnant que la région de Tywyll soit si bizarre !

« Comment avez-vous deviné ? » demanda Tamsyn tandis que Bowen s'asseyait à son tour, distribuant les verres. Lowri et lui-même avaient dans les leurs une boisson mousseuse et presque noire, et celui de Tamsyn était rempli d'un liquide couleur or pâle qui sentait bon comme un verger aux arbres chargés de pommes.

Lowri but une gorgée de bière avant de répondre : « Oh, ça se sent tout de suite ! Et sur vous deux. Je l'ai su dès que vous êtes entrés. Vous dégagez une impression… Ne le prenez pas mal, mes chers, mais vous avez l'air aussi peu à votre place qu'une chute de neige en plein été. Ou qu'une sécheresse en plein hiver. Ou… vous savez, quand on met les pieds dans une mare et qu'on marche sur quelque chose de visqueux, alors on se dit “Voyons, c'est sûrement de la vase, mais ça pourrait aussi être un nid d'anguilles, et…”

— D'accord, d'accord, je vois ce que vous voulez dire ! affirma précipitamment Tamsyn, avant que la vieille dame n'ait eu le temps de trouver d'autres comparaisons horrifiantes. On donne l'impression de ne pas être à notre place, et plus précisément, d'avoir voyagé dans le temps.

— Exactement, acquiesça Lowri en triturant d'une main déformée les perles autour de son cou. J'ai déjà rencontré quelqu'un comme vous, il y a des années et des années. Avant la guerre. La première », précisa-t-elle, et Tamsyn s'efforça de ne pas trop s'attarder sur le fait qu'elle était en compagnie d'une personne qui se souvenait de la Première Guerre mondiale. « Un drôle de zèbre, celui-là. Je me demande ce qu'il est devenu.

— Il a pu retourner d'où il venait ? » demanda Tamsyn en remarquant que Bowen se penchait vers Lowri, les bras croisés sur la table. Elle n'avait pas vu les empiècements en daim sur les coudes de son pull – un très beau pull, décidément… Et allez, voilà qu'elle avait un nouveau fantasme.

Mais il y avait des choses bien plus importantes qui méritaient son attention pour le moment, à savoir le soupir désabusé que poussait la vieille dame en secouant la tête au-dessus de son verre.

« Non, pauvre âme… il n'a jamais réussi à comprendre pourquoi il avait été renvoyé dans le passé, et il s'est retrouvé coincé. Pas à Tywyll, je crois qu'il a fini par déménager à Londres, ou peut-être à Cardiff… mais coincé dans une époque qui n'était pas la sienne. »

Le cidre, le feu dans la cheminée et les empiècements en daim du pull de Bowen avaient presque fait oublier à Tamsyn le froid de leur trajet sous la pluie, mais la jeune femme sentit alors une nouvelle vague glacée, bien différente, s'insinuer dans ses veines et lui retourner l'estomac.

« Il est resté… coincé ? demanda-t-elle, et Lowri acquiesça tout en léchant la moustache que la Guinness lui avait laissée sur la lèvre.

— Oui. C'est le hic, avec les voyages temporels… Vous n'avez qu'un certain laps de temps pour rentrer. » La vieille femme se pencha vers eux. Elle sentait le feu de bois, l'huile essentielle de lavande et la naphtaline. « Quand êtes-vous arrivés, vous deux ?

— Hier soir », répondit Bowen d'une voix tendue. Une fois encore, Tamsyn eut l'étrange et déconcertante impression que la terre s'ouvrait sous ses pieds pour l'avaler.

Ils étaient là depuis moins de vingt-quatre heures. Et pourtant, tout avait changé.

Son regard croisa brièvement celui de Bowen, et elle pria pour qu'il pense que son teint écarlate était dû à la chaleur du feu.

Ou aux efforts qu'elle faisait pour ne pas finir étouffée par toute cette fumée de cigarette.

Avec un hochement de tête, Lowri déclara, comme pour elle-même : « Yule, je présume. Dans quelques jours à peine – la magie adore ce genre d'échéance… Solstices, rituels, phases de la lune…

Oui, vous feriez mieux de trouver pour quelle raison vous avez atterri ici, et vite, sinon vous vous retrouverez bloqués en 1932 pour toujours ! »

Tamsyn se redressa brusquement sur sa chaise, le cidre prenant soudain un goût amer dans sa bouche. « Attendez… 1932 ? Je croyais qu'on était en 1957 ! »

Lowri resta muette quelques instants, les yeux rivés au plafond enfumé du pub, avant d'opiner de nouveau du chef tout en recommençant à jouer avec ses perles. « Ah, oui, vous avez raison ! J'ai tendance à me perdre dans les années… »

Elle éclata d'un rire joyeux tandis que Tamsyn lui renvoyait un sourire mal assuré et que Bowen, l'air dépité, plongeait le nez dans sa Guinness.

Génial. Ils venaient de trouver la seule personne qui pourrait peut-être les aider à retourner vers le futur, et cette personne avait *tendance à se perdre dans les années…*

« C'est un sortilège qui nous a envoyés dans le passé, lui expliqua Bowen. En tout cas, c'est ce qu'on pense… Il y avait une sorcière, l'une des Meredith de notre époque, qui portait une broche. Un joyau appelé Y Seren. Est-ce que ça vous dit quelque chose ? »

Ce fut au tour de Lowri de se rembrunir. « L'Étoile ? traduisit-elle. Non, non, je n'ai jamais entendu parler d'un tel objet. Mais je fouillerai dans mes livres et mes papiers dès que je serai rentrée à mon cottage… J'habite à l'autre bout de la grand-rue, juste avant l'orée des bois. Venez donc me voir dans un jour ou deux, j'aurai peut-être trouvé quelque chose d'ici là. Mais pour l'instant, messire Bédivère et moi-même ferions mieux de rentrer. La nuit tombe vite, en cette saison, vous savez…

— Messire Bédivère ? » répéta Tamsyn alors que la vieille dame se levait.

Lowri fit un signe du menton en direction de l'entrée du pub. Tamsyn avait du mal à voir à travers toute cette fumée, mais là-bas, juste sous la patère où les clients accrochaient leurs manteaux, elle aperçut un grand panier. Et dans ce grand panier, un chat noir les observait avec de grands yeux d'un vert doré.

« C'est un amour, déclara Lowri, mais un vrai petit diable quand il veut. Et sans doute le géniteur de la moitié des chats du village...

— Il... il ne parle pas, hein ? » demanda Bowen, et Tamsyn le regarda avec de grands yeux : même venant de lui, c'était une question *vraiment* bizarre.

Pourtant, Lowri répondit en s'esclaffant : « *Cor*, ce serait quelque chose ! Un chat qui parle... Je payerais cher pour savoir ce que messire Bédivère aurait à dire !

— Croyez-moi, vous le regretteriez vite », lui assura Bowen. À nouveau, Tamsyn lui lança un regard appuyé, espérant qu'il recevrait le *Oh ! Tu nous fais un AVC, ou quoi ?* qu'elle tentait de lui transmettre par télépathie.

Mais Lowri ne sembla aucunement perturbée : haussant les épaules, elle reposa son verre vide sur la table et se dirigea vers la porte. « Je suis sérieuse ! prévint-elle en se retournant pour pointer sur eux un doigt crochu. Tâchez de découvrir pourquoi vous êtes ici, faites ce qu'on attend de vous, et faites vite ! Le solstice est dans quelques jours et je vous parie, sur la tête de messire Bédivère, que c'est votre date limite. »

Quelques jours.

Quelques jours pour convaincre Harri et Elspeth de se réconcilier, sans quoi Tamsyn se retrouverait définitivement coincée dans les années 1950.

Avec Bowen.

Bon, de ce point de vue là, la situation ne semblait pas si terrible, mais dans l'ensemble… comment ferait-elle pour vivre à une époque où elle n'aurait même pas le droit d'avoir une carte de crédit à son nom ? Ni d'acheter une maison ? Une époque où elle ne pourrait même pas regarder la nouvelle saison de *Below Deck*…

Ah non, ça, pas question.

Ils n'avaient donc pas le choix…

Elle se tourna vers Bowen alors que Lowri quittait le pub, mais il l'interrompit d'un geste de la main : « Je sais ! *À nous quatre*.

— *À nous quatre* », confirma-t-elle avant de finir son cidre et de se diriger à son tour vers la porte.

Bowen récupéra leurs manteaux, qu'ils avaient accrochés à la patère, et ils sortirent dans la fraîcheur du crépuscule.

Tamsyn n'avait pas de montre, mais ce devait être la fin de l'après-midi ; elle fut déconcertée par l'obscurité qui régnait déjà.

« Le soleil se couche tôt en ce moment, dans la région », expliqua Bowen en remontant le col de son manteau. Il avait cessé de pleuvoir, mais il faisait un froid mordant, encore plus vif que plus tôt dans la journée. « C'est ce qu'il y a de pire dans l'hiver, je trouve. Regarder dehors avant 16 heures et voir qu'il fait déjà sombre…

— Ouais, ben *actuellement*, le pire dans l'hiver, c'est que nos vélos ont disparu… », objecta Tamsyn en désignant la haie contre laquelle ils avaient posé leurs bicyclettes avant d'entrer dans le pub.

Comment pouvait-il y avoir des voleurs de vélos dans ce si petit village, et en 1957 ? On n'était pas censé être plus en sécurité à cette époque ? L'époque où les gens n'avaient pas besoin de fermer leur porte à clé, toutes ces histoires ?

Bowen regarda la haie pendant quelques instants avant de pousser un soupir venu, semblait-il, du tréfonds de son âme. « Eh ben, elle va être sympa, cette balade… », grommela-t-il. Les mains toujours enfoncées dans les poches de son imperméable, il tendit un coude à Tamsyn.

La jeune femme passa un bras dans le sien, soupirant à son tour, et ils se mirent en marche, remontant la rue principale qui débouchait sur le chemin à travers les bois, vers le manoir Tywyll.

« Au moins, il ne pleut plus… », dit-elle, mais ce constat n'était guère réconfortant dans le froid glacial de la nuit tombante, alors qu'ils s'apprêtaient à traverser une forêt très certainement hantée afin de regagner un château où ils n'auraient que quelques jours pour pousser à la réconciliation deux personnes qui, pour l'heure, s'engueulaient comme des poissonniers.

« Ça va ? demanda Bowen en l'observant d'un air soucieux.

— Oui, pourquoi ?

— Parce que tu faisais des petits bruits, comme… comme un chien qui chouine ! »

Oh.

« C'est juste que… je ne suis pas *hyper* fan de l'obscurité. Et des forêts. Et des déambulations dans les forêts obscures… »

Bowen pouffa de rire et serra le bras pour attirer la jeune femme plus près de lui, hanche contre hanche. « Je ne pensais pas que la grande Tamsyn Bligh avait peur de quoi que ce soit !

— Je donne cette impression, c'est vrai, mais crois-moi : il y a plein de choses qui me terrifient !

— Par exemple ?

— Les serpents ! Sacrée phobie, ça, répondit-elle en enjambant une grosse racine qui sortait du sol. Et les fantômes, comme tu as pu le constater.

— Et l'obscurité, et les forêts, et les forêts obscures, énuméra Bowen.

— Voilà, ça aussi, acquiesça Tamsyn. Ooh, et les poupées bizarres ! Ça me fout les jetons, ça. Quoi d'autre… Les peintures d'enfants avec des yeux beaucoup trop gros. Les galères quand on ouvre un paquet de gâteaux. »

Toi. Ce que je ressens pour toi. Le fait qu'après la nuit dernière, je ne pourrai plus jamais penser à un autre homme, alors que tu ne m'as même pas touchée.

Pour une fois, le monologue intérieur de Tamsyn resta à sa place et aucun mot ne franchit ses lèvres, mais elle se demanda si Bowen ne sentait pas ces aveux planer dans l'air autour d'eux, car il garda le silence pendant un long moment.

De part et d'autre du chemin, la forêt se faisait plus dense. Les branches effeuillées se tendaient vers un ciel aux teintes violacées, de plus en plus sombre, qui donnait froid rien qu'à le regarder.

Parcourue d'un frisson, Tamsyn se blottit dans son manteau et reprit la parole : « Alors, tu penses que Lowri a raison ? Qu'on a jusqu'à Yule pour rentrer chez nous ?

— D'après mon expérience, quand une extrêmement vieille sorcière vient t'accoster dans un pub pour te dire quelque chose, il vaut mieux l'écouter », répondit-il, et la jeune femme leva les yeux vers son visage, malgré la pénombre grandissante qui dissimulait ses traits.

« Et ça t'arrive souvent, ce genre d'expérience ?

— Tu serais étonnée. »

Ces paroles eurent le mérite de la faire rire, la distrayant du sifflement lugubre du vent dans les arbres nus et du fait que même si la lune s'était levée, les nuages l'auraient empêchée d'éclairer leur chemin. Ils avançaient quasiment à l'aveuglette, à présent, et Tamsyn repensa pour la millième fois à la nuit dernière, à l'obscurité, au lit, au grognement qu'avait poussé Bowen lorsqu'il avait joui, à la fêlure de sa voix, à tout ce que Tamsyn aurait donné pour pouvoir le regarder à ce moment-là, pour voir si elle retrouvait dans ses yeux ce qu'elle-même éprouvait…

Ces pensées avaient beau la réchauffer, elles étaient trop dangereuses. Tamsyn se résigna à ramener son cerveau sur un terrain moins périlleux, quoique bien moins sexy. « Si Lowri n'a jamais entendu parler d'Y Seren, peut-être que la broche n'a rien à voir avec ce qui nous est arrivé », avança-t-elle, mais Bowen ne lui répondit que par un vague grommellement. « C'est un bruit qui veut dire "Oui, Tamsyn, je suis d'accord, tu es un génie !", ou "Tu n'es qu'une ignorante humaine qui ne connaît rien aux affaires des sorciers, bien sûr que c'est à cause de cette horreur de broche qu'on est là !" ? Normalement, je suis douée en interprétation, mais peut-être que voyager dans le temps a perturbé mes talents… »

Bowen émit un nouveau son, qu'elle n'eut cette fois aucun problème à identifier. C'était cette espèce de demi-rire qu'il laissait échapper lorsqu'il la trouvait vraiment drôle.

Elle l'adorait, ce demi-rire.

« Ni l'un ni l'autre, répondit-il à sa question. C'était plus pour dire "Ça m'étonnerait qu'Y Seren n'ait rien à voir avec tout ça, mais je n'écarte pas cette possibilité… Même si j'aimerais savoir pourquoi Carys n'est pas là, étant donné que c'est elle qui a lancé ce foutu sort".

— Ah oui, très expressif, ce grommellement, Bowen ! » observa Tamsyn, et quelque part au-dessus de leurs têtes, une chouette se mit à hululer.

Ils continuèrent à marcher en silence pendant quelques instants, la main de Tamsyn reposant confortablement dans le creux du coude de son compagnon, puis la jeune femme reprit la parole : « En parlant de Carys, comme il nous reste au moins vingt minutes de marche… Si tu en profitais pour me parler de son fiancé ? Celui qui est mort, hein, pas l'espèce de Ken qu'elle allait épouser… »

Pendant longtemps, Bowen resta muet. Si longtemps que Tamsyn allait s'excuser d'avoir posé la question lorsqu'il dit enfin : « Carys était fiancée à mon meilleur ami, Declan. On s'est rencontrés à la fac et on a habité ensemble en résidence universitaire pendant des années. »

Une nouvelle fois, Tamsyn regretta de ne pas pouvoir distinguer son visage, mais peut-être que Bowen, comme la nuit dernière, puisait dans l'obscurité le courage de se dévoiler. Elle attendit donc qu'il continue, le cœur serré par le chagrin qu'elle décelait dans sa voix.

« Declan, c'est… ou c'était, putain, j'en sais rien… un mec bien. Un mec en or, même. Sa grande passion, c'était de se foutre de ma gueule. Tu t'entendrais bien avec lui.

— Je n'en doute pas, répondit-elle avec douceur en lui pressant le bras. Mais… il… il est mort, non ?

— Oui et non », répondit Bowen avec un soupir et, même s'il n'était plus qu'une silhouette se découpant dans le ciel violet, Tamsyn le vit passer brièvement une main sur son visage.

« À la fac, Declan et moi… on était passionnés par les arts occultes. Les sortilèges anciens auxquels personne n'avait osé s'essayer depuis des siècles. Ce qu'on voulait, surtout, c'était les étudier, comprendre pourquoi leurs inventeurs avaient décidé de les élaborer, découvrir s'ils avaient fonctionné à l'époque, s'il était possible de les modifier pour qu'ils fonctionnent à notre époque ou pour les rendre plus sûrs… C'était censé être… un passe-temps académique, disons. Et un moyen de se faire bien voir auprès des profs du Penhaven College. »

Même sans le voir, Tamsyn devina à sa voix que Bowen souriait en ajoutant : « Sauf qu'évidemment, la plupart de nos profs nous prenaient pour des fous, et quand en plus ils se sont rendu compte que Declan était sans doute plus doué qu'eux, ça en a énervé plus d'un… »

Tamsyn sourit à son tour en lui frictionnant affectueusement le bras. « Tu devais être content d'avoir un copain aussi fasciné que toi par les vieux sorts bizarres !

— C'est vrai », admit-il, et Tamsyn perçut soudain dans sa voix une douleur lancinante. « Jusqu'au jour où j'ai trouvé ce fameux sortilège… Bon sang, j'en étais tellement fier ! J'avais dû le reconstituer à partir de cinq grimoires différents dans lesquels son inventeur l'avait dissimulé : une incantation divisée en plusieurs parties, archivées dans différents ouvrages datant de différents siècles, c'était presque impossible à recréer.

— Mais tu as réussi », fit Tamsyn, bercée par sa voix et par le rythme de leurs pas. Il faisait nuit noire, à présent, et les nuages s'écartaient juste assez pour révéler une poignée d'étoiles dans le ciel.

« Oui, j'ai réussi… », confirma Bowen, d'un ton si empreint de souffrance que Tamsyn ne put s'empêcher de poser la tête contre l'épaule du jeune homme, pressant sa joue contre le tissu humide de son manteau.

Elle l'écouta sans relever la tête alors qu'il reprenait : « Je ne comptais pas laisser quiconque l'essayer. Certainement pas Dec', même surdoué comme il l'était. On n'était même pas sûrs de ce à quoi il servait, ce foutu sort ! Declan pensait que c'était un genre de rituel qui permettait de gagner en puissance, de renforcer sa magie naturelle. Mais il était déjà bien assez puissant, et moi aussi, donc je ne voyais aucune raison de prendre le risque. Je voulais…

oh, et puis merde. Honnêtement, Tamsyn, je voulais juste faire le malin. En boucher un coin à mes profs. Prouver quelque chose à mon père, peut-être. J'en sais rien. J'avais 21 ans, quoi… c'est con, les mecs, à cet âge !

— Les filles aussi, assura Tamsyn en se redressant. Moi, je suis sortie avec un DJ quand j'avais cet âge-là. Un *DJ*, Bowen ! »

Avec ce petit rire étouffé dont il avait le secret, il secoua la tête. « C'est vrai, les mecs n'ont pas le monopole de la connerie dans la vingtaine.

— Après, le prix de ma connerie à moi, ça n'a été qu'une télé volée et un remix d'*Evil Woman* avec mon nom intégré dedans, qui a été diffusé dans tous les clubs autour de ma fac…, convint Tamsyn. Tu ne t'en es pas aussi bien sorti, j'imagine.

— Effectivement, avoua-t-il. Declan a fini complètement obnubilé par ce putain de sortilège. Il voulait absolument l'essayer. Il m'a envoyé chercher les ingrédients, des trucs qu'à ma connaissance personne n'avait jamais utilisés. Des fleurs dont je n'avais jamais entendu parler, de l'eau tirée d'une rivière en Norvège, de l'herbe coupée sur l'une des plus hautes collines de l'île de Skye… Je n'aurais jamais dû aller chercher tout ça, mais… comment dire… c'était comme la fièvre de l'or, tu vois. Je n'arrivais pas à m'arrêter, et chacun poussait l'autre à aller plus loin – des vrais mecs, quoi. Et pendant tout ce temps, je me répétais : "On ne va pas vraiment le faire, on va juste prouver qu'on *pourrait*…" Sauf que Declan l'a vraiment fait. »

Au détour d'un virage, Tamsyn aperçut soudain les tours du manoir Tywyll qui s'élevaient vers le ciel, vers la chape de nuages qui semblait regagner en épaisseur.

« D'abord, j'ai cru qu'il avait simplement disparu. Il y a eu un éclair aveuglant, une odeur de soufre, et il s'est volatilisé. Pas une marque sur le sol, à l'endroit où il s'était tenu. Je l'ai appelé, je... je voulais me convaincre que ce n'était qu'une blague. C'était bien le genre de truc dont Declan était capable, tu vois. M'embobiner avec un sort d'invisibilité tout simple, me flanquer la trouille de ma vie et réapparaître en se tordant de rire comme un con. Mais non, ce n'était pas une blague. Il n'était plus là.

— Quand je t'ai demandé s'il était mort..., dit Tamsyn sans finir sa phrase, et Bowen leva la tête pour regarder le ciel.

— Je t'ai répondu "Oui et non". Et c'est la vérité. Pendant des semaines, rien, pas un signe. Ses parents n'arrêtaient pas de l'appeler, et je continuais à lui trouver des excuses. J'ai dit aux profs qu'il était malade, je ne savais pas quoi faire d'autre. Pendant ce temps, je passais mes nuits à m'arracher les cheveux en essayant d'en savoir plus sur l'incantation, de voir si je pouvais le faire revenir. Et une nuit, il est réapparu. Sauf que... sauf que ce n'était pas lui. C'était comme un fantôme, mais pas vraiment. Il pouvait parler, il pouvait m'entendre, mais son corps était translucide. Il m'a dit qu'il n'avait aucun souvenir de ce qui s'était passé, aucune idée de ce qu'il était devenu.

— Oh, Bowen..., souffla Tamsyn, et Bowen se frotta de nouveau le visage.

— Bref, c'est là que je suis allé tout raconter à mon père. Je ne sais pas ce qu'il a dit, je ne sais pas à qui il est allé parler au Penhaven College, mais la rumeur s'est propagée : on a raconté que Declan était mort à cause d'un sort qui avait mal tourné. Un sort qu'il avait voulu lancer seul, bien sûr... Mon père n'aurait quand même pas laissé le nom des Penhallow entaché par un scandale pareil. »

Il y avait maintenant dans sa voix quelque chose de plus sombre que le chagrin ; de la honte, pensa Tamsyn. « Tu étais jeune, Bowen, murmura-t-elle. Presque encore un gamin.

— Je sais bien, répondit-il. Par saint Bugi, Declan m'a répété mille fois que c'était lui qui avait pris cette décision, que personne ne l'avait forcé. Mais… »

Il se tut, et Tamsyn hocha la tête, incapable de trouver les mots justes.

Le manoir se dressait devant eux, à présent, illuminé et chaleureux. Cette vision chassa un peu de la tristesse que la jeune femme avait ressentie en écoutant la confession de Bowen.

Ils s'arrêtèrent au bout de l'allée, et Tamsyn se tourna vers lui. « Merci de m'avoir raconté tout ça », lui dit-elle. La lumière venant du château lui permettait de distinguer ses yeux : plus sombres que les siens, presque noirs, entourés de cils fournis (évidemment…). Il avait l'air si triste, si beau… La jeune femme posa une main sur son visage, sentant sa barbe moite sous sa paume.

« Bon sang, Tamsyn, c'est cruel de me regarder comme ça et de poser la main sur moi…, dit-il d'une voix rauque. C'est déjà tellement dur de te résister, putain… »

Tamsyn sentit des papillons s'agiter dans son ventre, son cœur frémir dans sa poitrine et, sans même prendre le temps d'y penser, elle se pencha vers lui. Ses lèvres étaient tout près, son corps irradiait de chaleur, repoussant le froid humide de la nuit…

Elle perçut son souffle chaud sur son visage, les poils doux de sa barbe qui effleuraient sa bouche. Une respiration, à peine, et ils s'embrasseraient. Mais c'était si bon de se retenir comme ça, de laisser ce moment s'étirer, s'échauffer entre eux, d'inspirer chacun le souffle de l'autre… Elle se hissa sur la pointe des pieds, leurs lèvres se rejoignirent enfin…

Et là, dans un grondement de tonnerre si violent qu'il fit trembler les murs du manoir Tywyll, les cieux se déchirèrent pour déverser sur eux une pluie glaciale et torrentielle.

Chapitre 16

Bowen n'avait jamais eu particulièrement envie de se battre contre le ciel, mais dès que les premières grosses gouttes du déluge s'abattirent sur lui et Tamsyn et que celle-ci s'écarta avec un cri de surprise, mettant fin à ce qui aurait sans doute été un baiser mémorable, le jeune homme se sentit prêt à déclarer la guerre à toutes les forces météorologiques.

Mais c'était peut-être mieux comme ça, raisonna-t-il alors qu'ils sprintaient en direction du manoir, se couvrant la tête de leurs manteaux, les semelles de leurs bottes glissant sur la pelouse trempée. En lui révélant la vérité sur Declan, Bowen s'était senti comme déchiré en deux, à vif, vulnérable. C'était une émotion à laquelle il n'était pas habitué, et ce baiser aurait sans doute agrandi la fêlure qu'il sentait en lui, ouvrant une porte qu'il n'aurait jamais plus le moindre espoir de refermer.

Et cette porte devait rester fermée.

L'un des domestiques était dans l'entrée, tenant à la main des serviettes dont Bowen et Tamsyn s'emparèrent avec gratitude alors que Lady Meredith apparaissait, toujours aussi gracieuse dans son costume en tweed, arborant une expression soucieuse.

« Oh, louée soit la déesse ! s'exclama-t-elle. Emeraude m'a dit que vous étiez partis au village, mais je n'y ai pas cru… par ce temps ?

— C'est ma faute, assura Tamsyn en s'essorant les cheveux. Je suis Américaine, vous savez… »

Bowen ignorait ce que sa nationalité avait à voir dans cette affaire, mais le visage de Lady Meredith s'éclaira aussitôt et elle répondit : « Ah, oui, bien sûr ! »

Elle se tourna alors et claqua des doigts en direction de l'étage.

« Je vous ai fait couler des bains bien chauds », annonça-t-elle. Bowen entendit effectivement, quelque part dans le château, le grincement métallique des canalisations ancestrales.

« Ça doit être pratique, comme enchantement, dans une maison comme celle-là ! commenta Tamsyn.

— Je ne vous le fais pas dire, approuva Lady Meredith. Le seul sortilège encore plus pratique, c'est celui qui m'alerte dès que Madoc se met à creuser la terre dans le jardin… »

À cet instant précis, une alarme retentit au loin et leur hôtesse leva les yeux au ciel.

« Cet enfant, je vous jure… Emeraude ! cria-t-elle. Va chercher ton cousin !

— Mais il pleut ! » protesta Emeraude depuis une pièce voisine.

D'un même geste élégant de la main, Lady Meredith envoya un valet sur la terrasse et Tamsyn et Bowen en direction des escaliers. « Tamsyn, la salle de bains de votre suite est pour vous. Bowen, la vôtre se trouve derrière la porte cachée à droite du lit. Frappez trois fois sur le portrait de saint Cian et elle s'ouvrira. »

Côte à côte, Bowen et Tamsyn montèrent les escaliers pour regagner leur chambre. Le jeune homme crut voir Tamsyn jeter un coup d'œil furtif vers le lit avant d'ouvrir la porte de la salle de bains, d'où s'échappa un nuage de vapeur au parfum de fleur d'oranger.

« Tu sais quoi ? J'ai toujours pensé que la magie, c'était beaucoup d'efforts pour pas grand-chose, mais ça… ça, c'est génial ! » Elle se tourna vers lui pour ajouter avec un sourire malicieux : « J'espère que ton bain sera aussi agréable que le mien ! », puis elle referma la porte derrière elle, ne laissant dans la chambre qu'un reste de vapeur florale.

Bowen s'empressa de traverser la pièce : s'il s'attardait, ne serait-ce qu'une seconde, à l'imaginer nue si près de lui, se laissant glisser dans l'eau chaude avec un soupir de contentement, sa peau bronzée rosissant sous l'effet de la chaleur…

Heureusement que saint Cian tirait une gueule de six pieds de long : son air réprobateur calma quelque peu les ardeurs de Bowen tandis qu'il frappait trois fois contre le tableau, comme Lady Meredith le lui avait indiqué. Un pan de mur s'ouvrit alors, révélant une seconde salle de bains.

Celle-ci était plus petite que la salle de bains principale, mais la baignoire y semblait encore plus imposante : c'était, là aussi, une énorme baignoire sur pied, vestige d'un autre temps, déjà remplie presque à ras bord d'eau fumante. En revanche, le parfum de fleur d'oranger était remplacé par des effluves de bergamote plus prononcés, mêlés à une senteur boisée.

Le carrelage vert sombre de la pièce faisait ressortir la tuyauterie en cuivre, et la seule lumière provenait d'une petite lampe fixée près de l'évier. Une épaisse pile de serviettes avait été déposée à côté et, en se déshabillant, Bowen aperçut un miroir de plain-pied dans un coin de la pièce.

Il avait l'air d'un rat trempé, avec ses longues boucles humides, observa-t-il en enlevant son pull avant de se pencher au-dessus de la baignoire pour refermer les robinets.

Plonger dans l'eau brûlante fut aussi délicieux qu'il l'avait espéré. La chaleur était si intense sur sa peau glacée qu'il ressentit d'abord un picotement presque douloureux avant l'exquise onde de bien-être qui le réchauffa jusqu'à la moelle.

Poussant un grognement de satisfaction, Bowen s'immergea un peu plus dans l'eau, posant les bras sur les bords incurvés de la baignoire et basculant la tête en arrière avant de fermer les yeux. Il aurait pu s'endormir sur-le-champ… Il n'en était pas loin, d'ailleurs, lorsqu'il entendit un léger bruit à la porte.

Toc toc toc.

Bowen se redressa si brusquement qu'il fit déborder l'eau. Il tourna la tête et comprit subitement la description du « sentiment d'agonie mêlé d'espoir » qu'il avait un jour lue quelque part, en voyant la porte s'ouvrir et Tamsyn apparaître.

Elle portait un peignoir violet, si sombre qu'il paraissait presque noir sous le faible éclairage de la salle de bains. La vapeur avait frisé les pointes de ses longs cheveux, dont les boucles mouillées collaient à ses joues rougies. Pendant un long moment, elle resta là, face à la baignoire, face à lui, les lèvres entrouvertes, la ceinture juste assez lâche sur ses hanches pour laisser le tissu s'ouvrir sur le haut de son décolleté – mais pas assez, pas assez…

D'où elle était, la jeune femme ne devait pas voir grand-chose de son corps à lui, derrière les hauts rebords de la baignoire et sous l'eau rendue trouble par les huiles de bain, mais elle avait le souffle court.

Bowen, pour sa part, n'était même pas sûr qu'il respirait encore, et lorsque les mains de Tamsyn vinrent se poser sur sa ceinture, il eut l'impression que son cœur, lui aussi, s'était arrêté.

Le peignoir de velours glissa de ses épaules et elle se tint là, debout sur le carrelage, nue. Magnifiquement, parfaitement nue.

Sa peau était aussi sublime, dorée des pieds à la tête, qu'il l'avait imaginée. Ses seins avaient la taille parfaite pour accueillir ses mains, et ses tétons étaient durcis malgré la chaleur ambiante. Et… oh, par saint Bugi, saint Cian et tous les autres saints du registre… il avait oublié le miroir dans le coin de la pièce.

Depuis la baignoire, il avait une vue imprenable sur son corps dans le reflet : la courbe de ses hanches, les petits plis à la base de sa colonne vertébrale, mais surtout les fesses les plus belles et les plus rebondies sur lesquelles il ait jamais eu la chance de poser les yeux.

« Tu es merveilleuse… », lui dit-il d'une voix rauque, étranglée, mais qui eut néanmoins l'air de lui plaire, car les sublimes lèvres de la jeune femme s'étirèrent lentement en un sourire mutin.

« Tu m'as déjà dit ça, une fois, observa-t-elle en s'avançant d'un pas et en écartant du pied le peignoir qui gisait par terre. Mais c'était dans un e-mail… Et je dois dire qu'entendre ces mots sortir de ta bouche, c'est une expérience bien différente.

— Te voir comme ça, c'est une expérience bien différente aussi », parvint-il à articuler. Tamsyn éclata de rire, tout en repoussant sa longue chevelure brune sur ses épaules.

Elle se rapprocha encore, à pas lents, et les mains de Bowen se crispèrent instinctivement sur les rebords de la baignoire. Son cœur battait à tout rompre, il bandait comme jamais et chaque cellule de son corps brûlait d'envie de la sentir contre lui.

« Si tu es là pour prouver que tu es encore plus belle que je ne le pensais, c'est réussi, lui dit-il. Mais tu ferais mieux de t'en aller tout de suite, sinon…

— Je n'ai aucune intention de m'en aller », répliqua-t-elle. Elle était au bord de la baignoire, à présent, et ses yeux parcouraient avidement le corps du jeune homme, sans honte ni pudeur.

« Et ta règle numéro un ? » lui rappela-t-il. Tamsyn sourit à nouveau et leva un pied délicat pour le plonger lentement dans la baignoire.

Bowen sentit ses orteils lui frôler le mollet et (*par Rhiannon et ses mamelons !*) cette infime caresse lui fit l'effet d'une décharge électrique.

« Bowen, on est en 1957… Si ça se trouve, tu es condamné à ne jamais naître. Et si ça se trouve, on est coincés là pour toujours. Donc ma règle numéro un, on s'en fout pas mal, tu ne crois pas ? »

Il ne lui répondit pas.

Pas avec des mots.

Au lieu de parler, il la saisit par les hanches et l'attira dans la baignoire, la faisant basculer dans ses bras.

Avec un petit rire surpris, elle se laissa tomber un peu maladroitement contre son corps nu dans l'eau, ses genoux venant se poser de part et d'autre des cuisses du jeune homme. Une nouvelle vague fut projetée sur le sol, mais Bowen prit dans ses mains le visage de Tamsyn et l'embrassa avec toute la fougue, toute la passion, tout l'*amour* qu'il avait tenté de réprimer depuis ce premier soir, dans un pub londonien.

C'était sans doute trop, se dit-il. Trop sauvage, trop vorace, trop désespéré. Mais il la désirait depuis bien trop longtemps pour pouvoir se contenir. Il remarqua alors qu'elle s'enroulait comme une liane autour de lui, un bras serré autour de ses épaules, l'autre main empoignant ses cheveux, si fort qu'elle lui faisait mal… Mais bon sang, qu'est-ce que c'était bon ! Si bon qu'il en rugit de plaisir. Ou c'était peut-être elle.

Ils s'étreignaient avidement, peau ruisselante contre peau ruisselante. La bouche de la jeune femme était presque aussi brûlante que l'eau du bain et sa langue était aussi douce et parfaite que dans les souvenirs de Bowen, qui glissa une main jusqu'à l'un de ses seins et laissa jouer son pouce sur le mamelon. Sous cette caresse, Tamsyn se mit à pousser de petits cris d'excitation tels qu'il n'en avait jamais entendu.

Elle l'enlaçait toujours, sa bouche continuant à dévorer la sienne, et elle prit la main de Bowen pour la faire descendre le long de son corps ; ses doigts effleurèrent son ventre, sa hanche, et soudain, il sentit son intimité, la toison douce entre ses jambes, la peau lisse de son sexe, la chaleur en elle.

La jeune femme l'embrassa de nouveau, maintenant sa main au même endroit et remuant les hanches avec une audace hypnotisante. Il voulait la voir prendre tout ce qu'elle voulait de lui. Il voulait la sentir jouir d'elle-même sous ses doigts. Mais il voulait bien plus encore…

Mettre un terme à leur baiser fut une vraie torture, mais Bowen tint bon, malgré le gémissement de protestation de la jeune femme, malgré sa bouche qui pourchassait la sienne.

Il baissa la tête pour capturer son téton entre ses lèvres, puis entre ses dents. Tamsyn laissa échapper une exclamation de surprise et bascula la tête en arrière, laissant les pointes de ses cheveux flotter sur l'eau.

Sa main quitta celle du jeune homme pour agripper le rebord de la baignoire, mais Bowen laissa ses doigts exactement là où ils étaient.

« Dis-moi ce que tu veux… », gronda-t-il contre son sein en continuant à la caresser, mais avec plus de douceur à présent, plus de tendresse.

« C'est toi que je veux », répondit-elle, pantelante, les yeux clos. Bowen eut l'impression qu'on refermait un poing autour de son cœur pour le faire éclater.

« C'est ce que j'ai cru comprendre quand tu as débarqué ici et que tu as laissé tomber ton peignoir, ma belle », commenta-t-il. Tamsyn tenta de rire, mais il pressa les doigts un peu plus fort entre ses jambes et son rire se changea en gémissement. « Mais dis-moi ce que tu aimes. Comment tu veux que je te touche. »

Elle releva la tête et plongea de nouveau les doigts dans les cheveux mouillés du jeune homme, comme pour s'y cramponner.

« Prends-moi par-derrière…, souffla-t-elle, et Bowen sentit ses poumons se vider de tout leur oxygène.

— Ah, *calon bach* », marmonna-t-il avant de l'embrasser à nouveau, s'imprégnant de la saveur de sa bouche, aussi exquise que dans son souvenir.

Aussi exquise que dans ses rêves.

« Ça fait longtemps, *cariad*…, avoua-t-il en laissant ses lèvres descendre dans son cou, à la recherche des zones sensibles qui la pousseraient à lui tirer les cheveux encore plus fort. J'en ai envie, crois-moi !

— Et tu en es plus que capable, on dirait… », répondit-elle en plongeant sa main libre sous l'eau pour la refermer sur son sexe. Rendu fou par cette caresse, il laissa tomber la tête contre l'épaule de la jeune femme et dut lutter comme il pouvait pour ne pas se ridiculiser.

« Ça, c'est sûr ! dit-il, sentant sa main qui commençait à aller et venir, le privant peu à peu de toute pensée rationnelle et de tout contrôle. Mais… »

Relevant la tête, il posa une main sur la joue de la jeune femme, séduit par la façon dont elle pressait son visage contre sa paume, instinctivement, et par ses yeux doux, d'un brun doré comme le whisky, qui se voilaient, et par ses lèvres gonflées… « Tamsyn, ça doit faire près de cinq ans que je n'ai pas eu une femme dans mon lit.

— Mais elle n'est pas dans ton lit, cette femme-là ! corrigea-t-elle en resserrant les doigts autour de son membre et en continuant à le caresser langoureusement. Elle est dans ton bain. »

Avec un rire étouffé, Bowen referma les yeux et lui prit la main pour l'arrêter. « Ce que je veux dire, c'est que… j'ai envie de toi depuis la première seconde où je t'ai vue. J'y ai pensé un bon millier de fois. Un bon million, même. Et je ne sais pas si… je risque d'être trop brutal pour toi. J'ai l'impression… bordel, j'ai l'impression d'être une bête sauvage, quand je suis avec toi !

— Et c'est mal, ça ? demanda-t-elle en levant les sourcils.

— Tu mérites mieux ! répondit Bowen, conscient qu'il parlait de quelque chose qui allait bien au-delà du sexe. Tu mérites un bon lit avec des draps soyeux, et… de la galanterie, bref, j'en sais rien, moi ! »

Le sourire qui illumina le visage de Tamsyn était aussi doux que sa peau, aussi chaud que l'eau dans laquelle ils étaient plongés. Elle encadra le visage du jeune homme dans ses mains. « Bowen…, fit-elle, rieuse. Je te garantis que les draps soyeux et la galanterie, là, je m'en fous complètement. J'en veux pas, de tout ça. J'ai déjà eu tout ça. Ce que je veux, c'est toi. La bête sauvage. La brute. Toi tout entier. »

Bowen replongea les mains sous l'eau pour les glisser sous les fesses de la jeune femme, qui se pencha tout contre lui et lui mordilla tendrement la lèvre inférieure.

« Et je te veux… », ajouta-t-elle dans un murmure proche du ronronnement, ponctuant chaque mot d'un petit coup de dents, et Bowen sentit ses doigts se crisper contre sa peau.

« Là… maintenant. »

Chapitre 17

Si vous aviez demandé à Tamsyn, quelques heures auparavant, ce que lui inspirait l'idée de s'envoyer en l'air dans une baignoire, elle vous aurait répondu que c'était une activité sous-cotée. Le genre de choses qui avait l'air sexy dans les films, mais qui ne rendait jamais aussi bien dans la vraie vie.

Mais ça, c'était ce qu'elle aurait dit avant de se retrouver dans une baignoire avec Bowen Penhallow.

Elle pensait qu'il continuerait à protester, qu'il jouerait la carte de la galanterie, qu'il voudrait la persuader qu'ils ne pouvaient pas faire ça…

Mais Bowen prit deux profondes inspirations, les yeux plongés dans ceux de la jeune femme, puis il poussa un grognement – un vrai grognement d'animal sauvage –, et Tamsyn ne put que s'accrocher tant bien que mal alors qu'il la tirait de nouveau contre lui pour l'embrasser comme s'il voulait la dévorer vivante.

Il avait raison : c'était brutal.

C'était sauvage.

C'était parfait.

Leurs langues s'enroulèrent l'une sur l'autre et Tamsyn passa les mains sur les bras du jeune homme, palpant avec fascination les biceps qui se bandaient dans leur étreinte fusionnelle. Son désir était à son comble lorsque Bowen se redressa soudain en la prenant par la taille pour la soulever sans effort et la retourner dans le bain ; le ventre pressé contre la paroi, elle s'aida de ses mains pour se mettre à genoux, ouvrant les cuisses.

Bowen, dans son dos, lui écarta les cheveux pour poser ses lèvres sur sa nuque, puis plus bas, de plus en plus bas, sa bouche retraçant le chemin de sa colonne vertébrale. Lorsque Tamsyn se sentit enfin capable de rouvrir les yeux, elle comprit subitement pourquoi il l'avait placée dans cette position.

Le miroir…

Elle pouvait s'y voir, avec ses cheveux dégoulinants et sa peau rosie, ses yeux troublés par l'excitation et sa poitrine haletante, ses mains agrippées aux rebords de la baignoire, tandis que Bowen se tenait derrière elle, ses boucles sombres plaquées en arrière, sa barbe ruisselante.

Lui aussi était à genoux. Au milieu des éclaboussures qui s'abattaient sur le carrelage, Tamsyn se perdit dans la contemplation des cheveux bruns qui retombaient sur le torse du jeune homme, sur le petit médaillon d'argent qu'il portait autour du cou et qui capturait l'éclat de la lampe, sur la concentration qui marquait ses traits alors qu'il passait la main sur la courbe de sa hanche, étirant cette caresse, lentement, jusqu'à l'endroit exact où elle voulait qu'il la touche.

Ses doigts étaient fermes, exerçant une pression idéale ; il avait beau dire qu'il manquait de pratique, il avait clairement acquis ces compétences quelque part…

Tamsyn ne savait pas trop si elle avait envie d'arracher les cheveux de celle qui lui avait appris tout ça ou de lui envoyer un bouquet de fleurs, mais ça n'avait pas d'importance : là, maintenant, c'était *elle* qu'il touchait, c'était son corps à *elle* qu'il regardait comme s'il s'agissait d'un nouvel et incroyable artéfact magique qu'il venait de découvrir.

D'un genou, Bowen lui fit écarter un peu plus les cuisses et ses doigts se glissèrent plus profondément en elle. Frémissante, la jeune femme ferma les yeux.

Elle sentit alors qu'il plongeait sa main libre dans ses cheveux, tirant doucement pour lui faire lever la tête, et ses yeux se rouvrirent.

« Regarde-toi, ordonna-t-il d'une voix tout droit sortie des rêves de Tamsyn. Regarde comme tu es belle. »

C'était vrai : elle était belle. Elle était toute mouillée, sa peau était rouge, sa bouche était grande ouverte pour happer un peu d'oxygène et ses seins, pressés contre la porcelaine, avaient une forme bizarre, mais elle ne s'était jamais sentie aussi belle qu'en cet instant, avec le regard de Bowen rivé au sien dans le miroir et cet air grave qu'il avait, un air qu'elle avait déjà vu, mais jamais comme ça…

Jamais pour elle.

Et finalement, elle se rendit compte que tous les fantasmes qu'elle avait chéris ces derniers mois ne valaient rien, n'étaient rien du tout comparés à ce qu'elle vivait présentement.

Tamsyn sentit la main de Bowen se faufiler de nouveau entre ses jambes et, cette fois, elle ne ferma pas les yeux. Elle contempla avec fascination leur reflet dans le miroir, notant que même si la main du jeune homme disparaissait derrière la paroi, la flexion des muscles de son avant-bras ne laissait aucun doute sur ce qu'il lui faisait sous l'eau.

Elle était proche de l'extase, à présent, si proche… mais Bowen laissa échapper un grognement et Tamsyn, sentant son sexe durci contre ses fesses, écarta les genoux encore davantage.

« Maintenant…, souffla-t-elle. Allez, Bowen, maintenant ! »

Il ne se le fit pas dire deux fois : il la pénétra sans hésiter et la jeune femme, comblée à la fois par son membre et par ses caresses, bascula presque instantanément dans l'orgasme, laissant résonner ses cris de jouissance entre les murs carrelés.

Bowen poussa un cri, lui aussi, et lui agrippa les hanches en se propulsant en elle, déchaînant les eaux autour d'eux. Tamsyn ne quittait pas le miroir des yeux. Qu'est-ce qu'il était beau, le visage crispé d'un plaisir si intense qu'on aurait dit de la souffrance… Qu'est-ce qu'elle l'aimait, putain !

Oui, elle était ridiculement, follement, complètement amoureuse de lui.

Et en croisant son regard dans le miroir, elle comprit qu'il était peut-être bien amoureux d'elle, lui aussi. Il n'en fallut pas plus pour la faire replonger dans la jouissance : son corps se remit à trembler violemment et sa tête bascula en avant, ses cheveux tombant jusqu'au sol inondé. Bowen, derrière elle, lança un dernier cri avant de se retirer, baissant la main vers son sexe, mais Tamsyn se retourna aussitôt pour le prendre dans une main. Elle tira une fois, deux fois, et l'entendit jouir à son tour dans un rugissement de plaisir avant de sentir un liquide chaud s'écouler entre ses doigts. Puis tous deux se laissèrent retomber, à bout de souffle.

Dévastés.

Ravagés.

Toujours hors d'haleine, Bowen lui demanda : « Alors, assez sauvage pour toi ? »

Tamsyn aurait voulu le taquiner. Elle devait avoir une bonne dizaine de vannes à lui lancer, dont au moins six sur le thème du loup-garou. Mais elle n'eut pas la force de répondre autre chose qu'un « Ouais… » mal assuré.

Et le rire par lequel Bowen accueillit cette réponse fut la plus belle chose qu'elle ait jamais entendue.

« Je trouve ça chiant, en fait », déclara Tamsyn quelques minutes plus tard, alors qu'ils étaient secs et bien au chaud dans leur immense lit. Le feu était plus vif que la veille, mais ils étaient encore tellement réchauffés par leur bain (et ce qui s'y était passé) qu'ils n'avaient même pas pris la peine de se mettre en pyjama, préférant se glisser nus sous les draps.

« Euh… pardon ? » demanda Bowen en tournant la tête vers elle. Ses cheveux commençaient à sécher et bouclaient autour de sa tête, lui donnant un air ébouriffé si adorable que Tamsyn dut se retenir d'enrouler l'une de ses mèches autour de son doigt.

« Je trouve ça chiant », confirma-t-elle dans un soupir en basculant sur le dos. Ce mouvement fit glisser le drap jusqu'à sa taille, mais elle n'y prêta aucune attention et resta allongée comme ça, une main levée vers sa tête et l'autre reposant sur le matelas.

« Le sexe ? clarifia Bowen. C'est… c'est le sexe que tu as trouvé chiant ?

— Oh non, ça, ce fut une expérience *incroyable* ! rectifia vivement Tamsyn en secouant la tête avant de se tourner pour le regarder. C'est bien *ça*, que je trouve chiant. Tu es déjà tellement intelligent et tellement beau qu'être aussi bon au lit en plus, franchement, c'est presque la cerise de trop sur le pudding – pour parler comme vous, les *British* ! »

À son tour, Bowen roula sur le côté pour faire face à la jeune femme, la tête appuyée sur une main. « Je me considère comme quelqu'un de plutôt intelligent, Tamsyn, mais quand tu me parles, parfois, c'est comme si je devais traduire… j'en sais rien, du grec en gallois, et ensuite dans une langue morte quelconque. Du cornique, ou…

— Que sais-je », compléta Tamsyn, et il lui sourit avant de tendre la main pour pincer gentiment l'un de ses tétons.

« Content de voir que tout ça n'a rien changé entre nous, déclara-t-il. Et que ça ne t'empêchera pas de te foutre de ma gueule…

— T'inquiète, confirma-t-elle. Même si on reste coincés en 1957 à jamais, je serai toujours là pour me moquer de toi ! »

Bowen prit un air plus sérieux, alors que son doigt remontait jusqu'au visage de la jeune fille pour retracer la ligne de son nez. « On ne va pas rester bloqués là, lui assura-t-il. Si on a réussi à se trouver, toi et moi, on va bien réussir à convaincre Harri et Elspeth de se *retrouver*, non ?

— On devrait peut-être leur faire découvrir cette salle de bains magique…, suggéra Tamsyn, se délectant de l'expression absolument horrifiée qui se dessina alors sur le visage du jeune homme. Bowen, tu sais que tes grands-parents doivent coucher ensemble pour que tu existes, hein ?

— Je suis tout à fait capable d'appréhender cette nécessité sur le plan intellectuel sans *jamais* avoir à y penser… et encore moins à l'imaginer, par Rhiannon !

— Bon, d'accord, soupira Tamsyn en s'enfonçant un peu plus dans le lit. Demain, première heure, on trouve un plan pour les remettre ensemble *sans* que tu aies besoin d'imaginer tes grands-parents en train de baiser.

— Ne dis pas "baiser"…

— En train de batifoler.

— Arrête !

— En train de faire la bête à deux dos.

— Elle est affreuse, cette expression ! Je ne comprends même pas qui peut dire ça… »

Souriante, comblée, heureuse (bien trop heureuse, si heureuse que c'en était presque effrayant), Tamsyn tendit la main vers lui, fascinée par le naturel avec lequel il répondit à sa caresse en venant effleurer sa joue du bout de son nez avant de déposer un baiser mouillé juste sous son oreille, aspirant sa peau entre ses lèvres.

« Bref, on verra ça demain, dit-elle en passant la jambe par-dessus les hanches de son amant. Pour l'instant, rappelle-moi ce que tu me disais tout à l'heure, concernant les draps soyeux que je mérite… »

CHAPITRE 18

Le lendemain matin, Bowen se retrouva assis à la table du petit déjeuner, en train de siroter son café et d'observer ses grands-parents.

Dans un silence total, Harri et Elspeth mangeaient leurs œufs brouillés en s'ignorant ostensiblement. Bowen pria pour que Tamsyn se dépêche d'arriver : elle saurait sûrement par où commencer l'opération « Rabibochage de ces deux-là »...

Mais bien sûr, il lui avait donné de nombreuses bonnes raisons de faire la grasse matinée, se dit-il en dissimulant un petit sourire satisfait derrière sa tasse de café. Ce n'était pas son genre, les sourires satisfaits – plutôt celui de Wells. Mais il venait de passer presque toute la nuit à faire l'amour à la femme de ses rêves, donc il pouvait bien s'en accorder un ! Les images de cette folle nuit tournaient en boucle dans son esprit.

Tamsyn dans le bain, sa peau mouillée, la pièce emplie d'un nuage de vapeur qui n'était pas dû qu'à la chaleur de l'eau...

Tamsyn déchaînée sous les draps, ses ongles qui lui griffaient le dos, ses doigts emmêlés dans ses cheveux tandis qu'il léchait et suçait son corps, et son souffle saccadé qui murmurait son nom, ses hanches qui se rebellaient sous sa bouche...

Bowen se racla la gorge et s'efforça de se changer les idées en allant chercher la cafetière en argent pour se resservir. Il n'allait quand même pas se mettre à bander pendant qu'il déjeunait avec ses grands-parents (même s'ils ignoraient totalement leur lien de parenté) !

Il jeta un énième coup d'œil vers la porte dans l'espoir d'y voir apparaître Tamsyn, mais en vain. La seule personne qui entra dans la pièce fut Emeraude, dont les cheveux blonds étaient toujours retenus par un ruban de velours (noir, cette fois) et qui avait à la main un nouveau roman.

La jeune fille était si absorbée par sa lecture qu'elle faillit renverser le précieux vase Ming exposé près de la porte. Elle évita la catastrophe de justesse, avec une exclamation de frayeur ; le vase oscilla sur son socle et l'adolescente tendit une main pour le stabiliser tout en baissant l'autre, celle qui tenait son roman. Ce geste fit tomber un petit livret, plus fin, qu'elle avait caché entre les pages.

Piquant un fard, Emeraude se baissa aussitôt pour le ramasser, et Bowen fit comme s'il n'avait rien vu. C'était sans doute un livre qu'elle n'était pas censée lire, une lecture trop « osée » pour son âge (Rhys aussi, à l'époque, avait l'habitude de planquer ses magazines érotiques dans ses grimoires), et Bowen n'avait aucune intention de la mettre dans l'embarras pour ça.

Harri et Elspeth n'avaient apparemment rien remarqué. La jeune fille prit place avec eux, attrapant le panier rempli de pain grillé qu'on avait posé au milieu de la table. Après en avoir généreusement garni une tranche de beurre et de confiture, elle se replongea dans sa lecture, roman dans une main, tartine dans l'autre.

« Lady Meredith va t'enguirlander si elle te voit en train de lire à table ! » commenta Elspeth.

Emeraude lui répondit en haussant les épaules : « Madoc s'est enfermé dans l'une des chambres secrètes et personne n'arrive à trouver laquelle. Ça va l'occuper pendant un moment.

— Et tu sais où il est, toi ? » demanda Bowen. Emeraude leva les yeux pour le regarder par-dessus son livre. Elle avait de grands yeux couleur noisette et serait sans aucun doute une très belle femme dans quelques années, mais, pour l'instant, elle ressemblait exactement à ce qu'elle était : une ado orgueilleuse et impertinente, avec un goût prononcé pour le chaos et la discorde.

« Peut-être », lui répondit-elle en croquant dans sa tartine avant de revenir à sa lecture.

Bowen secoua la tête, puis reporta son attention sur Elspeth et Harri et lança : « Dites-moi, Harri, à quelle branche des Penhallow appartenez-vous ? », comme s'il ne le savait pas déjà.

« À la plus inutile ! répondit Elspeth à la place de son ex-promis. La branche dont la magie commence à s'effacer… c'est d'ailleurs pour ça qu'ils l'ont envoyé conquérir une sorcière renommée *sous de faux prétextes* !

— Sous de faux prétextes ? répéta Harri, les yeux écarquillés d'indignation derrière ses lunettes. J'étais amoureux de toi, Ellie, bon sang ! Voilà pourquoi je t'ai demandée en mariage !

— Bien sûr, et les ordres de ton père n'avaient rien à voir avec cette initiative… »

Levant les mains en signe d'impuissance, Harri se tourna vers celle qui avait été sa fiancée. « Évidemment que mon père voulait me voir épouser une grande sorcière ! Évidemment qu'il voulait renforcer notre famille grâce à une nouvelle lignée magique, surtout après que Gryffud a fout… » Il s'interrompit brusquement et jeta un bref regard en direction d'Emeraude avant de se reprendre : « Après que Gryffud est parti en Amérique, il y a trente ans. C'était lui le dernier Penhallow véritablement puissant… »

Et encore, il devait une grande partie de sa puissance aux pouvoirs qu'il avait volés aux sorcières Jones à Graves Glen ! songea Bowen. C'était intéressant d'apprendre que sa famille, avant son père, avait été considérée comme une lignée de sorciers aux pouvoirs déclinants. À tel point que le père de Harri l'avait envoyé séduire une épouse dont les facultés magiques restaureraient la puissance des Penhallow…

Pour la première fois, Bowen vit les deux personnes assises en face de lui non plus comme ses grands-parents, mais comme les parents de son père. Était-ce donc pour ça que Simon Penhallow était aussi obsédé par l'idée d'amasser le plus de pouvoirs possible ? Était-ce parce que les Penhallow avaient perdu presque tous les leurs, avant qu'Elspeth ne vienne réintroduire la magie dans leur ADN ?

En observant cette femme qui se tenait devant lui, Bowen reconnut sur son visage les traits de son père, ce menton arrogant, ces hautes pommettes, ce pli obstiné au coin des lèvres. Et pour la première fois depuis plus d'un an, il se sentit… nostalgique, peut-être. Triste, en se disant que Simon n'avait jamais été le père que ses trois fils auraient mérité, et que c'était peut-être là que tout avait commencé. Que la grande histoire d'amour de ses grands-parents, celle qu'on lui avait maintes et maintes fois racontée depuis son enfance, avait peut-être été, en réalité, une plus sombre affaire qu'il n'avait été amené à le croire. Une transaction plus qu'une romance.

À bien y réfléchir, l'union de ces deux-là était-elle une bonne chose ?

Il était perdu dans ses pensées lorsque Tamsyn apparut sur le seuil. Elle portait ce matin une jupe à carreaux écossais blanc et noir, resserrée à la taille par une ceinture blanche et complétée d'un pull blanc soulignant ses formes, que Bowen pouvait maintenant reconnaître les yeux fermés (et la bouche ouverte). La jeune femme avait attaché ses cheveux bruns en un chignon qui retombait sur sa nuque.

Elle était jolie et apprêtée, et Bowen dut résister à l'envie de se jeter sur elle pour chambouler toute cette perfection.

Tamsyn rougit légèrement en le voyant, mais son regard se tourna aussitôt vers Harri et Elspeth ; elle s'avança dans la pièce avec un sourire radieux et un « Bonjour ! » enjoué.

Après avoir rempli son assiette au buffet, elle s'assit gracieusement à côté de Bowen. Leurs cuisses se frôlèrent sous la table, et heureusement qu'ils devaient faire semblant d'être mariés, car ce fut presque par réflexe que Bowen se pencha vers la jeune femme pour l'embrasser sur la tempe en murmurant : « *Bore dai, cariad.* »

L'intéressée rougit de plus belle, mais dissimula son émotion par un petit rire tout en dépliant sa serviette sur ses genoux. « Un de ces jours, il faudra vraiment que j'apprenne le gallois, histoire de comprendre comment tu m'appelles... Si ça se trouve, *cariad*, ça veut dire "vieille bique" !

— Non, ça veut dire "mon amour" », expliqua Harri. Tamsyn tourna vers Bowen un regard empreint d'une tendresse presque insoutenable.

« Oh, souffla-t-elle. C'est... c'est sympa, alors... »

Bowen pria pour qu'elle ne se souvienne pas de toutes les expressions qu'il avait employées la nuit dernière, car certaines n'étaient absolument pas appropriées pour une conversation de petit déjeuner... surtout en compagnie de ses grands-parents et d'une adolescente.

« Toi aussi, tu m'as appelée comme ça une fois, déclara soudainement Elspeth en se tournant vers Harri. Quand tu m'as demandée en mariage. Je crois bien que c'est la dernière fois que j'ai entendu un surnom affectueux sortir de ta bouche...

— C'est faux ! protesta Harri. Je t'appelais tout le temps *blodyn tatws* !

— C'est-à-dire "fleur de pomme de terre"..., répliqua sèchement Elspeth. Très romantique, en effet !

— Mais c'est comme ça que mon grand-père appelait ma grand-mère ! » se justifia Harri d'une voix contrite, et, pendant un instant, leurs regards se croisèrent.

Bowen s'aperçut qu'il retenait son souffle. Sous la table, Tamsyn lui prit la main. Il la serra fort, pour lui faire comprendre que lui aussi voyait ce qu'elle voyait : de l'affection. De la tendresse.

Peut-être même de l'amour.

Mais Elspeth détourna les yeux vers son assiette en haussant les épaules. « Eh bien, alors c'était diablement hypocrite de ta part… »

En jurant dans sa barbe, Harri se leva brusquement, jeta sa serviette sur sa chaise et sortit en trombe de la pièce.

« Qu'est-ce qu'il est susceptible, celui-là… », marmonna Elspeth pour elle-même. Elle passa délicatement sa propre serviette sur ses lèvres avant de se lever à son tour en déclarant : « Vous comprenez pourquoi la perspective d'épouser cet homme dans deux jours m'est si insupportable… Il ne m'a jamais aimée, et je mérite mieux. Je mérite… ce que vous avez, tous les deux », conclut-elle en désignant Bowen et Tamsyn.

Sur ces mots, elle quitta la salle, et Tamsyn s'affala sur sa chaise avec un grand soupir. « Ils sont impossibles, ces deux-là », maugréa-t-elle.

De l'autre bout de la table, Emeraude lança alors : « Vous voulez qu'ils se réconcilient… Pourquoi ? »

Stupéfait, Bowen observa la jeune fille, qui restait plongée dans sa lecture tout en mangeant ses tartines. « Comment tu as deviné ?

— Je vous ai entendus en parler, répondit-elle d'un ton désinvolte. Hier, dans le couloir. » Elle leva ses grands yeux bruns de son livre pour ajouter : « J'en entends beaucoup, des choses… »

Pendant un moment, Bowen pensa, horrifié, que l'adolescente faisait allusion à la nuit dernière. Où se trouvait sa chambre, déjà ?

Mais Emeraude reposa son roman et sa tartine, croisa les bras sur la table et reprit : « Si vous êtes là, tous les deux, ce n'est pas parce que vous avez été invités au mariage et que vous avez eu un accident de transport magique… C'est parce que vous venez du futur. Vous avez été envoyés ici par un sortilège, et vous cherchez un moyen de retourner d'où vous venez. »

Elle se pencha au-dessus de la table, les pointes de ses cheveux balayant des miettes de pain grillé.

« Vous vivez dans l'espace, à votre époque ? demanda-t-elle à voix basse. Vous avez des voitures volantes ? Non, attendez… » Elle leva une main. « Ne me dites pas, je préfère le découvrir par moi-même le moment venu. Je compte bien vivre très longtemps, pour devenir une vieille femme terrifiante.

— T'es bien partie pour, vu que tu es déjà une ado terrifiante…, observa Tamsyn.

— Merci ! sourit Emeraude. Bref, vous devez faire en sorte que Harri et Elspeth se marient parce qu'ils sont de la famille de l'un d'entre vous, pas vrai ? Je dirais que c'est vous, ajouta-t-elle en pointant Bowen du doigt, puisque vous avez le même nom que Harri et que vous tirez toujours la tronche comme Elspeth, comme si vous veniez de marcher dans une crotte de chien… »

Bowen se renfrogna : « N'importe quoi, je ne tire pas la tronche !

— C'est exactement de cette tête-là que je parle, répliqua Emeraude, et Tamsyn se pencha vers Bowen.

— Ouaip, elle a raison ! confirma-t-elle avant de se retourner vers l'adolescente. Toi qui es clairement quelqu'un d'affreusement intelligent, tu n'aurais pas une idée ? Qu'est-ce qu'on pourrait faire pour que ces deux-là comprennent qu'ils sont faits l'un pour l'autre ? »

Emeraude fronça les sourcils, songeuse. Elle finit par dire : « Si je vous aide, vous m'apprendrez la magie, d'accord ?

— Je ne suis pas une sorcière ! objecta Tamsyn, mais Emeraude secoua la tête en désignant Bowen.

— C'est à lui que je parle. Alors ? »

Bowen s'agita sur sa chaise, étendant les jambes sous la table. « Je ne peux pas, ma grande, lui dit-il. Ce n'est pas le genre de choses qui s'apprend… Soit tu es une sorcière, soit tu ne l'es pas.

— C'est déjà arrivé que quelqu'un devienne sorcier ? demanda la jeune fille. Je veux dire… c'est possible ? Que ce soit en nous depuis le début, mais que personne n'en sache rien jusqu'au jour où on découvre ses pouvoirs ? »

Tamsyn avait raison : Emeraude était aussi intelligente que terrifiante, mais en voyant la façon dont elle l'implorait du regard, Bowen se rappela qu'elle n'était encore, finalement, qu'une enfant. L'idée qu'elle avait en tête était un rêve de gamine, un rêve où la princesse mystérieuse était remplacée par une sorcière clandestine. Un rêve que Bowen comprenait parfaitement, mais qui n'était malheureusement qu'une chimère.

« Non, désolé, répéta-t-il en secouant la tête. Et même si c'était possible, je n'y pourrais rien : mes propres pouvoirs ne fonctionnent pas pour le moment. Apparemment, voyager dans le temps, ça peut niqu… *ficher en l'air* la magie.

— Vous pouvez dire des gros mots devant moi, vous savez, observa malicieusement Emeraude. J'en ai déjà entendu plein, et celui-là, je vous ai entendus le mettre en pratique la nuit dernière…

— Excusez-moi, je vais me jeter dans la cheminée avec la bûche de Yule et je reviens ! » lança Tamsyn en se levant de sa chaise, mais Bowen la retint par le tissu de sa jupe pour l'obliger à se rasseoir.

« Ce n'est pas poli d'écouter aux portes… et encore moins de s'en vanter au petit déjeuner », dit sévèrement Bowen, faisant de son mieux pour imiter son père ou, au moins, Wells.

Il dut y parvenir car Emeraude, mortifiée, baissa les yeux un instant avant de concéder : « Je suis désolée. Mais je vous aiderai quand même… même si vous ne voulez pas m'apprendre la magie.

— Et comment tu comptes nous aider ? » demanda Tamsyn. Mais avant que l'adolescente n'ait pu répondre, un hurlement suraigu retentit quelque part dans le château et Bowen entendit Lady Meredith s'écrier : « Par Rhiannon, Madoc ! Tu n'as donc pas un brin de jugeote ? Oui, oui, Caradoc, je sais qu'il n'a que 4 ans, mais ce n'est pas une excuse ! Comment diable as-tu fait pour te retrouver coincé dans un *tableau* ? »

Il y eut un instant de silence, puis Lady Meredith rugit d'une voix qui fit presque trembler les murs du manoir : « EMERAUDE !

— Faites comme si vous ne m'aviez pas vue ! On se voit plus tard », s'empressa de déclarer Emeraude en attrapant son livre avant de déguerpir.

Pour la première fois depuis la nuit dernière, Bowen se retrouvait seul avec Tamsyn (enfin, dans la mesure où on pouvait l'être, dans un château aussi gigantesque), et il comptait bien profiter de cette occasion.

Accrochant du pied la chaise de sa voisine, il la tira d'un coup sec pour la faire basculer contre lui. La jeune femme se mit à rire, se laissant tomber sur ses genoux.

« Il va falloir qu'on parle de ta tendance à malmener les femmes, Bowen », dit-elle, mais ses mains impatientes remontaient déjà sur les épaules du jeune homme, sa lèvre inférieure était prise entre ses dents, et elle le regardait comme s'il était au menu du jour ; Bowen en conclut donc que son initiative ne l'indignait pas tant que ça.

« Je ne malmène pas les femmes ! objecta-t-il en effleurant du nez la peau de son cou, aspirant son parfum d'orange et de clou de girofle (l'odeur même de Yule). Seulement toi.

— Seulement moi ? répéta-t-elle, songeuse, en s'écartant juste assez pour le regarder dans les yeux. Ou seulement moi *pour l'instant* ? »

Elle disait ça pour le taquiner, pour alléger l'atmosphère, mais Bowen lut dans ses yeux comme un éclat de vulnérabilité et comprit la vraie question qu'elle lui posait.

« Seulement toi », lui répondit-il en plongeant son regard dans le sien, pour bien lui faire comprendre ce qu'il voulait lui dire.

Il la vit avaler sa salive avec difficulté, puis elle se pencha pour l'embrasser bien trop fougueusement pour l'heure qu'il était... Mais Bowen se foutait pas mal de ce qui était approprié ou décent, quand il était avec cette femme.

Il explorait de ses mains la douceur du pull blanc qu'elle portait lorsqu'il entendit un discret « Ahem... » s'élever du côté de la porte.

S'arrachant à leur baiser, il aperçut l'un des innombrables domestiques qui se tenait, gêné, dans l'encadrement de la porte en forme d'arche.

Tamsyn voulut descendre de ses genoux, mais Bowen la retint d'une main ferme. Faisant appel à toute l'arrogance de ses ancêtres, il lança d'un ton glacial : « Qu'y a-t-il ? »

Il sentit les mains de la jeune femme se crisper légèrement sur ses épaules ; cet aspect de sa personnalité devait lui plaire...

Bowen se promit d'approfondir cette découverte plus tard.

Le majordome porta une main gantée à sa bouche pour masquer un toussotement embarrassé, puis déclara : « Quelqu'un vient d'arriver au château et demande à vous voir... tous les deux. »

Tamsyn baissa les yeux vers Bowen, perplexe, mais le jeune homme n'en savait pas plus ; il haussa les épaules, puis l'aida à se relever avec douceur avant de lui prendre la main pour l'entraîner en direction du vestibule, avec toute la dignité dont étaient capables deux personnes qui venaient de se faire surprendre en train de se rouler des pelles comme des adolescents à même pas 9 heures du matin.

À l'étage, Madoc continuait à hurler, et ils entendirent Lady Meredith s'exclamer : « Mais enfin, ce tableau représente une *oie* ! Je ne vois pas ce qui te fait peur ! »

Mais Bowen avait déjà les yeux rivés sur l'entrée, où les attendait Lowri, vêtue du même gilet miteux que la veille et accompagnée du matou infernal qui, de son panier, les observait en clignant lentement des yeux.

« Lowri ! s'écria Tamsyn en lâchant la main de Bowen pour courir rejoindre la vieille dame. Vous avez trouvé quelque chose pour nous aider ? » lui demanda-t-elle dans un murmure presque inaudible.

Au pub, Lowri leur avait paru enjouée, et même amusée par leur situation, mais lorsqu'elle prit les mains de Tamsyn pour les serrer dans les siennes, les rides de son visage semblaient encore plus creusées que la veille.

Creusées par le temps, mais aussi par l'inquiétude.

Et par la peur, comprit Tamsyn, l'estomac soudain noué.

« Oh, mes chers petits…, dit-elle d'une voix basse et rauque, jetant de furtifs coups d'œil à la ronde comme si elle craignait d'être entendue. Hier, après notre discussion, je suis rentrée chez moi et j'ai consulté mes grimoires. Il m'a fallu du temps (je vous l'ai dit, les voyages dans le passé, c'est une magie très particulière, et je n'ai connu qu'une seule personne qui en ait fait l'expérience…), mais j'ai bien peur de vous avoir donné de mauvais conseils.

— Comment ça ? » demanda Tamsyn en lâchant les mains de Lowri. La vieille femme les regarda longuement, les yeux brillant de larmes.

« Il vaut mieux que je vous montre. Suivez-moi, tous les deux. »

Chapitre 19

Le trajet à pied jusqu'au village fut bien plus agréable qu'il ne l'avait été la veille.

Mais c'était à peu près le seul point positif que Tamsyn arrivait à trouver dans cette affaire.

Ça, et la folle nuit d'amour qu'ils venaient de passer, mais même le souvenir de ce glorieux événement était quelque peu terni par l'inquiétude que la jeune femme lisait sur le visage de Lowri. Elle qui, la veille, avait semblé si joviale, si certaine que tout finirait bien (ou, du moins, que tout *pourrait* finir bien)…

À présent, elle trottinait sur le chemin, si vite que Tamsyn devait courir pour rester à sa hauteur, et le panier appuyé sur la hanche de la vieille dame était si violemment secoué que messire Bédivère risquait d'en dégringoler à tout moment.

L'animal était toutefois le moins angoissé d'eux quatre : il continuait à se lécher nonchalamment les pattes, tandis que sa maîtresse piquait un sprint sur la grand-rue.

Maintenant qu'ils n'étaient plus découragés par la pluie glaciale et les bicyclettes volées, Tamsyn put admirer le village qu'ils traversaient. Les rues étaient décorées pour les fêtes : des branches de pin et des guirlandes ornaient les rebords de fenêtres et les lampadaires, et des bougies étaient allumées derrière les vitres, même en milieu de matinée. Une odeur de pain frais planait dans l'air froid. En regardant autour d'elle, Tamsyn se dit que, finalement, ce ne serait pas si terrible s'ils se retrouvaient coincés ici : c'était vraiment le paradis des amateurs de petites maisons dans la campagne…

Mais elle repensa alors à sa petite caravane, à son frère, à sa famille. Non, ce village était adorable et chaleureux, mais ce n'était pas chez elle.

La rue principale décrivait un léger virage et une maisonnette en pierre apparut soudain, juste là, à l'orée des bois, des volutes de fumée sortant de la cheminée. Lowri ouvrit le petit portail de la clôture en bois qui entourait le cottage et, suivie par Tamsyn et Bowen, elle remonta l'allée pavée d'ardoise qui menait chez elle.

La première chose que Tamsyn remarqua en entrant fut l'odeur qui régnait à l'intérieur, une odeur d'herbes un peu âcre et de fumée. Comme le reste du village, la maison de Lowri était décorée pour Yule : elle aussi avait accroché des guirlandes de pin et disposé des bougies à ses fenêtres, créant un tableau des plus charmants (mais aussi un risque d'incendie non négligeable, releva Tamsyn).

D'ailleurs, un feu crépitait vigoureusement dans la cheminée, sous une barre de fer à laquelle était suspendu un authentique chaudron de sorcière.

Dès que Lowri eut posé son panier, messire Bédivère en sauta pour rejoindre le petit lit de coussins qui l'attendait devant la cheminée et s'y installer avec un soupir de satisfaction avant de refermer ses grands yeux vifs. Tamsyn se demanda si elle n'adopterait pas un chat quand elle rentrerait chez elle.

Si elle rentrait un jour chez elle.

Lowri s'était dirigée vers la table de la cuisine et avait entrepris de repousser les bouquets d'herbes et les tas de parchemins qui l'encombraient pour attraper un imposant ouvrage relié en cuir, semblable à un journal. Elle se mit à le feuilleter, et les deux jeunes gens se rapprochèrent pour regarder par-dessus son épaule.

« Ça concerne Y Seren ? demanda Bowen, mais Lowri balaya sa question d'un geste.

— Non, croyez-moi, je n'ai jamais entendu parler de cet objet ! C'est à propos de vous et de votre situation. Vous souvenez-vous du quidam dont je vous ai parlé, celui qui s'est retrouvé coincé ici et a fini par s'en aller je ne sais où ?

— Cette histoire est gravée dans nos mémoires depuis que vous nous l'avez racontée…, répondit Tamsyn d'un ton sarcastique. Ce n'est pas franchement le genre de truc qu'on oublie ! »

Mais Lowri secouait la tête, des mèches blanches s'échappant de son chignon. « Eh bien, j'avais tort. Regardez. »

Elle leur montra le livre, mais Tamsyn ne vit qu'une page couverte d'une calligraphie alambiquée formant des mots dans une langue qu'elle ne connaissait pas.

Bowen, lui, semblait réussir à les déchiffrer.

Et il se rembrunissait d'instant en instant.

« Qu'est-ce que c'est ? demanda Tamsyn, et Bowen tapota la page du bout des doigts.

— C'est un avertissement concernant les dangers de la magie temporelle. Certains l'ont déjà pratiquée, et au XVe… non, XVIe… Par Rhiannon, c'est dur à lire ! Au XVIe siècle, donc, plusieurs sorciers ont tenté de la maîtriser. Ils y ont passé beaucoup de temps et effectivement, deux ou trois d'entre eux ont réussi à voyager dans le temps et à revenir, mais seulement après avoir accompli ce pour quoi ils étaient retournés dans le passé.

— OK », dit Tamsyn en s'appuyant sur le dossier de l'une des chaises en osier disposées autour de la table. « Ça, on le savait déjà.

Et ceux qui n'ont pas accompli leur mission sont restés bloqués à l'époque où ils avaient atterri.

— Non, intervint Lowri en secouant la tête. C'est là que je me suis trompée. Ils ne sont pas restés bloqués, ils ont tout simplement… »

Elle acheva sa phrase en agitant les mains comme pour imiter quelque chose qui se dispersait dans les airs. Tamsyn se tourna vers Bowen. « Ils ont tout simplement quoi ? lui demanda-t-elle. Disparu ?

— Le texte dit juste "cessé d'exister", mais ça revient au même, j'imagine… »

Ça revenait peut-être au même, mais c'était bien plus flippant dit comme ça, estima Tamsyn.

« Qu'est-ce que ça veut dire, alors ? demanda-t-elle aux deux sorciers tout en se cramponnant au dossier de la chaise, les jointures blanchies. Si on n'arrive pas à rabibocher tes grands-parents d'ici… deux nuits, c'est ça ? On va disparaître de la surface de la Terre ? Comme si on n'avait jamais existé ?

— Je crois bien que c'est ce qui va se passer, oui », répondit Lowri avant de secouer la tête d'un air abattu, la tristesse imprégnant ses yeux bleus. « Oh, ce pauvre garçon… Pendant tout ce temps, j'étais persuadée qu'il vivait heureux quelque part en ville, alors qu'il s'était… évaporé. *Pouf.* »

Tamsyn sentit son cœur cogner douloureusement dans sa poitrine et une goutte de sueur froide perler dans son dos, annonçant une crise de panique imminente. « J'ai pas envie de finir en *pouf*, moi ! s'écria-t-elle. Vraiment, le *pouf*, c'est pas mon truc !

— Ça n'arrivera pas », la rassura Bowen en lui prenant la main, mais ses doigts étaient aussi glacés que ceux de la jeune femme. Cette dernière avait bien vu le regard empli de pitié que leur lançait Lowri, comme s'ils étaient perdus d'avance.

Tamsyn ferma les yeux et prit une longue inspiration par le nez.

« OK, reprit-elle. Donc l'enjeu est un peu plus important qu'on ne le pensait. Mais de toute façon, c'est quand je suis sous pression que je suis le plus efficace, pas vrai, Bowen ?

— Je ne connais personne de plus compétent dans ces cas-là », confirma-t-il, et l'immédiateté de sa réponse, la conviction sans faille qu'elle pouvait lire dans ses yeux sombres… Tamsyn serait tombée amoureuse de lui en cet instant précis, si ce n'était pas déjà fait.

« On va trouver une solution », dit-elle, en se demandant combien de fois elle devrait se le répéter pour réussir à y croire.

« Bien sûr, chère enfant, bien sûr que vous trouverez…, approuva Lowri, qui s'était mise à fouiller dans l'un de ses innombrables paniers. Mais une protection supplémentaire ne vous fera pas de mal. » Elle leur tendit deux petits paquets de mousseline attachés à une cordelette en cuir. « Je les ai fabriqués moi-même. C'est pour ça que je vous ai fait venir ici : il y a toujours eu quelque chose d'étrange dans la magie du manoir Tywyll, et je ne voulais pas que les amulettes soient corrompues avant que vous ne les portiez. Allez-y, allez-y ! » les pressa-t-elle, et Tamsyn, comme Bowen, passa la cordelette autour de son cou.

La jeune femme décela dans le sachet une odeur de naphtaline et de… gin ? Elle renifla de nouveau son amulette. Des baies de genièvre, avec un soupçon de romarin… Dans tous les cas, elle exerçait sa profession d'acquéreuse depuis assez longtemps pour savoir que lorsqu'une vieille et gentille sorcière vous donnait un talisman pour vous protéger, il valait mieux éviter de faire la difficile.

Elle glissa donc le petit talisman sous son pull, et Bowen fit de même.

« Le solstice a lieu dans deux jours, déclara Lowri (comme s'ils avaient besoin qu'on le leur rappelle). Ce sera votre date limite. D'ici là, je poursuivrai mes recherches. Je trouverai peut-être quelque chose pour vous aider…

— Vous avez déjà été d'une aide inestimable, Lowri, assura Bowen en posant une main sur l'épaule frêle de la vieille dame. Vraiment, je ne sais pas comment vous remercier. »

La sorcière sourit en tapotant la main de Bowen. « On n'ira pas dire qu'une Jones ne fait pas tout son possible pour aider ses prochains !

— Jones ? répéta Tamsyn en jetant un coup d'œil furtif à Bowen, qui lui répondit d'un haussement d'épaules.

— C'est un nom plutôt commun, au pays de Galles, mais… vous n'auriez pas de la famille en Amérique, par hasard, Lowri ?

— Mais oui ! s'écria la vieille dame avec un sourire radieux. Ma cousine Anwyn est partie vivre aux États-Unis il y a quelques années. Elle s'est installée dans le sud du pays, je crois. En Géorgie, peut-être ?

— À Graves Glen », confirma Bowen, plus pour lui-même que pour Lowri, mais celle-ci acquiesça.

« Voilà, exactement ! »

Tamsyn se sentit un peu mieux en apprenant que cette femme était une ancêtre de Vivienne et Gwyn Jones – ce qui était absurde, d'autant qu'elle ne serait sans doute jamais leur meilleure amie, mais quand même. C'était comme un signe, un bon présage qui la poussait à croire que tout finirait par s'arranger.

D'une manière ou d'une autre.

« Maintenant, si vous voulez bien nous excuser, lança Tamsyn en lâchant enfin le dossier de sa chaise, je crois qu'on a des grands-parents à réconcilier… façon *À nous quatre* !

— Je n'ai rien compris à ce que vous venez de dire, mais je vous souhaite bonne chance ! » répondit Lowri. Tamsyn se pencha vers elle pour embrasser ses joues ridées et douces comme un vieux parchemin.

« Merci, dit-elle.

— Oui, merci, Lowri, répéta Bowen d'un ton grave. Et si vous trouvez quelque chose sur Y Seren, prévenez-moi. »

Là-dessus, ils prirent congé et, à contrecœur, quittèrent la chaleur accueillante du cottage de Lowri pour se retrouver dans le froid. Mais la réticence de Tamsyn à reprendre le chemin du manoir était peut-être surtout due à l'idée que si leur mission échouait, ils ne seraient pas seulement condamnés à rester vivre dans les années 1950…

Ils seraient condamnés à ne plus vivre du tout.

La jeune femme resta muette pendant toute la traversée du village. Bowen, lui non plus, ne dit pas un mot, mais il lui prit la main et la serra dans la sienne alors qu'ils passaient devant le pub, puis le petit bureau de poste, puis l'immense sapin de Noël qui se dressait au milieu du square.

Ce ne fut que lorsque le village eut disparu derrière eux que Tamsyn brisa enfin le silence : « Tu penses encore à Y Seren, hein ?

— Quelqu'un était prêt à payer beaucoup d'argent pour se la procurer. Carys l'avait dans les mains quand elle nous a expédiés ici. Même s'il n'y a rien dans les grimoires de Lowri, je suis sûr qu'Y Seren a quelque chose à voir dans ce qui nous arrive.

— OK, alors tu n'as qu'à te pencher là-dessus pendant que je m'occupe de veiller à ce qu'Elspeth et Harri se sautent dessus… et pas pour s'étriper !

— Tamsyn…

— Pas d'allusions, je sais, je sais, répondit Tamsyn en balançant leurs mains jointes. J'essaye juste de me distraire pour éviter de penser que je n'ai peut-être plus que quarante-huit heures à vivre… Tu vois le délire. »

La jeune femme sentit la main de Bowen se raidir sur la sienne et, sans lui laisser le temps de comprendre ce qui se passait, il l'entraîna hors du chemin, dans les bois qui entouraient le manoir.

« Tu fais quoi ? » parvint à dire Tamsyn avec un petit rire tout en s'efforçant de le suivre sans trébucher. Des feuilles s'accrochaient à ses bas de laine et ses brogues glissaient sur le sol inégal.

Lorsqu'ils se retrouvèrent en plein cœur de la forêt, Bowen s'arrêta enfin et, brusquement, Tamsyn se retrouva plaquée contre le tronc d'un immense chêne, la bouche prise dans un baiser fébrile et désespéré.

Elle était prise au dépourvu, mais il ne lui avait jamais fallu longtemps pour reprendre ses esprits, et elle lui rendit son baiser tout aussi avidement, remontant une jambe contre celle du jeune homme.

Il l'attrapa sous le genou en se pressant contre elle, et Tamsyn suivit instinctivement le rythme imposé par ses mouvements de hanches. L'air froid de l'après-midi ne pouvait plus rien contre le feu qui brûlait entre eux.

« Il te reste bien plus que quarante-huit heures à vivre, Tamsyn Bligh, je te le promets ! gronda Bowen en rompant leur baiser pour appuyer le front contre celui de la jeune femme. Je vais nous sortir de là, tu verras.

— *On* va nous sortir de là », corrigea Tamsyn en lui tirant gentiment les cheveux. Bowen hocha la tête et posa sur ses lèvres un nouveau baiser, moins passionné cette fois – comme pour sceller sa promesse.

« On va se sortir de là », répéta-t-il. Il l'embrassa avec douceur, avec tendresse.

Tamsyn n'avait pas besoin de plus d'encouragements : avec un soupir de plaisir, elle lui attrapa la main pour la guider sous sa jupe.

Lorsque Bowen sentit sous ses doigts la peau nue de la jeune femme, il se figea, interloqué. Tamsyn lui sourit tout en s'appuyant contre lui, l'invitant à la toucher. « J'ai toujours pensé que les porte-jarretelles, c'était plus chiant qu'autre chose… et on ne va pas se mentir, c'est carrément chiant, mais ça a quand même des avantages par rapport aux collants. Une certaine facilité d'accès, par exemple… »

Bowen esquissa un léger sourire. « Sauf si tu portes une culotte », observa-t-il.

Tamsyn frôla ses lèvres du bout des siennes : « Et pourquoi je ferais quelque chose d'aussi bête ? »

Leurs mains se retrouvèrent et se chamaillèrent un instant pour déboucler la ceinture du jeune homme, mais très vite, son pantalon fut déboutonné et baissé juste assez pour lui permettre de libérer son sexe en érection et de se glisser en elle.

Elle était déjà trempée d'excitation sous l'effet de ses caresses et de l'euphorie qu'elle ressentait, là, prise contre un arbre au beau milieu des bois. C'était encore mieux que dans tous ses fantasmes, avec le ciel bleu et froid au-dessus de leurs têtes, l'écorce rêche contre son dos, qui allait sans doute détruire et son pull et sa coiffure, mais elle s'en foutait pas mal… Car elle sentait les lèvres de Bowen dans son cou, son souffle brûlant contre son oreille, et elle l'entendait murmurer des mots en gallois, des mots qu'elle devinait à la fois obscènes et tendres…

En tout cas, c'était ce qu'elle *croyait* entendre dans sa voix. Elle remonta la jambe encore plus haut contre lui, s'agrippant à son dos, lui murmurant des encouragements, « Encore », « Plus fort », « Oh, oui, juste là… », jusqu'au moment où il lui saisit les hanches, ajustant sa position à la perfection, et Tamsyn sentit l'orgasme déferler dans tout son être, franchissant ses lèvres en cris sauvages, bestiaux.

Bowen allait se retirer, mais elle le retint fermement en secouant la tête. « J'ai un stérilet, souffla-t-elle. Je voulais te le dire hier, mais… »

Il l'interrompit d'un baiser et elle le sentit jouir en elle, l'entraînant dans un nouvel orgasme, moins intense, mais qui la laissa chancelante, le corps tremblant. Vidé de toutes ses forces. Poisseux. Endolori à la perfection.

Ils restèrent un long moment l'un contre l'autre, le visage de Bowen enfoui dans le cou de Tamsyn, qui l'étreignait toujours, une jambe enroulée autour de ses hanches.

« Ce que je t'ai dit, c'est pas des paroles en l'air, tu sais, lui dit-il dans un souffle encore ardent contre sa peau. On va s'en sortir, on va retourner dans notre époque. » Il releva la tête pour la regarder dans les yeux et lui prit le visage entre ses deux mains. « Mais si on n'y arrive pas… si ces quarante-huit heures sont les dernières de nos vies…

— Ne dis pas ça ! l'implora Tamsyn, mais Bowen secoua la tête avec son obstination légendaire.

— Si c'est le cas, reprit-il, alors je disparaîtrai de la surface de la Terre plus heureux que je ne l'ai jamais été, *calon bach.* »

Tamsyn sentit tout à coup sa gorge se serrer et ses yeux se remplir de larmes. « Moi aussi, assura-t-elle avant de demander : Au fait, ça veut dire quoi, *calon bach* ?

— "Petit cœur", répondit Bowen en rougissant légèrement. Tu sais, vu que tu es… petite.

— Je ne suis pas si petite ! » protesta-t-elle, alors que son cœur s'emballait dans sa poitrine. Toutes ces belles choses qu'il lui avait dites, toutes ces belles choses qu'il pensait d'elle, et elle qui n'en avait jamais rien su…

Mais à présent qu'elle le savait, pas question qu'un foutu sortilège minable et mal exécuté l'empêche d'entendre et d'apprendre tout ce qu'il aurait à lui dire pour le reste de leur vie.

« Il faut qu'on y aille, lui dit-elle tandis qu'ils mettaient doucement fin à leur étreinte. On n'a plus beaucoup de temps, et même si tes grands-parents ne sont pas un cas aussi désespéré que je l'ai cru au départ, je ne suis pas sûre qu'ils puissent enterrer la hache de guerre en deux jours.

— Oh, bien sûr qu'ils le peuvent ! assura Bowen. Et ils vont y arriver, tu vas voir. »

LORSQU'ILS PARVINRENT en vue du manoir Tywyll, ils avaient plus ou moins réussi à remettre de l'ordre dans leur apparence. Tamsyn était tout de même pleinement consciente du trou à l'arrière d'un de ses bas et, bien que Bowen lui ait juré qu'il ne voyait rien, elle était persuadée qu'il restait au moins une feuille ou un bout d'écorce coincé quelque part dans ses cheveux.

Alors qu'ils s'approchaient des marches menant à l'entrée, la lourde porte s'ouvrit dans un grincement et Emeraude sortit en trombe, vêtue d'une salopette et d'un vieux pull, avec bien sûr un ruban de velours (bleu) dans les cheveux.

« Ah, vous êtes là ! s'écria-t-elle en courant à leur rencontre avant de s'arrêter net. Vous êtes allés niquer dans les bois, ou quoi ? »

Tamsyn jeta un coup d'œil à Bowen, mais ce dernier fixait l'adolescente d'un regard sévère. Emeraude leva les yeux au ciel et les rejoignit, ôtant le fameux morceau d'écorce caché dans la chevelure de Tamsyn.

« Je t'avais dit ! marmonna cette dernière à l'intention de Bowen, qui, rouge écarlate, lui répondit par un vague grognement.

— J'ai tellement hâte de grandir et de me marier ! » lança joyeusement Emeraude en rendant son bout d'écorce à Tamsyn, qui, ne sachant ce qu'elle était censée en faire, le fourra dans la poche de sa jupe.

« À propos…, poursuivit la jeune fille en croisant les mains dans son dos et en se penchant vers eux avec un sourire suffisant, trépignant d'impatience. J'ai quelque chose à vous montrer. Allez, venez vite ! »

Chapitre 20

« Il doit y avoir un truc, dans ce manoir… », déclara Emeraude quelques minutes plus tard. Bowen, Tamsyn et elle étaient assis à la table de l'ancienne cuisine, la petite pièce où, à leur époque, Sir Madoc avait conduit les deux jeunes gens à leur arrivée au manoir Tywyll.

Il faisait bon, ici, et une agréable odeur d'épices planait dans l'air, mais Bowen était incapable de s'en rendre compte pour le moment : il avait le visage contre le bois de la table et refusait d'ouvrir les yeux.

« Tu as fait du bon travail, Emeraude ! affirma Tamsyn, et Bowen l'entendit tapoter affectueusement l'épaule de la jeune fille. Un travail très… approfondi.

— Pour être honnête, je précise qu'ils ne faisaient que s'embrasser quand je suis venue vous chercher ! répondit Emeraude. Je ne pensais pas qu'ils seraient déjà en train de…

— Stop ! » supplia Bowen d'une voix assourdie par la table.

Combien de temps lui faudrait-il pour oublier l'image de ses grands-parents qui…

Non, il ne voulait même pas aller au bout de cette pensée.

Même si Tamsyn lui passait la main dans le dos en le raisonnant : « Mis à part ce traumatisme rétinien, c'est une bonne chose, Bowen ! On a réussi ! Harri et Elspeth se sont incontestablement (et *littéralement*) remis ensemble. »

Bowen poussa un grognement.

« Comment tu as fait ? » demanda Tamsyn à Emeraude. En se redressant, Bowen constata que l'adolescente bombait le torse, fière comme un coq. Elle se laissa aller contre le dossier de sa chaise, une tasse de thé fumant entre les mains.

« Franchement, c'était facile ! J'ai fait comme pour piéger Madoc dans les passages secrets : j'ai fait semblant d'avoir vu quelque chose d'hyper intéressant, je les ai persuadés de me suivre, et puis je les ai enfermés jusqu'à ce qu'ils se mettent à hurler. Enfin, pas pour Harri et Elspeth… quoique, c'est vrai qu'ils hurlaient aussi pas mal. »

Bowen pressa le dos de ses mains sur ses yeux avec un soupir de désespoir. « J'avais presque arrêté de penser à la scène ! J'y étais presque !

— En tout cas, tu nous as rendu un sacré service, Emeraude, assura Tamsyn en remplissant sa propre tasse de thé. Mais je tiens quand même à répéter que tu es une enfant absolument terrifiante.

— C'est bien vrai ! confirma joyeusement l'adolescente avant de se pencher à nouveau vers eux. Maintenant, vous pouvez me dire pourquoi c'était si important qu'ils se réconcilient ? C'est pour un truc magique ?

— Plus ou moins, oui…, répondit Bowen, et Emeraude se renfrogna.

— C'est vraiment naze d'être une humaine ordinaire dans une famille de sorciers. Personne ne me dit jamais rien d'intéressant sur la magie parce que tout le monde pense que je ne comprendrai pas, ou que je risque d'essayer… »

Bowen s'apprêtait à lui offrir quelques banales paroles de réconfort, à lui promettre que ce n'était pas parce qu'elle n'avait pas de pouvoirs magiques qu'elle n'était pas quelqu'un d'important. À lui conseiller de prendre exemple sur Tamsyn, qui n'était pas une sorcière, mais qui était la femme la plus merveilleuse du monde à ses yeux.

Mais il se retint, car il y avait quelque chose dans les paroles de la jeune fille qui lui rappelait un vague souvenir, perdu quelque part dans son cerveau…

Le livre qu'elle lisait en cachette.

Il avait cru qu'il ne s'agissait que d'un roman à l'eau de rose relativement scandaleux et qu'elle le cachait dans un autre car Lady Meredith lui aurait passé un savon si elle l'avait surprise en train de lire ce genre de choses, mais ce n'était peut-être pas ça.

« C'était quoi, ton livre ? lui demanda-t-il. Celui que tu planquais dans une copie de *Rebecca* ? »

La culpabilité qu'il lut sur le visage de la jeune fille confirma ses doutes : c'était plus sérieux qu'un exemplaire clandestin de *L'Amant de Lady Chatterley* ou autre.

« C'est juste un truc que j'ai trouvé dans la bibliothèque… », dit Emeraude en plongeant la main dans la poche de sa salopette pour en sortir un petit livret roulé sur lui-même.

Le titre *Magie et sortilèges du quotidien* était écrit en lettres attachées sur la couverture, et Bowen le feuilleta en fronçant les sourcils. Rien de ce qu'il y lisait ne correspondait à de vrais enchantements, mais il y avait juste assez d'informations pour l'inquiéter. Certains mots, certaines incantations… Ces formules étaient approximatives, mais suffisamment proches de la vérité pour présenter un risque entre de mauvaises mains…

« Je te confisque ça pour l'instant, annonça-t-il, mais Emeraude lui lança un regard si féroce qu'il fut presque forcé de se rasseoir.

— Vous n'êtes pas mon père ! riposta-t-elle d'un air impérieux, le menton fièrement dressé. *Et* je viens de vous rendre un grand service, donc vous n'avez pas le droit de voler mes affaires, c'est injuste !

— Elle t'a eu, là…, murmura Tamsyn en sirotant son thé, et Bowen la fusilla du regard.

— T'es pas censée être de mon côté, toi ?

— Je suis de ton côté ! Sauf quand tu deviens tyrannique, et là, t'es plutôt tyrannique… »

Par les boules de saint Bugi ! C'était vrai qu'à l'entendre, on aurait presque dit son père. Ou Wells. Bowen ne savait pas lequel aurait été le pire, mais il céda et rendit son livre à Emeraude.

« Bon, mais ne t'avise pas de prononcer l'une des formules qu'il y a là-dedans ! lui dit-il. Impossible de savoir d'où viennent ces pseudo-sortilèges. Si tu veux vraiment étudier la magie, je peux parler à quelqu'un qui pourrait te trouver une place au Penhaven College, aux États-Unis. C'est une université principalement réservée aux sorciers, mais ils ont aussi des départements pour les humains, et quelqu'un saura forcément comment prendre en charge une humaine qui vient d'une famille de sorciers et qui veut apprendre la magie…

— Pour de vrai ? » s'exclama Emeraude. Elle le regardait comme s'il était subitement devenu son héros, et Bowen fut surpris de constater à quel point c'était plaisant, d'être admiré comme ça.

« Pour de vrai, assura-t-il. Mais ne va pas t'attirer d'ennuis !

— Promis ! » répondit l'adolescente en hochant la tête si vigoureusement qu'elle faillit se détacher de son corps.

Elle se leva d'un bond en repoussant sa chaise, dont les pieds crissèrent sur les dalles, et Bowen et Tamsyn la virent disparaître dans la pénombre du couloir.

« Tu feras un bon père, un jour ! » observa Tamsyn, et le jeune homme fut tellement pris au dépourvu qu'il faillit en tomber de sa chaise.

Lui, père ?

Il n'y avait jamais pensé jusqu'à présent. Il n'avait jamais voulu d'enfant, ou même envisagé la possibilité d'en avoir. Pratiquer les arts occultes au fin fond des montagnes du nord du pays de Galles, ce n'était pas franchement le cadre idéal pour élever un gamin.

Mais avoir un enfant…

Un enfant qui aurait les beaux yeux et la bouche malicieuse de Tamsyn, à qui il pourrait apprendre la magie, un cousin ou une cousine pour le petit Taran…

Bon sang, il en avait tellement envie, tout à coup ! Mais comme toujours, il repensa alors à Declan.

Il avait un devoir à accomplir envers son ami, et d'ici là, tout le reste devrait attendre.

Même Tamsyn.

Il ne dit rien de tout cela, mais la jeune femme se pencha vers lui, posant une main sur la sienne, et lui suggéra avec douceur : « Bowen, est-ce qu'il t'a vraiment demandé de consacrer ta vie entière à l'aider ? De tout laisser en pause tant qu'il ne serait pas revenu, ou libéré, ou quoi que ce soit qui mette fin à tout ça ? »

Bowen lui serra la main et resta silencieux pendant un long moment. Non, Declan ne lui avait jamais demandé ça. Il avait même toujours affirmé que c'était sa faute à lui, et pas celle de

Bowen, si l'accident s'était produit. C'était lui qui avait prononcé la formule, après tout. C'était lui qui avait voulu faire l'expérience.

Mais si Bowen avait pu trouver les mots qu'il fallait pour l'arrêter, et s'il n'était pas allé chercher tous les ingrédients…

Et si, et si, et si…

« C'est bien pour ça que tu m'as embauchée, non ? demanda Tamsyn. Pour trouver un artéfact qui te permettra de contrer le sortilège ou de ramener Declan à la vie. Sauf que là, tout ce que tu fais, c'est m'envoyer courir à droite et à gauche en espérant que je tombe sur quelque chose… » Elle haussa les épaules avant d'ôter un ultime petit bout d'écorce coincé dans ses cheveux. « Après, ça ne me dérange pas de courir à droite et à gauche, hein, mais tu aurais dû me dire quel était le vrai but de mes missions. J'aurais peut-être pu t'aider, ou chercher des informations plus précises…

— Peut-être, reconnut Bowen. Mais… c'est pas toujours facile, pour moi, de me confier aux autres.

— Alors là, quel scoop ! J'en reviens pas », s'exclama Tamsyn, faussement choquée. Bowen pouffa de rire et lui serra de nouveau la main.

« Tu peux parler, toi, ma belle ! Je ne sais toujours pas pourquoi tu tiens tant à garder tes distances vis-à-vis des gens avec qui tu travailles.

— Et tu n'es pas près de le savoir ! répondit-elle en se penchant vers lui pour soulever leurs mains jointes de la table et lui embrasser les phalanges. Non, celle-là, je la garde pour quand on sera rentrés chez nous. D'ailleurs… » Elle jeta un coup d'œil autour d'eux, constatant que la lumière du jour faiblissait rapidement dans la cuisine. Le soleil était en train de se coucher, et la fenêtre se couvrait d'une fine dentelle de givre. « On ne devrait pas… être réexpédiés dans notre époque, là ? *Pouf ?* Si on est là pour veiller à ce que tes grands-parents se marient, je pense qu'on a plus qu'accompli notre mission ! »

Bowen se faisait la même réflexion, mais il n'en avait rien dit, car il aurait fallu repenser à ce qu'il avait vu dans ce fameux couloir et il doutait d'en avoir un jour la force.

« Bon, c'est vrai qu'on vient *juste* de les voir se grimper dessus… », ajouta Tamsyn, songeuse, et… merde, se dit Bowen, trop tard : les images de ses grands-parents en train de forniquer contre un mur comme si leurs vies en dépendaient étaient de retour dans son cerveau, gravées à jamais dans sa mémoire. « Ils ne se sont peut-être pas encore *officiellement* remis ensemble, avança la jeune femme. Si ça se trouve, il faut qu'on attende qu'il lui passe la bague au doigt pour pouvoir rentrer.

— Peut-être », convient Bowen, mais il s'inquiétait tout de même de constater que rien n'avait changé alors que Harri et Elspeth s'étaient (explicitement) réconciliés.

Ou alors, c'était peut-être un genre de baise d'adieu, une dernière pour la route… dans ce cas, Tamsyn et lui avaient encore du pain sur la planche.

Ou alors…

« Tu penses toujours à Carys et à Y Seren, hein ? devina Tamsyn, et Bowen leva les yeux vers elle.

— Hmmpf, répondit-il.

— Ce qui veut dire "oui", interpréta la jeune femme en posant le menton sur sa main. Je vais bien trouver un moyen d'en parler à Lady Meredith, si on n'est pas téléportés chez nous avant. » S'appuyant contre le dossier de sa chaise, elle s'étira les bras. « Mais je ne pense pas que ce sera nécessaire. Tu vas voir, notre mission, c'était de nous assurer qu'ils se *marient*, pas seulement qu'ils se *remettent ensemble*. Et pour ça, il faut attendre le solstice.

— Ça ne nous laissera que deux nuits pour trouver quoi faire si on s'est trompés », lui rappela Bowen.

Tamsyn se leva et contourna la chaise du jeune homme pour se pencher sur lui et l'embrasser sur le front. « Ne sois donc pas si pessimiste ! Allez, viens, on va à la douche. »

Bowen leva la tête vers elle, admirant son beau visage à l'envers. « Quand tu dis "à la douche"...

— Je veux dire "Emmène-moi dans ta baignoire géante et prends-moi comme hier", tout à fait », répondit-elle.

Le jeune homme bondit sur ses pieds si brusquement qu'il manqua d'assommer Tamsyn, qui éclata de rire en faisant semblant de perdre l'équilibre.

Étroitement enlacés, ils entreprirent de traverser le couloir étroit et obscur qui menait à l'escalier principal. L'air était imprégné d'une forte odeur de bougies et de conifères, et, en regardant par l'une des fenêtres, Bowen vit que de légers flocons de neige tombaient au-dehors.

« C'est vraiment agréable, cet endroit, quand il n'y a pas de fantôme hurleur », observa Tamsyn. Bowen hocha distraitement la tête, soudain absorbé par les silhouettes qui gravissaient les marches à l'extérieur.

C'étaient Harri et Elspeth ; elle était vêtue d'une longue cape blanche à la capuche bordée de fourrure, et lui d'un costume noir.

« Qu'est-ce qu'il y a ? » demanda Tamsyn, mais Bowen l'entraînait déjà vers le bout du couloir.

Ils atteignirent l'entrée principale au moment où le majordome ouvrait la porte pour laisser entrer Harri et Elspeth, saupoudrés de neige, qui riaient aux éclats et adressèrent de grands sourires à Bowen et à Tamsyn en les apercevant.

« Ah, vous deux ! Merveilleux, vous serez les premiers à nous féliciter !

— Vous féliciter ? » répéta Bowen, et Elspeth lui tendit une main ornée de l'imposante bague à rubis que portaient toutes les épouses Penhallow.

Bowen avait vu cette bague au doigt de Vivienne, à peine quelques semaines plus tôt… enfin, à peine quelques décennies plus tard.

« Harri et moi nous sommes retrouvés dans… une situation imprévue, aujourd'hui », expliqua Elspeth, échangeant avec son compagnon un regard chargé de sous-entendus devant lequel Bowen aurait, pour la millième fois, regretté qu'il n'existe pas de javel pour les yeux, s'il n'avait pas été trop occupé à sentir son cœur sombrer comme une pierre dans ses talons. « Et puis, après une longue discussion, nous avons réalisé à quel point nous étions stupides… Enfin, surtout moi. C'est moi qui ai été stupide.

— Madame, comment osez-vous parler ainsi de ma femme ? Je vous provoque en duel ! » s'exclama sa moitié. Elspeth se mit à rire à gorge déployée, et Harri en profita pour l'embrasser dans le cou.

« Votre femme ? » répéta cette fois Tamsyn, qui semblait au bord de l'évanouissement. Heureusement, Harri et Elspeth étaient trop occupés à se dévorer du regard pour le remarquer.

« Ma femme, confirma Harri en attirant Elspeth devant lui pour passer les bras autour de sa taille. Lorsque nous avons compris à quel point nous avions été ridicules, il nous a semblé intolérable d'attendre ne serait-ce qu'un jour de plus avant de nous marier. Bien sûr, le Mage Supérieur que nous avions contacté pour la cérémonie initiale avait d'autres obligations, comme nous lui avions dit que tout était annulé, mais heureusement, nous avons trouvé au village une femme habilitée à officialiser les unions… Et elle nous a mariés ! Là-bas, dans son petit cottage, avec pour seul témoin un gros chat noir nommé…

— Messire Bédivère », achevèrent en chœur Bowen et Tamsyn. Elspeth se remit à rire en hochant la tête.

« Ah, vous la connaissez ! Une dame charmante, qui avait l'air ravie de célébrer notre mariage. Je crois même qu'elle était encore plus enthousiaste que nous ! »

Effectivement, cette chère Lowri devait être aux anges.

ELLE A DÛ PENSER *qu'elle allait nous sauver…*, songea Bowen, et Tamsyn lui pressa affectueusement le bras.

« Et maintenant, si vous voulez bien nous excuser… », déclara Harri en soulevant sa femme du sol pour la porter dans ses bras.

Elspeth poussa un petit cri, toujours en riant, et se cramponna à son manteau. « Harri, enfin ! » protesta-t-elle, mais il se dirigeait déjà vers les escaliers, presque au pas de course, la faisant ballotter dans ses bras. Bowen aurait voulu être content pour eux.

Finalement, ce qu'on lui avait raconté était vrai : ses grands-parents avaient bien vécu une grande histoire d'amour, même si c'était une histoire un peu particulière, un peu plus mouvementée qu'il ne l'avait cru. Ils avaient réussi à se retrouver ; n'était-ce pas beau ?

Si, c'était beau.

Il était heureux pour eux.

Vraiment heureux.

Et tellement dans la merde…

Chapitre 21

Depuis le temps, Tamsyn commençait à avoir pas mal d'expérience en matière d'embobinage.

Et non, elle n'aimait pas utiliser ce mot : c'était moins sympa que ça en avait l'air, d'embobiner les gens. Mais elle avait compris depuis longtemps qu'il ne servait à rien d'enjoliver la réalité avec de grands mots pour apaiser sa conscience, et elle s'était résolue à dire les choses comme elles étaient.

Voilà pourquoi, présentement, elle s'apprêtait à embobiner Lady Meredith comme elle n'avait jamais embobiné personne.

Toutes deux étaient assises à la table de la salle à manger officielle, devant des monticules de branches de sapin, de houx et de fils de cuivre. Toutes les femmes de la maison – excepté Elspeth, trop occupée à profiter de sa nuit de noces (enfin, de sa soirée de noces) – étaient attablées là, en train de confectionner des couronnes de branches et de baies reliées par ce fil doré. C'était une tradition de Yule, avait appris Tamsyn. Elle s'était d'abord étonnée de ne voir que les femmes à l'ouvrage, tandis que les hommes s'affairaient à boire du whisky et à tirer à la carabine, mais elle s'était rappelé qu'après tout on était dans les années 1950.

Et puis, c'était agréable de fabriquer des couronnes pendant que la neige tombait dehors et que les bougies projetaient leurs lueurs dansantes sur la table et les murs. Ça lui rappelait les Noëls chez elle, quand toute la famille se réunissait pour faire la cuisine, décorer la maison…

Bowen aurait sans doute été choqué d'apprendre qu'elle avait eu une enfance aussi bateau, vu le métier qu'elle exerçait, mais c'était, là aussi, une anecdote qu'elle aurait tout le loisir de lui raconter une fois qu'ils auraient regagné leur époque. Tamsyn devait se répéter en boucle que c'était bel et bien ce qui allait se passer ; sinon, toute la scène, avec les couronnes, les bougies, l'assemblée de femmes silencieuses, prenait des airs de préambule à son propre enterrement, et son corps était parcouru de frissons qui n'étaient pas dus qu'au froid.

Oui, ils allaient rentrer chez eux. Si la clé du mystère n'était pas le mariage de Harri et Elspeth, alors Bowen avait raison depuis le début : c'était Y Seren, et il fallait donc soutirer des informations à Lady Meredith.

Tamsyn avait donc pratiquement poussé la dénommée Lora pour pouvoir s'asseoir à côté de leur hôtesse, et elle ne cessait de remplir discrètement son verre de « petit remontant » (pour reprendre l'expression de Lady Meredith), c'est-à-dire du gin mis à disposition dans une carafe en cristal posée entre elles sur la table.

« Je suis ravie de pouvoir participer à toutes ces traditions de Yule, Lady Meredith », déclara Tamsyn, bien décidée à lécher les bottes de son interlocutrice sans aucun scrupule. « Je ne connaissais presque rien à cette célébration avant d'épouser Bowen. »

Elle avait prononcé ces derniers mots avec délectation, ce qui était complètement ridicule mais, au point où elle en était, il fallait bien se contenter des petits moments de joie que la vie lui proposait. Le temps pressait, et bientôt, peut-être…

Non ! Concentre-toi, meuf.

« Et merci encore de m'avoir prêté vos vêtements. Je ne sais pas ce que j'aurais fait, sinon… La nudité ne fait pas partie des traditions, il me semble ! »

Du bout de la table, Lora lui jeta un regard scandalisé, mais Lady Meredith éclata de rire tout en réajustant sa coiffure d'une main désinvolte. « Ah, cette année, on dirait pourtant ! dit-elle en lançant à Tamsyn un clin d'œil malicieux. Avec deux couples de jeunes mariés parmi nous, il y a de l'électricité dans l'air, très chère. Je m'étonne que le manoir n'ait pas déjà pris feu ! »

Tamsyn se mit à rire, elle aussi, malgré le rouge qui lui montait aux joues et qu'elle s'efforça de dissimuler en baissant la tête. Elle ne côtoyait Lady Meredith que depuis peu de temps mais, d'après ce qu'elle se rappelait de sa version plus âgée, la maîtresse de maison n'avait jamais eu peur de choquer et d'indigner. Tamsyn devait donc jouer son rôle, elle aussi : celui de la jeune mariée timide qui n'arrivait pas à croire qu'une dame aussi distinguée soit capable de dire des choses aussi osées.

« Vraiment, vous êtes si généreuse avec nous ! reprit Tamsyn. Vous nous avez accueillis dans votre château, vous m'avez prêté vos habits… et même vos bijoux ! Ces boucles d'oreilles en perles que je vous ai empruntées hier soir étaient si jolies ! »

Lady Meredith agita la main comme pour balayer sa remarque. « Oh, ma chère, j'ai plus de parures que je ne pourrais en porter durant toute ma vie ! Je ne vois pas l'intérêt de les garder jalousement comme un dragon avec son trésor… malgré l'emblème de mon pays ! »

En riant, elle but une petite gorgée de gin. Tamsyn en profita pour enchaîner : « Et vos bijoux sont si beaux ! Cette broche que vous portiez le soir de notre arrivée… Splendide ! Je n'en ai jamais vu de pareille. Est-ce un bijou de famille ?

— Y Seren ? demanda Lady Meredith avec un reniflement moqueur très peu digne d'une dame. Pensez-vous ! C'est une broche que Caradoc a achetée à des habitants du village pressés de s'en débarrasser. Plus tape-à-l'œil qu'autre chose, si vous voulez mon avis, mais c'est de saison… Et puis, Caradoc aime me voir porter des émeraudes et des rubis. Je suis donc toujours obligée de la porter à l'approche de Yule ! »

Ce n'était pas vraiment la réponse que Tamsyn attendait. La jeune femme fronça les sourcils, suçotant son pouce à l'endroit où une feuille de houx venait de lui percer la peau. « C'est juste que… Bowen m'a appris que certains bijoux peuvent être liés à un enchantement, ou imprégnés de magie. Votre broche est tellement remarquable que j'étais sûre qu'elle faisait partie de ces objets !

— Oh, pas du tout, par Rhiannon ! répondit Lady Meredith en laissant échapper un petit renvoi, qu'elle tenta de couvrir d'une main. Ce n'est qu'une breloque aussi hideuse que tapageuse, qui a dû coûter bien trop cher pour ce qu'elle valait au pauvre bougre qui l'a fait fabriquer. C'est bien pour ça que Caradoc l'a achetée pour une bouchée de pain ! » Songeuse, elle reposa son tas de sapin et de houx. « Je me demande pourquoi, quand un homme vous fait un cadeau, il tient tant à préciser qu'il ne l'a *vraiment pas payé cher…* » Puis elle haussa les épaules et reporta son verre à ses lèvres. « Dans tous les cas, si ma broche vous plaît, portez-la donc ce soir pour le *wassailing* ! »

Tamsyn n'avait aucune idée de ce que pouvait bien être le *wassailing*, même si elle se rappelait vaguement en avoir entendu parler dans un quelconque chant de Noël. Mais cette mystérieuse activité pouvait très bien consister à courir à poil dans la grand-rue : Tamsyn s'y serait prêtée avec joie, tant qu'Y Seren était entre ses mains.

« Merci, Annie ! » dit-elle avec toute la sincérité du monde. Lady Meredith sursauta, portant une main sur sa poitrine généreuse avant d'incliner la tête sur le côté, perplexe.

« Annie…, fit-elle. Savez-vous que personne ne m'a jamais appelée comme ça ? Je devrais sans doute vous taper sur les doigts pour vous punir de votre impertinence, ma chère, mais ça me plaît. Annie… Oui. »

En se relevant à moitié, Lady Meredith se pencha sur la table et lança : « Vous entendez ? Dorénavant, vous m'appellerez toutes "Annie". Enfin, pas vous, Lora, mais celles d'entre vous qui comptent parmi mes amies. Annie ! » Elle se rassit et prit la main de Tamsyn. « J'ignore pourquoi vous me plaisez à ce point, Tamsyn Penhallow, mais c'est un fait ! »

Par réflexe, la jeune femme faillit la corriger sur son nom, mais elle sentit ces quelques syllabes réchauffer tout son être, mieux que le plus chaud des bains (enfin, peut-être pas *le plus chaud…*), et se félicita de s'être retenue.

Au moins, si les choses tournaient mal et qu'il n'y avait rien à faire pour les sauver, elle serait Tamsyn Penhallow pour le prochain et peut-être dernier jour qu'elle passerait sur Terre.

IL ÉTAIT plus de 10 heures du soir lorsque tous les convives se rassemblèrent dans le hall d'entrée du manoir Tywyll. Tous étaient en tenue de soirée, mais enveloppés dans de longues capes en velours vert sombre, avec une couronne de houx sur la tête et une chandelle allumée dans les mains.

Tamsyn était vêtue d'une robe de soirée d'un bordeaux très foncé et Y Seren, épinglée sur son cœur, étincelait sous sa cape.

La jeune femme n'avait pas encore eu l'occasion de parler à Bowen. Dès que les dames avaient fini leurs couronnes, une femme de chambre l'avait entraînée dans sa suite pour l'aider à s'habiller, tout en lui assurant qu'un valet faisait de même pour Bowen dans une autre pièce.

Lorsque ce dernier rejoignit Tamsyn au milieu des invités réunis dans l'entrée, elle se rapprocha de lui et entrouvrit sa cape juste assez pour lui permettre d'apercevoir la broche.

Bowen écarquilla les yeux, puis les releva vers la jeune femme. « Mais comment… », commença-t-il, mais à cet instant, Lady Meredith apparut dans les escaliers, resplendissante dans sa robe dorée, tenant à la main une bougie plus grosse que les autres, et s'écria : « Mes chers convives ! Éclairons donc cette sombre nuit ! »

Une clameur d'approbation s'éleva parmi l'assemblée, tandis qu'un valet de pied circulait au sein du groupe avec un plateau chargé de petits verres en cristal contenant un liquide clair, et chacun des invités se servit.

Tamsyn imita les autres et but le sien d'une traite, mais regretta aussitôt cette décision. Elle n'avait aucune idée de ce qu'elle venait d'avaler, mais on aurait dit que quelqu'un avait réussi à distiller une bûche de Yule : la jeune femme avait dans la bouche un goût intense de sapin, de feu et de fumée.

Sentant des larmes lui piquer les yeux, elle reposa son verre vide sur le plateau, au moment où Madoc bondissait pour tenter d'en attraper un.

Le valet leva agilement son plateau hors de portée du petit seigneur, qui le fusilla d'un regard terrible. « Les traditions, c'est les traditions ! insista-t-il. On ne peut pas partir pour le *wassailing* sans avoir bu le Souffle de Feu, et je suis le maître de ce manoir ! Je dois participer à toutes les traditions, sinon la malédiction s'abattra sur nous ! Au XIIIe siècle, l'un des Lords Meredith n'a pas eu droit au Souffle de Feu et avant la fin de l'année, *un dragon a attaqué le manoir et a mangé tout le monde* !

— Tu racontes des bêtises, Madoc ! Et tu connais la règle. Tu auras droit au Souffle de Feu quand tu auras 15 ans, pas avant. D'ailleurs… »

D'un geste gracieux, Lady Meredith invita Emeraude à s'approcher. Pour une fois, ce soir, l'adolescente n'avait pas de ruban dans les cheveux : ils étaient relevés en une coiffure élégante, et elle portait une robe noire rehaussée de paillettes argentées.

Sans dissimuler son impatience, la jeune fille prit un verre sur le plateau et le vida d'un trait, avec le même enthousiasme que les adultes… mais son visage vira instantanément au rouge cramoisi et ses yeux s'emplirent de larmes. « Oh, c'est répugnant ! » s'exclama-t-elle. Les sorciers assemblés éclatèrent de rire et Caradoc lui asséna une grande tape affectueuse dans le dos.

« Tu seras bien contente d'avoir bu ça quand tu auras passé des heures dehors, *sosej* ! déclara-t-il avant de se tourner vers ses invités : Joyeux Yule à tous ! Depuis bien longtemps, la famille Meredith a pour tradition d'honorer l'aube de ce jour de fête en se rendant au village pour y apporter des chandelles, du houx et des chants. Êtes-vous prêts, mes amis ?

— On est prêts ? » demanda Tamsyn à Bowen dans un murmure. Le jeune homme désigna l'endroit sur sa robe où patientait Y Seren, à l'abri sous sa cape.

« Espérons-le ! » répondit-il en lui prenant le bras, tandis que le cortège se mettait en chemin dans la nuit hivernale.

Chapitre 22

Bowen sentait son cœur battre la chamade alors qu'ils descendaient les marches, à l'arrière du groupe qui s'était déjà mis à entonner la version galloise de la chanson *In the Bleak Midwinter.*

Mais il ne lâcha pas le bras de Tamsyn, la retenant jusqu'à ce qu'ils soient assez en retrait pour ne plus voir des autres qu'une suite de petites lumières sur le chemin qui s'enfonçait dans la forêt.

« Ils ne s'apercevront pas tout de suite qu'on n'est plus là », lui dit-il à voix basse, essayant de se pencher vers elle sans faire tomber de sa tête cette foutue couronne de houx (ce qui n'était pas une mince affaire).

« Alors, t'as un plan ? » murmura-t-elle.

Oui, Bowen avait un plan. Enfin, plus ou moins. En gros, ce plan consistait à retourner dans le labyrinthe avec Y Seren, à prononcer une formule quelconque et à espérer que ça marche… Mais il n'était pas sûr que Tamsyn veuille entendre cette pitoyable ébauche de stratégie. Il se contenta donc de l'embrasser sur la tempe en chuchotant : « Bien sûr que j'ai un plan. »

Ils suivirent les autres en restant un peu à l'écart ; Bowen chantait les paroles avec eux tandis que Tamsyn fredonnait la mélodie, jusqu'à l'endroit où l'allée laissait place au chemin menant au village.

Alors que les autres continuaient à avancer, égayés par le Souffle de Feu et absorbés par les festivités, Bowen prit Tamsyn par le coude et tous deux traversèrent la pelouse pour rejoindre le labyrinthe.

Les haies étaient moins hautes que lorsqu'ils y avaient pénétré la première fois, à leur époque, et il n'y avait pas de statue d'Hécate. Mais Bowen connaissait le chemin et Tamsyn le suivit, éclairée par la flamme vacillante de sa chandelle, qui projetait sur le décor une lueur fantomatique.

Il avait cessé de neiger un peu plus tôt, mais quelques flocons tombaient de nouveau. En s'arrêtant à l'endroit où, d'après les souvenirs de Bowen, ils avaient atterri en arrivant en 1957, le jeune homme prit un moment pour contempler Tamsyn, si belle dans sa cape de velours, avec la neige qui saupoudrait la capuche rabattue sur ses cheveux bruns et l'éclat de sa bougie qui se reflétait dans ses yeux.

« Je ne sais pas si ça va marcher, lui dit-il. Je ne suis même pas sûr de savoir quoi faire, pour être honnête. Mais il faut qu'on essaye. Et… peu importe ce qui se passe… même si on n'arrive jamais à retourner en 2024 et qu'on disparaît dans le néant… »

Bowen ne savait pas comment finir sa phrase. Il avait tant de choses à lui dire, il y avait tant de choses qu'il voulait qu'elle sache ! Des choses qu'il aurait dû lui avouer quand ils avaient encore le temps…

Mais Tamsyn s'avança brusquement et plaqua sa bouche sur la sienne, avant de s'écarter pour déclarer : « Je te fais confiance, Bowen. Je crois en toi plus qu'en qui que ce soit. Et si ça ne marche pas, ça ne sera pas ta faute. Comme pour Declan : ce n'était pas ta faute. Tu es le meilleur des hommes que je connaisse, Bowen

Penhallow, et j'ai bien fait d'enfreindre ma règle pour toi ! Tu valais le coup. Tout ça, ça valait le coup. »

Ces mots eurent sur Bowen l'effet d'une formule magique.

On aurait vraiment dit de la magie.

Car c'était de la magie.

Il l'embrassa à son tour, avec tendresse, puis décrocha délicatement Y Seren de sa robe. La broche était pesante et froide dans ses mains, mais il n'y sentait aucun pouvoir magique. Le cœur serré, Bowen s'agenouilla dans l'herbe gelée, tenant le joyau au creux de ses mains jointes.

Ses pouvoirs ne fonctionnaient peut-être pas correctement ici, mais l'espoir n'était-il pas une forme de magie ? Et l'amour… ?

Car il sentait ces deux émotions bouillonner dans ses veines alors qu'il se préparait, à genoux sur la pelouse enneigée, Tamsyn face à lui, leurs regards rivés sur la broche.

« Tout ce que vous pouvez défaire, qu'il en soit ainsi », murmura Bowen, répétant les paroles de Carys et espérant, espérant de toutes ses forces, espérant plus farouchement que jamais…

Mais il ne se passa rien. Pas d'éclair de lumière, pas de sensation de chute ou de vertige… Les pierres précieuses scintillaient dans ses mains, mais elles étaient glaciales.

Inertes.

« Laisse-moi t'aider », suggéra Tamsyn en posant les mains sur les siennes, mais Bowen savait que ça ne servirait à rien : quels que soient les pouvoirs d'Y Seren dans le futur (à leur époque), ils n'existaient plus.

Non, ce n'était pas ça…

Ils n'existaient pas encore.

Tamsyn parvint à cette conclusion en même temps que lui : il le devina à la manière dont elle redressa la tête, le regarda droit dans les yeux. « La broche n'a pas de pouvoirs *pour l'instant*, avança-t-elle, mais quelque chose l'a rendue magique à notre époque… Quelque chose lui a donné ses pouvoirs. Peut-être quelque chose qui s'est passé là, ce soir ! »

Bowen sentit son souffle s'emballer, sous la neige qui tombait de plus en plus fort, mais il hocha la tête : Tamsyn devait avoir raison. Par les boules de saint Bugi, c'était ça ! Y Seren n'était pour l'heure qu'un simple bijou kitsch et rutilant, mais plus tard, un sorcier en ferait un puissant artéfact…

Serait-ce lui, ce sorcier ?

Prenant une profonde inspiration, Bowen ferma les yeux et se mit à chercher ses pouvoirs en lui. Mais il n'y avait rien. Il ne sentait… que du froid.

Du vide.

Était-ce là ce que Declan avait ressenti lorsqu'il avait été emporté par le sortilège ? Lorsqu'il avait compris à quel point les choses avaient mal tourné ?

Bowen s'efforça de ne plus penser à Declan et de se concentrer sur Y Seren, priant pour qu'il se passe quelque chose, n'importe quoi…

« C'est l'heure du retour vers le futur ? »

Bowen sursauta et releva les yeux alors que Tamsyn se retournait brusquement : derrière elle, Emeraude venait d'émerger du labyrinthe. Sa capuche ne lui couvrait plus la tête et elle ouvrait de grands yeux légèrement vitreux.

Ah, le Souffle de Feu… ça vous prenait toujours par surprise, la première fois.

« C'est marrant, dit comme ça…, observa l'adolescente en s'approchant d'eux, la démarche vacillante. Retour vers le futur…

— C'est encore plus marrant pour nous de t'entendre dire ça », marmonna Tamsyn, presque pour elle-même. Emeraude fronça les sourcils, l'air confus, avant de passer à autre chose.

« Je pensais que vous pourriez rentrer, maintenant que vos parents se sont remis ensemble, dit-elle à Bowen.

— Mes grands-parents ! rectifia Bowen, outré. J'ai l'air si vieux que ça ? »

Mais Tamsyn lui prit le bras et déclara : « C'est vrai, on croyait qu'en les réconciliant, on serait renvoyés chez nous. Mais on a eu tort… Et cette broche fait partie de la solution, mais ça ne marche pas non plus, donc tu comprends pourquoi on est légèrement stressés, là, Emeraude !

— Cette atrocité ? » commenta la jeune fille en avançant d'un pas. Elle tendit les mains, et Bowen y posa Y Seren sans réfléchir. Autant la laisser l'examiner, ce n'était pas comme si elle pouvait…

« Oh ! Je sais ce qu'il faut faire ! » s'exclama Emeraude avant de détaler vers les profondeurs du labyrinthe à une vitesse alarmante pour une ado éméchée.

L'espace d'une seconde, Bowen et Tamsyn restèrent pétrifiés, à genoux dans l'herbe froide, ne sachant comment réagir devant la fuite soudaine de la jeune fille.

Puis…

« Merde et remerde, le livre ! » hurla Bowen en se relevant d'un bond, tendant la main à Tamsyn pour l'aider à se redresser avant de s'élancer à la poursuite d'Emeraude.

Mais sa cape entravait sa course, et Tamsyn portait des chaussures à talons : ils avançaient péniblement, tournant au hasard entre les haies, tout en appelant Emeraude et en guettant le bruit de ses pas malgré la neige qui assourdissait le moindre son et la lune dont la faible lueur n'éclairait presque rien.

Bowen fonça en plein dans une haie, jurant contre la branche qui lui avait éraflé la joue. Il prit un virage, toujours suivi de près par Tamsyn, et, après un ultime détour, ils l'aperçurent enfin : Emeraude se tenait au milieu d'un carré de pelouse ouvert en plein cœur du labyrinthe, Y Seren dans une main, son maudit petit livre dans l'autre.

Et elle prononçait déjà une incantation…

« Arrête ! cria Bowen.

— Mais je vous aide ! » répondit Emeraude alors que le joyau commençait à briller dans sa main.

« Bowen…, murmura Tamsyn en se cramponnant à son bras. Peut-être que… »

Il y eut soudain un éclair aveuglant, suivi d'une grande déflagration. Les oreilles de Bowen se mirent à siffler et Tamsyn grimaça avant de presser son visage contre le bras du jeune homme, le souffle coupé.

Lorsqu'ils eurent retrouvé la vue et l'ouïe, ils levèrent la tête vers l'endroit où Emeraude s'était tenue un instant auparavant. Mais elle avait disparu : il ne restait plus qu'Y Seren, qui gisait dans l'herbe, froide et inanimée.

« Elle est passée où ? » demanda Tamsyn d'une voix éraillée. Bowen secoua la tête, pris de vertiges et envahi par le désespoir, en ramassant la broche.

Ce putain de pseudo-grimoire… Ce ramassis d'absurdités écrit par un charlatan, qui contenait juste assez de vraie magie pour être dangereux…

Exactement comme ce qui était arrivé à Declan.

« Emeraude ! » appela Bowen sans y croire.

Pendant quelques instants, il n'entendit que le vent, le doux chuchotement de la neige qui tombait sur les haies… Et tout à coup, au loin, un hurlement se fit entendre.

Un hurlement plaintif.

Déchirant.

Qui venait du manoir.

Entraînant Tamsyn par la main, Bowen se précipita dans cette direction, sortant du labyrinthe juste au niveau de l'allée.

La porte d'entrée était toujours ouverte, déversant à l'extérieur un flot de lumière. Les hurlements étaient plus forts, à présent : ils faisaient trembler tout le château.

Bowen et Tamsyn gravirent les marches de pierre glissantes et se ruèrent dans le hall. Le jeune homme fut presque obligé de se boucher les oreilles devant l'intensité de ces cris incessants, de ces gémissements, de ces fracas d'armures qui résonnaient au cœur du manoir.

« C'est comme avant ! cria Tamsyn par-dessus le vacarme. Comme la première fois qu'on est arrivés au manoir Tywyll ! »

Elle se tourna vers Bowen, livide, ouvrant de grands yeux pleins d'effroi.

« C'est Emeraude, Bowen… Le fantôme, c'est Emeraude ! »

Chapitre 23

Dès la première fois qu'elle les avait entendus, Tamsyn avait frémi d'horreur devant ces cris lancinants, surnaturels, dont l'écho se répercutait sur tous les murs du manoir Tywyll. Mais c'était encore pire à présent qu'elle connaissait leur origine : une adolescente un peu trop maligne, avec de grands yeux noisette et une passion pour l'aventure et l'interdit. Une amie qui avait voulu leur venir en aide.

« Ne pleure pas, mon amour, on va trouver une solution ! », lui assura Bowen.

Tamsyn ne s'était même pas rendu compte qu'elle pleurait, mais ses joues étaient trempées de larmes et ses yeux la brûlaient.

Emeraude…

Oh, Emeraude !

« Mais comment ? demanda-t-elle à Bowen. Tu n'as pas accès à tes pouvoirs, il n'y a aucune magie dans cette putain de broche, et on ne sait même pas quel genre de sort à la con Emeraude a tiré de ce bouquin, parce que ledit bouquin a disparu avec elle. Ce n'est pas juste en *voulant* trouver une solution qu'on va y arriver, Bowen. Il nous faut… j'en sais rien. Il nous faut tes pouvoirs, là, maintenant, mais tu n'en as pas !

— Qui n'a pas de pouvoirs ? »

Tamsyn leva les yeux et découvrit Elspeth en haut des escaliers, enveloppée dans une robe de chambre en soie couleur crème, ses longs cheveux châtains ondulant dans son dos. Harri était juste derrière elle, vêtu d'un pyjama semblable à celui qu'avait porté Bowen lors de leur première nuit au château. En remontant d'un doigt ses lunettes sur son nez, il étudiait la scène.

« C'est moi, répondit Bowen. Enfin, je n'ai pas de pouvoirs *en ce moment*. Je suis… oh, et puis merde ! Je viens du futur. J'ai été envoyé ici pour je ne sais quelle raison. Je croyais que c'était pour vous aider à comprendre que vous étiez faits pour vous marier, mais visiblement, c'était autre chose, vu qu'on peut difficilement faire plus *mariés* que vous deux… Et je suis encore là, putain ! Et Emeraude a disparu. Enfin, pas disparu, mais… »

Un nouveau hurlement atroce fendit l'air, et Tamsyn vit Bowen fermer les yeux de toutes ses forces en serrant les dents.

« Elle est toujours là, mais c'est elle, là… Et c'est ma faute. Comme pour Declan.

— Ne dis pas ça ! » protesta Tamsyn en lui prenant la main, mais rien n'y fit. La culpabilité qu'elle lisait sur le visage du jeune homme lui nouait la gorge, et elle aurait tout fait, tout donné, pour pouvoir effacer cette souffrance de ses traits.

« Pourquoi teniez-vous tant à nous voir mariés ? » demanda Elspeth en descendant l'escalier, pieds nus, mais elle s'arrêta net sur la dernière marche, plissant les yeux pour examiner le visage de Bowen.

« Oh…, dit-elle doucement. Vous êtes un Penhallow. Vous êtes…

— Votre petit-fils, répondit Bowen à voix basse. Dans trois ans, vous aurez un fils. Vous l'appellerez Simon, et ce sera globalement un vrai salopard, pour tout vous dire. Et lui, il aura trois fils. Llewellyn, moi et Rhys.

— Pas de Henry, alors ? remarqua Harri avant de lever innocemment les mains devant le regard noir qu'Elspeth lui lançait par-dessus son épaule. Je constate, c'est tout ! C'est très bien, comme nom ! Mieux que Llewellyn, en tout cas... Bon sang, je souffre pour ce pauvre petit. Et je n'ai pas réussi à convaincre mon fils de choisir autre chose ? »

Il avait prononcé ces mots avec un grand sourire mais, devant l'expression de Bowen, ce sourire s'évanouit peu à peu.

« Je n'ai pas pu, parce qu'il est né après ma mort », conclut finalement Harri, et Bowen n'eut même pas le courage de hocher la tête.

« Et moi ? demanda Elspeth, d'un ton léger malgré la tristesse qu'on pouvait lire dans ses yeux. Je n'étais pas là non plus pour dissuader ce fameux Simon de choisir pour son fils un tel nom à coucher dehors ? »

De nouveau, Bowen resta muet, et Tamsyn passa un bras sous le sien pour le soutenir.

« Si ça peut vous consoler, dit-il enfin, je suis très content d'avoir fait votre connaissance ces derniers jours. Vous êtes encore plus chiants que mon père l'ait jamais laissé entendre, mais je suis heureux d'avoir pu l'apprendre. »

Elspeth se mit à rire, mais ses yeux brillaient de larmes. Elle tendit la main derrière elle, et Harri la serra fort dans la sienne.

« Eh bien, nous aussi, nous sommes heureux d'avoir pu vous rencontrer », déclara Elspeth, et elle secoua la tête en essuyant les larmes qu'elle n'avait pas laissées tomber. « Et heureusement pour vous, votre grand-mère (par la déesse, je vais avoir du mal à m'y faire !) est une sorcière remarquablement puissante. Dites-moi, qu'a fait Emeraude ? »

Bowen lui décrivit l'odieux petit grimoire du mieux qu'il put, et lui parla ensuite d'Y Seren.

« Montrez-la-moi », ordonna Elspeth lorsqu'il eut fini. Bowen lui tendit la broche ; elle semblait plus lourde, à présent, plus froide, et il vit Elspeth frissonner en la touchant.

« Ellie », lança Harri comme pour la prévenir, mais son épouse l'interrompit en levant sa main libre et répondit : « C'est la raison pour laquelle tu m'as prise pour femme, Harri, donc laisse-moi faire !

— C'est surtout pour tes beaux seins que je t'ai épousée, mais soit, continue… »

Elspeth éclata de rire tandis que Bowen grinçait des dents en levant brièvement les yeux au ciel, mais Tamsyn le serra un peu plus contre elle et lui souffla : « Je suis contente que tu aies pu les voir comme ça. Jeunes et amoureux. Peu importe ce qui doit se passer, Bowen. Je suis heureuse qu'on soit là. »

Il lui prit la main, baissa les yeux sur elle et dit simplement : « Moi aussi. »

Elle entendit tout ce qu'il voulait vraiment lui dire avec ces deux petits mots, et espéra que lui aussi avait compris tout ce qu'elle voulait lui faire savoir. Pour être sûre, elle se hissa sur la pointe des pieds et l'embrassa sur la joue.

« Il y a juste une chose…, dit Elspeth en examinant Y Seren. Je peux effectivement faire de cet objet un artéfact redoutable. Assez puissant pour ramener Emeraude du royaume des ombres dans lequel son sortilège imprudent l'a bannie… Assez puissant pour vous faire à nouveau voyager tous les deux dans le temps et, j'espère, regagner un jour votre propre époque. Mais il est possible qu'un sort aussi extrême aspire autant d'énergie qu'il en dépensera. Harri et moi sommes en sécurité grâce à nos pouvoirs, mais vous deux ? » Elle secoua la tête. « Vous, Bowen, vous êtes privé de votre magie, et vous, Tamsyn, vous êtes humaine. Je vais imprégner ces pierres d'un enchantement surpuissant, et il y a de grandes chances qu'il vide l'un d'entre vous de toute sa force vitale. Donc… puisque je dois le savoir avant de concentrer mes pouvoirs… qui de vous deux prendra ce risque ? »

Chapitre 24

« Moi », répondit Bowen si précipitamment qu'Elspeth eut à peine le temps de finir sa phrase.

Quel choix pouvait-il y avoir ? Vivre sans Tamsyn ? La voir se sacrifier pour le sortir d'un pétrin dont il était responsable ? S'il n'avait pas été aussi rongé par la culpabilité concernant Declan, s'il avait refusé d'aller assister au mariage, elle n'aurait pas été distraite et elle aurait sans doute réussi à mettre la main sur Y Seren dès le premier soir.

Si l'un d'entre eux devait y laisser sa vie, ce serait lui.

Mais Elspeth dit alors : « En êtes-vous sûre, Tamsyn ? »

Bowen tourna la tête et constata, stupéfait, que Tamsyn avait la main levée bien haut.

« Absolument », assura la jeune femme.

Bowen secoua la tête, furieux. « Absolument pas ! J'ai dit "moi" en premier !

— Et j'ai levé la main avant !

— C'est à cause de moi qu'on en est là !

— Non, c'est *moi* qui ai accepté cette foutue mission, parce que je voulais gagner assez d'argent pour ne plus devoir travailler pour toi. Et si je ne voulais plus travailler pour toi, c'était juste pour ne pas me sentir coupable de coucher avec toi, mais bon, je l'ai fait quand même… Donc *vraiment*, tout ça, c'est à cause de moi… et de ma chatte !

— Par la déesse ! marmonna faiblement Harri, mais Bowen n'avait plus d'yeux que pour Tamsyn.

— Je ne te laisserai pas faire.

— Tu comptes abandonner Emeraude à son sort, alors qu'elle voulait seulement nous aider ? »

Bowen se serait arraché les cheveux. Bon sang, il ne voulait *rien* de tout ça ! Ce qu'il voulait, c'était savoir que Tamsyn était chez elle, en sécurité, et qu'Emeraude était chez elle, en sécurité… Et s'il devait mourir pour y parvenir, alors soit !

« Ne l'écoutez pas, dit-il à Elspeth. S'il faut puiser dans la force vitale de quelqu'un pour accomplir l'enchantement, ce sera dans la mienne.

— Ferme-la ! Pas question ! riposta Tamsyn en lui donnant un coup de hanche. J'ai levé la main la première, ça compte !

— Si tu crois que je vais laisser la femme que j'aime se sacrifier pour réparer mes conneries, tu es encore plus cinglée que je ne le pensais, Tamsyn Bligh. Et je savais déjà que tu étais cinglée, depuis que tu m'as expliqué l'intrigue de ce foutu film…

— C'est un classique, *Midsommar* ! Tant pis pour toi si tu n'as aucun goût ! Mais si quelqu'un doit mourir, c'est *moi*, point final. Et d'ailleurs… tu viens de dire que je suis la femme que tu *aimes* ?

— Oui ! » hurla Bowen. Par Rhiannon et ses nichons, il n'avait jamais hurlé de sa vie, et voilà qu'il venait de passer toute une soirée à le faire. « Je t'aime, bien sûr que je t'aime ! Il faudrait quand même être con pour rencontrer la femme la plus belle, la plus intelligente, la plus drôle et la plus sexy de ce putain de monde sans tomber *immédiatement* amoureux d'elle !

— Eh ben moi aussi, je t'aime ! hurla-t-elle à son tour. Même quand ta pilosité faciale est hors de contrôle ! *Surtout* quand ta pilosité faciale est hors de contrôle... ce qui est très bizarre, j'en conviens, et crois-moi, je me suis beaucoup interrogée sur mes fantasmes... Mais tu es adorable, et doux, et sexy, putain, mais t'es une vraie *licorne*, tu le sais, ça ? Et en plus, il est fort possible que tu connaisses de *vraies* licornes, et ça aussi, ça a été dur à avaler... Mais voilà où on en est, je suis grave amoureuse de toi ! »

Arrivés à la fin de leurs monologues, tous deux étaient hors d'haleine et, si ses grands-parents n'avaient pas été juste là, devant eux, Bowen était à peu près sûr qu'il aurait pris Tamsyn dans ses bras pour l'embrasser plus passionnément que jamais.

Mais ses grands-parents étaient là, et ils les observaient avec de grands yeux. Enfin, Elspeth s'exclama : « Oh, par tous les saints, vous n'allez pas *mourir*, ni l'un ni l'autre ! Je suis une sorcière *géniale*, voyez-vous, je pourrais lancer ce sort dans mon sommeil. Je voulais seulement m'assurer que vous teniez vraiment l'un à l'autre, et vous me l'avez irréfutablement démontré. Et maintenant, écartez-vous tous : je vais vous en mettre plein la vue !

— Bon sang, qu'est-ce que je t'aime, *blodyn tatws* », murmura Harri, et Elspeth lui jeta un coup d'œil plein de tendresse par-dessus son épaule avant de se concentrer sur Y Seren, tout en prononçant des paroles inintelligibles.

Les hurlements se turent peu à peu, et Bowen sentit l'air changer autour d'eux, devenir de plus en plus froid, de plus en plus figé, alors qu'un halo de magie vibrait tout autour d'Elspeth.

« Lorsque l'enchantement sera terminé, cette broche sera extrêmement puissante, avertit Elspeth en prenant une longue inspiration tandis qu'Y Seren commençait à briller entre ses mains. Promettez-moi de l'utiliser à bon escient, tous les deux. »

Elle releva les yeux, les traits légèrement troubles, et Bowen compris qu'elle était en train de disparaître lentement.

« Mon petit-fils, dit-elle avec douceur. *Fy wyr*... Bowen. »

Le jeune homme avait de plus en plus de mal à discerner Elspeth. Les murs semblaient scintiller autour de lui. Bowen fit un pas vers sa grand-mère et tendit la main vers elle mais, à l'endroit où ses doigts auraient dû toucher son épaule, ils n'y trouvèrent que de l'air.

« Si le sort fonctionne, je ne vous reverrai plus... », lui dit-il. Elspeth sourit, et Bowen crut soudain voir apparaître le visage de Rhys à la place du sien.

« Il va fonctionner. Ta lignée est puissante grâce à moi, Bowen Penhallow. Ne l'oublie jamais.

— Je vous le promets, répondit-il en passant un bras autour de la taille de Tamsyn pour la serrer contre lui. Mais... Elspeth. *Nain*... Quand vous mourrez... »

Elspeth tendit la main, posant sur les lèvres de Bowen un doigt qu'il ne sentit pas. « Est-ce qu'on sera ensemble ? lui demanda-t-elle. Ton *taid* et moi ? »

Elle se tourna vers Harri, qui se tenait toujours dans l'escalier, une main sur la rampe, les yeux pleins d'admiration rivés sur sa femme.

« Oui », répondit Bowen. C'était la vérité. Elspeth lui adressa un sourire à la fois triste et doux.

« Alors, c'est tout ce qui compte pour moi. Prends soin de toi, *fy wyr*. Je suis heureuse de vous avoir connus, toi et ta femme.

— En fait, on n'est pas..., commença Tamsyn, mais Elspeth sourit à nouveau et secoua la tête.

— Mais si, *wyres*. Allez, retournez à votre époque, maintenant ! Quelque chose me dit qu'Emeraude vous y attendra. »

Bowen aurait voulu lui demander ce qu'elle voulait dire par là. Il aurait voulu lui poser encore un million de questions… Mais il eut soudain l'impression de glisser, cette impression désormais familière qui l'entraînait vers le vide. Il y eut un éclair de lumière, puis tout devint noir.

Chapitre 25

Ah, je dois être morte, finalement.

Merde alors…

Tamsyn reprenait lentement connaissance, ces deux pensées tournant et retournant dans son esprit. Mais elle s'aperçut bientôt qu'elle était gelée et trempée, ce qui était quand même bizarre pour une morte.

Ou alors, c'était peut-être normal, mais seulement pour ceux qui…

« Mais non, tu n'es pas morte, *fy nghalon* ! » lança une voix bourrue près de son oreille. Tamsyn ouvrit enfin les yeux.

Bowen était penché sur elle. Ses cheveux dégoulinaient de pluie et retombaient sur les joues de la jeune femme, mais il posait sur elle un regard débordant de tendresse, encadrant son visage de ses mains.

Soudain, tout ce qu'il lui avait avoué quelques instants plus tôt lui revint en mémoire – il lui avait dit qu'elle était intelligente, et sexy, et qu'il était amoureux d'elle…

« J'ai encore pensé à voix haute ? » demanda-t-elle d'une voix enrouée. Bowen hocha la tête en lui effleurant les lèvres avec son pouce.

« Mais on est de retour ? Au bon endroit ? »

Le jeune homme leva les yeux, mais pour un instant seulement, comme s'il ne supportait pas de la quitter du regard, remarqua Tamsyn avec fascination.

« Je crois, oui…, répondit-il. Difficile à dire tant qu'on ne sera pas à l'intérieur, mais on a de nouveau les vêtements qu'on portait le soir où on a été renvoyés dans le passé. »

Tamsyn hocha la tête – enfin, elle essaya. Elle avait encore bien trop le tournis.

Mais il fallait qu'elle se relève, qu'elle vérifie qu'Emeraude était sauvée. Il fallait qu'elle s'assure que…

« Doucement », lui dit Bowen en lui posant une main sur l'épaule, mais elle le repoussa et se leva tant bien que mal, trouvant un équilibre précaire sur ses jambes tremblantes.

« Ça va, assura-t-elle. J'ai juste l'impression de subir le pire jet-lag du monde.

— Tu pensais que tu étais morte ! lui rappela-t-il en se levant à son tour.

— Ouais, mais c'est toujours ce que je me dis à la fin d'un vol interminable, riposta Tamsyn. On peut y aller, maintenant, monsieur l'Homme des montagnes ? »

Sur ces bonnes paroles, la jeune femme fit quelques pas en direction de la sortie du labyrinthe, mais ses talons s'enfonçaient dans la boue et lui compliquaient la tâche. D'un coup de pied, puis d'un autre, elle envoya valser ses chaussures dans la haie avec un grognement qui rappelait étrangement ceux de Bowen et, pieds nus, elle partit en courant sur la pelouse du manoir Tywyll.

« Bon sang, comment tu fais pour être aussi rapide en étant aussi petite ? demanda Bowen en la rattrapant, essoufflé.

— J'ai fait de l'athlétisme au lycée ! » répondit Tamsyn, mais elle avait le regard tourné vers l'allée, le cœur battant à tout rompre, et une vague de soulagement déferlait dans ses veines.

« Ma voiture ! s'écria-t-elle en pointant du doigt la petite Yaris rouge qu'elle avait louée. C'est bon, on est de retour ! Elspeth a réussi, Bowen… » Tamsyn ne put retenir un petit gloussement de joie. « Oh, mon Dieu, elle a vraiment réussi ! Je ne doutais pas d'elle, hein, mais quand même…

— C'est vrai qu'elle était incroyablement puissante », répondit Bowen, et Tamsyn hocha la tête avant de remarquer qu'il venait de parler au passé.

Elle *avait été* incroyablement puissante…

Harri et Elspeth étaient morts, à présent, tous les deux. Alors que quelques instants auparavant, ils se tenaient devant elle et Bowen, si jeunes, si vivants, si amoureux…

Tamsyn sentit Bowen glisser la main dans la sienne et, en levant les yeux vers son beau visage, elle vit qu'il la regardait d'un air grave. « Je sais », dit-il simplement. Tamsyn lui pressa la main et renifla discrètement avant de se tourner vers le manoir avec résolution.

Elspeth les avait renvoyés dans la bonne époque ; à présent, il fallait s'assurer qu'Emeraude aussi était saine et sauve.

« Tam… », commença Bowen, mais elle était déjà repartie.

Elle n'alla pas bien loin, cependant, car ses pieds nus atterrirent soudain sur les graviers gelés (et pointus) de l'allée.

« Aïe ! » cria-t-elle avec une grimace de douleur en reculant dans l'herbe, mais elle fut aussitôt soulevée du sol et se retrouva dans les bras de Bowen.

Son smoking était aussi trempé que la combinaison de la jeune femme, mais elle sentait quand même la chaleur de son corps et ce parfum familier qui, depuis quelques jours, lui inspirait un sentiment de plénitude et de sécurité. Tamsyn passa les bras autour de son cou et se laissa porter vers le château, tout en contemplant la mâchoire sévère et le regard déterminé de Bowen.

« J'en reviens pas à quel point je t'aime », lui dit-elle, et il lui jeta un coup d'œil, ses lèvres s'étirant en un demi-sourire.

« Tu comptais le dire à voix haute, ça ?

— Absolument.

— Tant mieux, répondit-il, parce que je maintiens ce que je t'ai dit en 1957… Je suis amoureux de toi, et depuis notre première rencontre.

— Ça, c'est parce que tu m'as vue boire avec une paille à paillettes…, affirma-t-elle. Aucun homme ne peut y résister ! »

Il laissa échapper l'un de ces rires étouffés qu'elle aimait tant, et la jeune femme raffermit son étreinte pour se blottir contre lui.

« C'est sans doute pour ça, oui, concéda Bowen en gravissant les marches sans la reposer par terre. Et j'ai été bien con de ne pas te le dire à ce moment-là… J'ai été bien con de ne pas te dire un paquet de choses.

— Par rapport à Declan, entre autres », devina Tamsyn, et Bowen acquiesça en silence.

Ils avaient atteint le haut des marches ; Bowen s'arrêta un instant, et Tamsyn en profita pour remettre pied à terre et se planter en face de lui.

« On trouvera une solution ensemble, lui dit-elle, scellant la promesse la plus solennelle qu'elle ait jamais faite. À nous deux, on va bien trouver quelque chose ! Un sort que tu connais, un artéfact que je peux acquérir… tout ce qu'on peut faire pour aider Declan, on le fera, Bowen. »

Elle vit la gorge du jeune homme se nouer, ses yeux briller d'émotion en plongeant dans les siens… Puis Tamsyn entendit la porte s'ouvrir dans son dos, et vit ces mêmes yeux s'agrandir de stupeur.

« Qu'est-ce qu'il faut faire pour aider Declan ? » fit une voix à l'accent prononcé et chantant. Tamsyn se retourna et découvrit un homme aux cheveux roux, en tenue de soirée, qui les observait d'un air amusé.

Tamsyn ne se rappelait pas l'avoir vu parmi les convives lorsqu'elle était arrivée, mais elle était si concentrée sur Y Seren et tout le reste qu'elle n'avait guère prêté attention aux autres…

Perplexe, elle leva les yeux vers Bowen, qui restait figé, livide, bouche bée, avant de les reporter sur l'inconnu, qui se balançait négligemment d'avant en arrière, les mains enfoncées dans les poches de son pantalon.

« C'est plutôt *toi* qui as besoin d'aide, mon pote ! lança le nouveau venu. Qu'est-ce que vous foutiez dehors, tous les deux ? » demanda-t-il en jetant un coup d'œil interrogateur aux pieds nus et pleins d'herbe de la jeune femme. Mais avant que cette dernière n'ait pu répondre, Carys apparut aux côtés de l'inconnu, et Tamsyn en eut le souffle coupé.

La différence entre la femme qu'elle avait vue pleurer toutes les larmes de son corps dans le labyrinthe et celle qui se tenait à présent devant elle était si frappante qu'on avait du mal à croire qu'il s'agissait de la même personne. Techniquement, elle n'avait pas changé : elle avait les mêmes cheveux blonds, les mêmes yeux sombres, la même silhouette gracile, mais elle semblait irradier de l'intérieur. La joie se lisait sur son visage. Elle portait une robe d'un rouge profond, cintrée par un tissu à carreaux écossais. Des rubis étincelaient à ses oreilles et sur sa gorge, mais Tamsyn chercha en vain Y Seren parmi ses bijoux.

« Declan, arrête de les embêter et fais-les entrer, il fait bien trop froid ! » ordonna Carys en faisant mine de repousser l'inconnu, et Tamsyn comprit alors pourquoi Bowen était si pâle.

« Declan ? » répéta-t-elle. L'homme aux cheveux roux lui jeta un regard faussement outré tout en enlaçant Carys.

« Ne me dis pas que tu as déjà oublié le nom du plus vieil ami de ton mec ? Son ami le plus cher ! Son *seul* ami, même, il faut bien dire ce qui est ! » lança-t-il en leur faisant signe d'entrer dans le vestibule.

Tamsyn avança machinalement, l'esprit engourdi par bien plus que le froid. Le sol de pierre était glacé sous ses pieds nus. Elle ne cessait d'observer Declan, si charmant, si radieux, si…

« Vivant », dit Bowen, d'une voix si basse que seule Tamsyn l'entendit vraiment.

« Pardon ? » demanda Declan, mais au lieu de lui répondre, Bowen serra son ami dans ses bras, si fort qu'il manqua de le soulever du sol.

« Eh oh ! » s'exclama Declan en riant et en envoyant de grandes claques dans le dos de Bowen, sans se départir de son sourire jovial. Tamsyn comprit alors pourquoi la mort (ou la disparition) de cet homme avait fait tant de mal à Bowen. Comme la Carys qui se tenait devant eux, il semblait rayonner de lumière et d'énergie intérieures. Et même si Declan était désormais bien vivant et juste là, avec eux, Tamsyn sentit son cœur se briser à nouveau pour Bowen.

Ce dernier relâcha son étreinte, les yeux brillants, mais son visage commençait à reprendre des couleurs. Il laissa échapper un petit rire presque incrédule. « C'est juste que… ça fait toujours plaisir de te voir, Dec' ! dit-il, et Declan secoua la tête, déconcerté.

— OK… Dis donc, tu me rappelleras de t'envoyer batifoler avec ta copine dans le labyrinthe plus souvent, hein ! » plaisanta-t-il.

Au même moment, Carys sembla remarquer dans quel état ils étaient tous les deux.

« Oh, mais vous devez être congelés ! Je vais vous apporter des serviettes pour vous sécher. »

Elle partit en courant et Tamsyn la suivit du regard. Elle avait encore la vague impression que le sol se dérobait sous ses pieds.

« C'est de l'*alcool* qu'il leur faut, ma chérie ! s'écria Declan, mais il renonça à la retenir. Bon, attendez-moi là. »

Tamsyn entendait des voix s'élever de la bibliothèque, mais Bowen et elle restèrent dans le hall d'entrée tandis que Declan s'éloignait d'un pas guilleret.

« C'est…, fit Tamsyn.

— Oui.

— Et il est…

— Oui.

— Mais il n'est *pas*…

— Non.

— Mais comment ? »

Dans le silence qui suivit, Tamsyn entendit le tic-tac de la grande horloge du vestibule, le lointain bruit des glaçons dans les verres et le murmure inintelligible des conversations, mais Bowen resta muet pendant un long moment avant d'enfin répondre : « Aucune idée.

— Voyez-vous, parfois…, dit alors une voix, et ils se tournèrent tous les deux pour découvrir une vieille dame vêtue d'une robe élégante qui s'approchait d'eux. Parfois, c'est la magie qui trouve la solution. »

Chapitre 26

« Bonsoir, vous deux. »

Stupéfait, Bowen observa la femme qui se tenait devant lui. Elle était très âgée, mais ses yeux noisette étaient toujours aussi vifs et, si ce signe distinctif ne lui avait pas suffi, sa robe d'un vert lumineux et les émeraudes qui scintillaient sur la tiare retenant ses cheveux blancs l'auraient rendue aisément reconnaissable.

« Emeraude ! » s'écria Tamsyn en prenant la vieille dame dans ses bras, un peu comme Bowen venait de le faire avec Declan, mais avec bien plus de délicatesse. L'adolescente de 15 ans qu'ils avaient rencontrée était maintenant octogénaire ; c'était incroyablement difficile à concevoir, mais à force, Bowen commençait à s'habituer à l'inconcevable…

Le voyage dans le temps était une réalité.

Declan était revenu.

Tamsyn était amoureuse de lui.

Emeraude pouffa de rire en tapotant gentiment l'épaule de Tamsyn avant de préciser : « On dit plutôt "Votre Grâce la Duchesse de Hareford", ces temps-ci, mais mes vieux amis pourront toujours m'appeler Emeraude.

— Duchesse ? demanda Tamsyn en reculant d'un pas, les yeux écarquillés. Ça veut dire que je dois faire la révérence quand je te... quand je vous vois ?

— Non, mais Madoc le fait, et ça m'amuse énormément », répondit Emeraude, qui se mit alors à frapper les dalles en pierre du bout de son élégante canne en argent (incrustée d'émeraudes, évidemment), que Bowen n'avait pas remarquée jusqu'à présent.

« Madoc ! » cria-t-elle. Bowen se retourna, s'attendant presque à voir apparaître dans le couloir le petit garçon aux joues rondes et aux boucles folles.

Mais ce fut sa version plus âgée qui sortit de la bibliothèque pour les rejoindre non pas en courant, mais à petits pas pressés, ses touffes de cheveux blancs s'agitant autour de son visage.

« Oui, Votre Grâce ? » demanda-t-il, le visage rougi par l'effort mais aussi, devina Bowen, par le généreux verre de whisky qu'il tenait dans la main et qu'il manqua de renverser en inclinant cérémonieusement la tête.

Emeraude haussa dédaigneusement une épaule. « Non, rien. J'ai oublié ce que je voulais. »

Sir Madoc lui jeta un regard noir en levant son verre pour pointer sur sa cousine un doigt accusateur. « Vous l'avez fait exprès ! protesta-t-il.

— Absolument », lui répondit-elle avec un sourire serein et totalement dépourvu de remords.

En secouant la tête, Sir Madoc marmonna quelque chose en gallois avant de se tourner vers Bowen et Tamsyn, l'air songeur.

« Nous nous sommes vus à votre arrivée, n'est-ce pas ? » demanda-t-il, et Bowen, qui ignorait totalement comment leur arrivée s'était déroulée dans cette version de la réalité, se contenta d'acquiescer.

Sir Madoc opina de la tête à son tour, plongé dans sa réflexion. « Oui. Oui, j'en suis sûr. C'est pour ça que vous m'avez l'air si familier, sans aucun doute.

— Sans aucun doute », répéta Tamsyn. Madoc continua à hocher la tête, mais il semblait toujours peu convaincu lorsqu'il tourna les talons pour rejoindre le reste des convives, les laissant seuls tous les trois.

« Bien, reprit Emeraude en se retournant vers Bowen et Tamsyn. Et maintenant, pour répondre à votre question – c'est-à-dire le *comment* –, figurez-vous que la réponse se trouve dans ce ridicule petit livre de sorts… Vous aviez raison : ce n'était pas de la vraie magie. Enfin, si, mais c'était plutôt un assemblage d'extraits de différents sortilèges, et pas des sortilèges les plus sûrs. Mais il y avait une précision, dans ce livre, qui m'a toujours plu : il y était dit que la magie, c'est quelque chose de *sauvage*. On peut l'étudier, l'apprendre, tenter d'en maîtriser certains aspects, mais il ne sera jamais possible de vraiment la connaître, de vraiment la comprendre. Tout ce qu'on peut faire, c'est nous efforcer d'éviter ses risques et accepter les dons qu'elle nous offre. »

Emeraude s'avança pour poser la main sur la joue de Bowen. C'était si étrange de retrouver ce regard, qu'il avait vu le jour même sur le visage d'une enfant, dans les traits de cette belle vieille dame qui se tenait devant lui !

« Vous avez reçu un don, Bowen Penhallow. Un don d'Elspeth, ou de l'univers même de la magie, peu importe. Je vous conseille de l'accepter avec gratitude.

— Je suis infiniment reconnaissant », lui assura-t-il en se penchant vers elle pour embrasser sa joue ridée, notant au passage qu'elle avait la peau fine, mais douce, embaumée d'un parfum qui devait coûter très cher. « Et je suis heureux de te... de vous voir ici, Emeraude.

— Et moi donc ! dit-elle en riant et en lui tapotant l'épaule. Imaginez tout ce que j'aurais manqué si j'étais restée piégée dans le monde des fantômes pendant tout ce temps ! Je n'aurais jamais découvert mes pouvoirs, par exemple. Et je n'aurais jamais rencontré mon mari, mais ça... c'est une histoire que je vous raconterai plus tard. Après quelques verres. »

Elle fit à Bowen un clin d'œil qui, une nouvelle fois, lui rappela l'adolescente qu'elle avait été, et le jeune homme acquiesça en riant : « Faisons comme ça !

— Est-ce que d'autres choses ont changé ? demanda Tamsyn, les bras croisés sur sa poitrine. Je veux dire, est-ce qu'on a causé au futur d'autres changements importants ? »

Emeraude secoua la tête. « Pas que je sache, non. Nous étions déjà en guerre contre Mars en 2024, n'est-ce pas ? »

Voyant Tamsyn tétanisée, la vieille dame éclata de rire et leva sa main gantée en un geste rassurant.

« Je plaisante, très chers... C'était plus fort que moi. Mais non, il me semble bien que tout est dans l'ordre naturel des choses.

— Et Harri et Elspeth ? » demanda Bowen, presque malgré lui.

Emeraude soutint son regard avec tristesse, mais avec fermeté. « Tout est dans l'ordre naturel des choses », répéta-t-elle d'une voix douce.

Tamsyn se rapprocha du jeune homme pour le serrer dans ses bras. « Je suis désolée », dit-elle, mais il secoua la tête, repensant à ce que lui avait dit sa *nain* au pied de ce même escalier.

Elle était restée avec *taid* Harri jusqu'à la fin, et c'était tout ce qui comptait. S'ils avaient survécu, peut-être le père de Bowen aurait-il été un homme plus aimable, plus doux... mais il aurait quand même perdu sa femme, et ce drame l'aurait transformé. Ou alors, peut-être serait-il quand même devenu l'homme égoïste et borné qu'il était, indépendamment des circonstances.

Mais tout ça, c'était du passé.

Et ce qui importait, c'était le présent.

Avec Tamsyn.

« Oh, à propos ! lança Emeraude en se tournant vers Tamsyn. Je vais récupérer Y Seren, si vous n'y voyez pas d'inconvénient. »

Tamsyn resta interdite pendant quelques instants, puis elle plongea la main dans la poche de sa combinaison et, incrédule, en ressortit la broche. Les deux jeunes gens contemplèrent un moment, dans le creux de sa main, les pierres précieuses qui chatoyaient faiblement sous la lumière du grand lustre.

« Mais comment est-ce qu'elle est arrivée là ? s'étonna Tamsyn, mais Emeraude ne lui répondit que d'un claquement de doigts impatient qui surprit encore plus la jeune femme. OK, je n'arrive pas à me faire à l'idée que tu... vous soyez plus âgée que moi ! » avoua-t-elle en lui tendant la broche. Même sans la toucher, Bowen sentit que la magie dont elle avait été imprégnée avait de nouveau disparu : ce n'était plus qu'une breloque particulièrement laide.

Emeraude releva alors les yeux vers Tamsyn et lui dit : « Pour la prime, je peux vous faire un virement ? »

Bowen sentit la jeune femme sursauter. Elle lui jeta un regard interloqué avant de reporter son attention sur Emeraude. « La... la prime ? Attendez... C'est *vous* qui avez publié l'annonce ? C'est *vous* qui m'avez embauchée pour retrouver Y Seren ?

— J'ai eu un accès de nostalgie, répondit la vieille dame en leur adressant un petit sourire suffisant avant de s'éloigner d'un pas aussi vif que pouvait le faire une dame de 82 ans appuyée sur une canne. Je vous enverrai l'argent au plus vite ! »

Tamsyn et Bowen la regardèrent s'éloigner dans un silence stupéfait. La jeune femme finit par s'écrier : « Mais enfin, comment avez-vous fait pour avoir *autant* d'argent ?

— Je vous ai dit que j'avais de bonnes histoires à raconter ! » répondit Emeraude, et le rire qui résonna entre les murs sembla bien plus jeune que la personne dont il avait franchi les lèvres.

Bowen et Tamsyn se retrouvèrent à nouveau seuls. Il se tourna vers elle, certain de lire sur son visage l'étonnement qu'il éprouvait lui-même.

« Putain, c'est trop bizarre, les voyages dans le temps…, dit-elle enfin, et il ne put s'empêcher de rire en la serrant contre lui.

— Par Rhiannon, je ne te le fais pas dire ! dit-il avant de s'écarter juste assez pour la regarder dans les yeux. Mais je suis prêt à aller n'importe où avec toi. En 1957, sur Mars, dans ce foutu pub trop bruyant avec ses cocktails dégueulasses…

— Et en Amérique ? demanda-t-elle, et il comprit aussitôt la vraie question qu'elle lui posait.

— N'importe où », répéta-t-il en se penchant pour l'embrasser.

Ses lèvres venaient à peine d'effleurer celles de la jeune femme lorsqu'ils entendirent des pas qui approchaient ; ils se séparèrent aussitôt et virent Declan et Carys, un peu gênés, mais souriants, qui leur apportaient l'un des verres de whisky et l'autre des serviettes.

« Pardon, pardon ! s'excusa Declan tandis que Carys leur tendait les serviettes, les joues rouges et les yeux brillants. On a, comment dire… On s'est retrouvés par inadvertance sous une boule de gui, et il est possible qu'on se soit laissé distraire.

— C'est dangereux, le gui », concéda Tamsyn d'un ton faussement sérieux. Bowen baissa les yeux vers cette femme qu'il aimait tant, puis regarda son meilleur ami, rayonnant, heureux, plein de vie, au bras de son grand amour, et le jeune homme se dit qu'il avait bien de la chance. Une chance incroyable, absurde, presque injuste.

« Je t'aime », dit-il à Tamsyn sans se soucier d'être entendu par Declan et Carys. Il aurait aussi bien pu le proclamer devant tous les convives réunis au manoir. Devant le monde entier, même.

« En voilà un miracle de Yule ! » plaisanta Tamsyn, avec un sourire plein de tendresse qui n'était destiné qu'à lui.

À lui seul.

Pour toujours.

Alors il l'embrassa, car il n'avait absolument pas besoin d'une boule de gui pour le faire.

ÉPILOGUE

Un an plus tard, le soir d'Halloween
Graves Glen

Tamsyn avait toujours adoré Halloween. On se gavait de bonbons, on pouvait rester dehors après la nuit tombée, on avait des costumes stylés… zéro point négatif, à son humble avis. D'ailleurs, c'était peut-être pour ça qu'elle était devenue acquéreuse : pour pouvoir se déguiser, se rendre dans d'authentiques décors de films d'horreur… Bon, certes, en guise de M&M's, elle avait droit à des choses comme un œil de démon conservé dans un globe de verre depuis 1702… mais pour l'essentiel, le plaisir restait le même. Bref, même si Halloween était maintenant surpassé par Yule dans son cœur, ce jour de fête comptait largement parmi ses favoris.

Enfin, jusqu'à ce soir-là.

Avec un grognement, Tamsyn se laissa tomber sur le sofa moelleux du salon de Wells et Gwyn, surélevant ses pieds endoloris, et ôta la couronne en plastique étonnamment lourde qu'elle avait sur la tête.

« Et c'est toujours comme ça ? demanda-t-elle tandis que Gwyn s'approchait avec un sourire moqueur pour lui tendre un verre de vin.

— À peu près, oui ! répondit-elle en s'asseyant dans un fauteuil en cuir face à Tamsyn avant de poser ses pieds bottés sur la grande malle qui servait de table basse. L'année dernière, Wells est allé se planquer dans la réserve de Chez Penhallow pour pleurer.

— C'est faux, je n'ai pas *pleuré* ! » protesta Wells en entrant dans la pièce. Comme sa compagne, il portait une longue robe de sorcier noire mais, contrairement à Gwyn, il n'était pas allé jusqu'à y ajouter le chapeau pointu. Ses cheveux sombres étaient plaqués en arrière, et sa barbe taillée avec soin.

« OK, mais tu t'es planqué ! » riposta Gwyn en basculant la tête en arrière pour le regarder.

Du pas de la porte, Wells hocha la tête. « Bien sûr que je me suis planqué ! On se serait crus dans un asile de fous ! »

Tamsyn n'avait aucun mal à le croire. Toute la soirée, les rues avaient fourmillé de passants déguisés. Tous les commerces de la ville distribuaient des bonbons et proposaient des en-cas et des boissons sur le thème d'Halloween, mais aucun n'avait été aussi pris d'assaut que le Brin de Magie et Chez Penhallow. Tamsyn avait elle-même distribué au moins mille friandises, sans exagération, et Gwyn avait écoulé à peu près tout le stock de t-shirts vendus au Brin de magie – y compris la dernière création des Mini-Mages, un t-shirt orange fluo sur lequel on lisait « sELFE-défense ».

Cette journée avait été incroyablement bruyante, et chaotique, et joyeuse, une véritable tornade de pommes au caramel et de tartes à la citrouille. Et Tamsyn n'avait sans doute jamais été aussi épuisée de toute sa vie.

« Si, après ça, tu veux revenir sur ta décision d'épouser Bowen, on comprendra, t'inquiète ! lui dit Gwyn en s'enfonçant un peu plus dans son fauteuil. La barbe, ça faisait déjà beaucoup à accepter, alors Halloween à Graves Glen… Comment peux-tu demander à une femme d'en supporter autant, Bowen ? »

Bowen, affalé sur le sofa à côté de Tamsyn, se contenta de répondre par un grommellement.

Avec un grand sourire, sa fiancée se tourna vers lui. Bowen aussi, pour l'occasion, avait opté pour la robe de sorcier, mais la sienne était bleu foncé, ornée d'un fil d'argent, et il portait au cou un médaillon en étain finement gravé. Il avait l'air d'un mage des temps jadis, et Tamsyn comptait bien le convaincre de garder ce costume. Et elle comptait tout aussi bien garder le sien, une magnifique robe en velours violet doublée d'hermine, avec de fausses pierres précieuses cousues sur l'encolure carrée qui laissait entrevoir son décolleté. Elle avait choisi un look « princesse médiévale » afin d'être assortie à son compagnon, et se demandait très sérieusement si elle n'allait pas porter cette robe à son mariage, en décembre.

On pouvait quand même bien se permettre quelques petites extravagances quand on épousait un puissant sorcier, non ?

La jeune femme pressa affectueusement la jambe de Bowen, faisant étinceler la bague sertie d'émeraudes, de rubis et de diamants qu'elle portait à la main gauche.

« Il va falloir un peu plus que deux, trois chasseurs de bonbons surexcités pour m'empêcher de devenir madame Bowen Penhallow ! assura-t-elle à Gwyn avant de se tourner vers son fiancé pour lui caresser la barbe. Et très franchement, elle me fait de l'effet, cette barbe. »

Bowen grogna à nouveau, mais en souriant, et il saisit sa main pour l'apporter à ses lèvres et y déposer un baiser furtif.

« Je comprends », répondit Gwyn tandis que Wells venait s'asseoir dans le fauteuil à côté d'elle. « La prochaine fois qu'on fait une soirée filles, je te parlerai de Monseigneur ici présent et de ses vestons… »

Wells haussa les sourcils en regardant sa compagne, qui éclata de rire. Et malgré ses pieds en feu, son mal de crâne et sa certitude d'avoir les cheveux pleins de paillettes pour une raison qui lui était inconnue, Tamsyn sentit une vague de bonheur l'envahir jusqu'au plus profond de son être.

La première fois que Bowen l'avait emmenée à Graves Glen, le 1er janvier, juste après leur retour du manoir Tywyll, la jeune femme avait été pleine d'appréhension. Sa relation passée avec les sorcières Jones était loin d'être idéale, et elles auraient eu de très bonnes raisons de ne pas lui faire confiance… Mais à sa grande surprise (et à son grand soulagement), Gwynnevere Jones et Vivienne Jones-Penhallow n'étaient pas du genre rancunier.

D'autant que Tamsyn était arrivée à leur premier repas de famille, ici même, dans cette grande maison perchée sur les collines autour de Graves Glen, avec une *très* bonne bouteille de vin et des excuses encore meilleures.

Ou alors, c'était à cause de ce qu'avait observé Vivi lorsque Bowen avait annoncé qu'il comptait acheter une maison proche de la ville : toute femme capable de rendre Bowen Penhallow heureux au point de rejoindre la civilisation était clairement faite pour rejoindre leur joyeuse famille de fous.

Tamsyn n'en revenait toujours pas d'avoir une maison bien à elle, une vraie maison, même pas montée sur roues. Leur cottage était petit (deux chambres seulement, dont l'une servait de bureau à Bowen), mais douillet et, entre le poste de professeur au Penhaven College qu'avait trouvé Bowen et son propre travail aux Trésors hantés, la boutique d'antiquités de la ville, les soirées filles avec Gwyn et Vivi, et l'expérience désastreuse mais hilarante de la première soirée annuelle « Feu de bois et barbecue » des frères Penhallow, Tamsyn ne s'était jamais sentie si… *comblée.*

Enfin, *presque* comblée, corrigea-t-elle mentalement en jetant un coup d'œil à Bowen en robe de sorcier et en pensant, avec un frisson d'excitation, au moment où elle lui enlèverait ladite robe lorsqu'ils seraient chez eux.

« Gwynnevere, ta mère est une *sainte* ! » annonça Rhys en entrant dans la pièce avec Vivi. Tous deux s'étaient débarrassés de leurs costumes de sorcier pour retrouver leurs jeans et leurs pulls. « Promis-juré, je n'ai donné qu'un seul bonbon à Taran, mais apparemment cette infime quantité de sucre a suffi à le transformer en derviche tourneur infernal…

— Tu lui as donné *cinq* bonbons, parce que c'est *toi* le derviche tourneur infernal ! rectifia Vivi en passant un bras autour de la taille de son mari, avec un sourire indulgent qui adoucissait ses remontrances. Mais tu as raison, pour tante Elaine : même en tant que sorcière, elle mérite largement d'être canonisée pour avoir proposé de garder Taran ce soir. »

Tamsyn sourit à nouveau, repensant à Taran en train de courir comme un petit diable entre les rayons du Brin de Magie, une pomme caramélisée dans chaque main avant que l'une ne finisse collée dans ses cheveux couleur miel… Elle avait aidé Vivi à le débarbouiller et, alors qu'elle essuyait la dernière tache de caramel sur la joue du bambin, Vivi avait lancé : « Dis merci à tatie Tamsyn, Taran ! »

Ce qui lui avait rappelé l'aisance et la générosité avec lesquelles ils l'avaient accueillie dans leur famille. Tamsyn leur en serait éternellement reconnaissante.

Pendant que Vivi et Rhys racontaient à Gwyn et Wells la suite des aventures halloweenesques de Taran, Bowen se rapprocha de Tamsyn sur le sofa, glissant un bras autour de ses hanches pour l'attirer contre lui. La jeune femme se laissa faire et posa la tête contre son torse. « Il faut qu'on reste ici à tailler la bavette encore longtemps ? » lui chuchota-t-il.

Tamsyn tourna la tête pour le regarder et lui tira gentiment la barbe. « Jusqu'à ce que j'aie fini mon verre de vin.

— Celui-là ? » demanda Bowen en désignant du menton le verre qu'elle avait posé sur la malle et, sans lui laisser le temps de répondre, il se redressa pour l'attraper et le vider cul sec.

« Voilà ! annonça-t-il en reposant le verre vide d'un geste déterminé. Fini ! On va devoir rentrer, maintenant.

— Ah, l'Homme des montagnes regagne sa tanière ! » observa Rhys avec un sourire taquin. Les autres aussi souriaient, remarqua Tamsyn, et les regardaient tous les deux d'un air sincèrement affectueux. Une fois encore, elle remercia l'étrange caprice du destin qui lui avait permis d'arriver là, dans cette famille.

« Attends, c'est déjà un miracle qu'il soit passé nous voir ! lança Gwyn avant de lever son verre de vin en direction de Tamsyn. T'es vraiment sûre de ne pas être une sorcière ? Parce que la transformation du bonhomme ressemble quand même beaucoup à de la sorcellerie…

— Nan, je suis juste un très bon coup ! » répondit Tamsyn, et tous explosèrent de rire (hormis Bowen, trop occupé à rougir).

Ils se dirent au revoir à la porte : les femmes s'étreignirent et se firent la bise, et les frères Penhallow, comme d'habitude, échangèrent de vagues injures et de grandes claques sur l'épaule avant de se serrer la main. Puis Tamsyn et Bowen sortirent en admirant, sur le porche, la lumière pâle et argentée de la pleine lune qui éclairait la forêt alentour.

Il faisait frais ; l'air sentait bon la fumée qui sortait de la cheminée, et Tamsyn s'arrêta un instant pour prendre une profonde inspiration, le visage tourné vers le ciel.

Dans son dos, Bowen l'enlaça et posa le menton sur le sommet de sa tête.

« Si on enlevait les voitures de l'allée, on se croirait en 1957..., déclara Tamsyn, songeuse. C'est bizarre, mais ça me rappelle Tywyll ici.

— C'est à cause de la forêt, dit Bowen d'une voix basse et grave. Et les montagnes, et la magie qui règne ici.

— C'est vrai que cet endroit est magique, acquiesça la jeune femme en se tournant face à lui pour passer les bras autour de son cou. Et c'est là, ajouta-t-elle en lui mordillant doucement la lèvre inférieure, sentant qu'il retenait son souffle, que tu es censé dire un truc du genre... (elle prit une voix grave pour imiter celle de Bowen) : "C'est *toi* qui es magique, *cariad* !" »

Bowen la serra un peu plus fort contre lui, hanches contre hanches, et ce fut au tour de Tamsyn d'avoir le souffle coupé. « Tu es plus que magique », lui assura-t-il.

Des mots simples, sans poésie ni fioriture, mais qui émurent Tamsyn plus qu'aucun sonnet ou soliloque n'aurait pu le faire .. car ces mots-là, sortis de la bouche de cet homme-là, formaient la déclaration la plus romantique qu'elle ait jamais entendue.

« Tu sais, je t'aime énormément, Bowen Penhallow », lui murmura-t-elle. Son fiancé sourit, l'éclat de la lune se reflétant sur ses dents.

« Et c'est réciproque, *fy nghalon*, lui répondit-il. Rentrons à la maison et je te prouverai à quel point... »

Et il le lui prouverait sans aucune retenue.

Remerciements

Comme toujours, je suis la sorcière la plus chanceuse du *coven* : j'ai été entourée de personnes formidables tout au long de l'écriture de cette saga, et je les remercie infiniment pour l'aide que j'ai reçue en travaillant sur ce dernier épisode !

Ce livre est dédié à mon agente, Holly Root, ainsi qu'à mon éditrice, Tessa Woodward, qui m'ont témoigné une patience et une gentillesse sans faille durant une période très difficile pour moi, et qui m'ont toujours considérée en tant que personne au lieu de me voir simplement comme une écrivaine. C'est malheureusement rarissime dans ce milieu, et je les remercie de tout mon cœur.

Merci également à toute l'équipe d'Avon qui s'est tant investie dans cette saga, et notamment à Madelyn Blaney, qui, comme Tessa et Holly, a été une collaboratrice adorable même dans les moments où j'aurais voulu tout envoyer en l'air.

Quant à mes amis et à ma famille, ce sont eux qui m'ont aidée à m'en sortir, et ce sont peut-être les seules personnes qui ont été encore plus heureuses que moi lorsque j'ai enfin franchi la ligne d'arrivée !

Et surtout, un grand merci à VOUS, lectrices et lecteurs ! Je vous ai fait attendre pour celui-là. Vos encouragements et votre enthousiasme envers Graves Glen et son univers m'ont touchée plus que je ne saurais le dire. Croyez-moi, ce roman n'existerait pas sans vous. Je vous aime et je vous embrasse, sorcières et sorciers !

À PROPOS DE L'AUTRICE

ERIN STERLING écrit également sous le nom de Rachel Hawkins. Autrice à succès du *New York Times*, elle a publié les romans *Mon ex et autres malédictions* et *Un baiser maudit*, parus chez le même éditeur, ainsi que plusieurs ouvrages destinés aux jeunes lectrices et lecteurs, traduits dans plus d'une dizaine de pays. Elle a étudié le genre et la sexualité dans la littérature victorienne à l'université d'Auburn et vit actuellement en Alabama.

Composition et mise en pages
Nord Compo à Villeneuve-d'Ascq

Achevé d'imprimer en octobre 2025
sur les presses de la Nouvelle Imprimerie Laballery
58500 Clamecy
Dépôt légal : octobre 2025
N° d'impression : 510109

Imprimé en France